大怪物与孤儿

[美]凯莉 · 巴恩希尔◎著
耿娟　张磊◎译

山东大学出版社
SHANDONG UNIVERSITY PRESS
· 济南 ·

图书在版编目(CIP)数据

大怪物与孤儿 / (美)凯莉·巴恩希尔著；耿娟，张磊译. --济南：山东大学出版社，2024.7. --ISBN 978-7-5607-8378-9

Ⅰ. I712.84

中国国家版本馆 CIP 数据核字第 2024J39D85 号

策划编辑　刘　彤
责任编辑　滕正辉
封面设计　王秋忆

大怪物与孤儿
DAGUAIWU YU GU'ER

出版发行　山东大学出版社
社　　址　山东省济南市山大南路 20 号
邮政编码　250100
发行热线　(0531)88363008
经　　销　新华书店
印　　刷　济南乾丰云印刷科技有限公司
规　　格　720 毫米×1000 毫米　1/16
　　　　　16.5 印张　237 千字
版　　次　2024 年 7 月第 1 版
印　　次　2024 年 7 月第 1 次印刷
定　　价　48.00 元

译　序

如果你的童年里充满着对魔法的幻想，那我建议你可以看一看凯莉·巴恩希尔(Kelly Barnhill)写的《大怪物与孤儿》，也就是我们今天翻译的这本书。这是一个由爱与恨、善良与邪恶、快乐与悲伤共同编织而成的故事。

故事里面既有我们好奇的神秘魔法，也充满亲情、友情以及大爱的力量。打开这本书，你将踏入一段充满魔法的冒险之旅。作者用极其丰富的想象力，将魔法、大怪物、孤儿院的孩子们、龙等多种极具吸引力的元素汇集于一本书里，并将每个主人公的性格特点都刻画得十分鲜明。风格奇幻而又瑰丽，颇为难得的是，在复杂交织的情节中，作者还加入了人性闪耀的光辉。故事跌宕起伏，令我们忍不住会跟着故事情节一直看到故事的结尾。

中国自古以来，就讲究的是睦邻友好，和谐共处。“给与”“赠与”“包容”“与人为善”“付出越多，就会得到越多”这些耳熟能详的道理，对于我们每个人，尤其是青少年并不陌生。但是在作者的笔下，这些道理似乎赋予了生命的力量，我们可以在故事中深刻地体会到这种感觉，这种人性的力量。

本书是一部儿童文学作品，译者在翻译时考虑到儿童文学的特点以及青少年的阅读习惯，直译了该故事中想象丰富、充满各种新奇怪异情节的内容，并且保留了原作者这种丰富想象和未泯童心的创作特点，以及其独特魅力的文笔。

耿　娟

2024年3月

目 录

♠ 大怪物与孤儿 ♣

第 *1* 章

注意

听着——

这是一个关于大怪物的故事。

她不是你想象中的那种人。(但真的,有这样的人吗?)

这个大怪物住在远离镇子的一座歪歪扭扭的房子里。她喜欢烘焙、园艺还有星星。像所有的大怪物一样,这个大怪物很高,这么说吧,即使是身材魁梧的成年人跟她打招呼也不得不伸长脖子,斜眯起眼睛——你好!她的脚掌有海龟那么大,手掌跟苍鹭的翅膀差不多大。每当大怪物集中注意力的时候,她那宽宽的额头就会皱起又裂开。她的皮肤像花岗岩,眼睛看起来像崭新的硬币,头发如同草原上的杂草般在头顶发芽飘动——发质坚硬又黄绿相间,有时头发里面还点缀着雏菊、蒲公英或是趴着的常春藤。像所有大怪物一样,她话很少想得却很多,她细心周到,沉重的双脚会轻轻踩在地上。

这也是一个关于孤儿家庭的故事。在我们的故事开始时,孤儿院里住着十五个孤儿,那也是在大怪物第一次来到镇上的几年后。房子里的孩子实在太多了,但他们挤挤没有问题。他们的名字是安西娅、巴图比、卡珊德拉(她更喜欢被叫"卡斯")、迪尔德雷、以利亚、幸运、思恩、海勒姆、伊基、贾斯蒂娜、凯伊、莉莉、莫德,还有婴儿纳内特和奥菲斯。他们都是好孩子,他们好学、勤奋、善良。他们深爱着彼此,甚至远胜于爱自己。

大怪物也勤劳善良、慷慨大方。她也爱别人胜过爱自己。

当然,有时候这可能又是另外一个问题。

第2章

龙

这也是一个关于龙的故事。我不喜欢过多地谈论他，甚至不愿去想他。

我应该澄清一下：我无意说龙的坏话。猜测任何人都是可怕的做法，无论他们是大怪物、孤儿、龙、爱管闲事的邻居、副校长，还是举止异常的怪人。众所周知，始终同情尊重对待每个人是很重要的。

尤其是对于龙，他们的性情如其他生物一般多样化。我自己遇到过各种性格的龙——害羞的、合群的、懒惰的、挑剔的、以自我为中心的、心胸宽广的、热情的和勇敢的。但我很遗憾地说，我们故事里的这条龙不是那样的。这条巨龙贪婪、背信弃义、冷酷无情。他不知悔恨，没有被救赎过。他喜欢纷争、不和，所到之处播下刻薄的种子。说得有些过头了，我要道个歉。但是，我对这条龙的意见确实很大。

听着——

我只想告诉你，每个人——人类、龙或任何其他生物——本质上都是好的。但我不能这样告诉你，因为我的本性是不能撒谎。据我的经验，每个人起初都是善良的，而且大多数情况下，几乎每个人都能保持善心，但一些……好吧，他们选择作恶多端。没有人知道为什么。然后一小部分人选择保持这样糟糕的状态。我希望这不是真的。但你最好现在就知道这一点，在这本书的开头——毕竟，每个故事都有反派。每个恶棍也都有一个自己的故事。

第3章

小镇

每个人都这么说。

石头谷因树而闻名。公园里绿树浓荫，人行道旁枝繁叶茂，繁花盛开。附近的街道两旁都是果树，每到丰收的季节，果树枝都被沉甸甸的果实压弯了腰。待时机成熟，任何人——任何邻居、朋友又或不远万里的游客——都可以伸伸手摘下它们。根据不同时节，人们的篮子里装满了杏子和柿子、樱桃和李子、苹果和梨，它们会被做成水果馅饼、派以及果酱，大大丰富了我们的食谱。人们把水果做成糖果，放在门前，分给路过的邻家小孩。

那段日子，石头谷的街道很值得一看。人们闲暇时漫步在花团锦簇、郁郁葱葱、硕果累累的绿树下，享受着斑驳的光影树荫。每天晚上，街道清扫工都会用擦洗工具把鹅卵石地面清洗得干干净净。纯手工精心打磨吹制而成的玻璃路灯，如同夜里的星星闪闪发亮。那时，路牌还在，公共艺术品也没有丢失。真想回到那可爱迷人的小镇啊。

那时，镇上的人们在海滨大道和公共广场上漫步，讨论文学、政治、哲学还有艺术。镇上所有的道路都通往图书馆，那里有宽敞的窗户、高高的书架、厚厚的沙发垫，欢迎着每一个人的到来。图书馆里存放着手工装订的书籍、现代书籍、古老的卷轴，甚至还有刻在石头上的文字材料。图书馆员忙来忙去，分类、保存、上架，甚至连他们用“嘘”声示意安静都很美好。

邻居们会为生病的人煲汤，为教室里学习的人们做饼干。当树倒在栅栏上的时候，当屋顶需要修补的时候，当谁家的母亲摔断腿的时候，他们都会赶来帮忙。过去邻里间都会相互关心。回到那个可爱的小镇吧。多么可爱的小镇，真想回到那个时候。

但是，在一个可怕的夜晚，图书馆被烧毁了。

不同的人对那可怕事件有不同的记忆。那天夜里石头谷究竟发生了什么？然而传来传去就有好几种故事版本，而且几乎所有人的说法都不一致。有人坚持认为是不法分子故意纵火烧馆，还有人声称曾听到了带有险恶目的的“咚咚”的脚步声，朝这座古老的建筑而去，然后又在火焰爆发后急匆匆地离开。其他人则发誓他们听到过头顶上方有巨龙飞过的“轰轰”声。跟现在比起来，那个时代龙很常见。毕竟，谁比龙更爱火呢？也有人摇摇头，说火灾是不可避免的——那个地方就是一个火药箱。好多旧木头、旧报纸，偶尔还有无人看管的蜡烛也放在那里。“这是一场随时都可能发生的灾难”，他们沉重地说。

如果有人问我——也许没人问过——我会告诉他们，他们都是对的。确实曾经有一根留下的蜡烛燃烧了。再后来，我听到邪恶的脚步声在黑暗中逼近。顷刻之间，一条巨龙在图书馆的后面缓缓张开双翅好充分展现它的庞大和力量，龙鳞闪闪的亮光划破了黑夜。我看着它滑到一侧，将长长的脖子缠绕在西边的炮塔上。那条龙松开下巴时甚至还咧嘴一笑。如果他们问我，我会这样告诉他们。然而没人来问。

尽管镇上的人们对火灾的原因几乎无法达成共识，但每个人却对接下来发生的事情有完全一致的看法——钟声是如何在半夜响起的。每一个人，男人女人，上到老下到小，从床上爬了起来，睡衣外披上外套，光脚套上鞋。他们提着水桶，穿过一片漆黑的街道，朝着滚滚浓烟和那可怕的火光的方向跑去。他们说，大火从图书馆上的高塔中冒出来，火光太亮了，以至于看一眼就刺痛了眼睛。

热浪从建筑物中扑面而来，烧得人们睫毛“噼啪”作响，周围的树木叶子都枯萎了。图书馆里的书本像惊慌失措的鸟儿一样从熔化的窗户中飞了出来，它们的“翅膀”上闪着磷光。全镇的人们有那么一瞬间是美丽的，就像心在破碎前的那一刻是美丽的。

石头谷小镇的人们排成一列，拼命地传递水桶，朝着火焰浇水。然而火势实在太大了，这是白费力气。木头横梁都烧成了干火炭，而书本的纸张别无选择，只能烧成了灰。

多年后，被烧毁的图书馆一直还在原处，成了一堆灰烬，旧金属还有掉落的烧焦的石头。这处废墟就在孤儿院和中心广场之间。没人有心情去清理那些碎片，没人能忍心去触碰一块废墟中的石头。镇上的人们每每路过，都屏住了呼吸。

孤儿院的孩子们在图书馆遗址隔壁长大。他们能闻到烟雾和灰烬的味道。晚上，旧图书的幽灵萦绕在他们的梦里。

图书馆被烧毁后，接着镇上的学校也被烧毁了。这是一个悲惨的巧合，每个人都这样认为。他们紧紧相拥，悲痛欲绝。不久后，其他几座建筑物也被烧毁——住宅、商店、心爱的地方——在持续了一年多的一连串火灾里。大火过后，先是果树，然后是开花的树木，然后是遮阴的树木都开始枯萎。人们说这是枯萎病，可能是烟雾引起的，或者是因为火灾中那可怕的高温，或是糟糕的运气。镇上的人们悲伤地、眼睁睁地看着一棵又一棵树倒下。

树荫也随之消逝。石头谷白天整日都是亮晃晃的光线，灼热的白色令人难以忍受。人们常常眯着眼睛看着彼此，满是皱纹的脸上永远是愤怒的表情。

没有树木，下雨时就没有树根来吸水，石头谷开始经历破坏性的洪灾，一次又一次，接连的洪水最终导致美丽的公园附近出现了一个巨大的污水坑。这是镇上的孩子们曾经嬉戏玩耍的公园，但今天几乎整个被吞没，在那里玩耍实在太危险了。

事实上，在石头谷的任何地方玩都开始变得太危险了。没有了绿荫，没有树可以爬，整个镇子似乎都在皱眉，邻居们皱着眉头，眯着眼睛你瞪着我、我瞪着你。

人们从室外撤回自己的家中，不再让他们的孩子随意出门玩耍。他们锁上了门，锁上了百叶窗，仿佛要与世隔绝。他们不再为邻居着想，也不再帮助邻居。病人没有邻居送来的汤羹，孩子没有糖果，教室里没有饼干(好吧，这不用说，因为压根没了教室)。人们认为最好的办法就是，只管好自己就行了。

他们也这样做了。他们透过百叶窗窥视这空荡荡的街道，心中泛起一片片悲凉。

人们说，曾经这是一个多么可爱的小镇啊！但现在不是了。

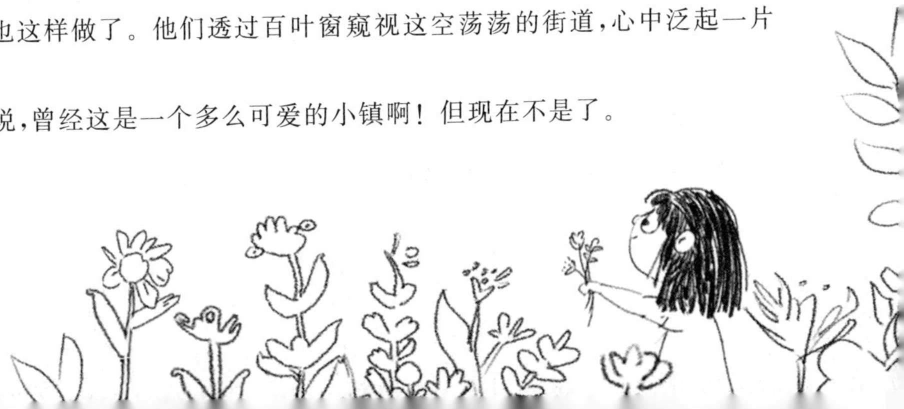

第 4 章

镇长

石头谷有一位镇长，每个人都十分爱戴他。人们怎么可能不爱戴他呢？他身材匀称，一头耀眼的金发，笑容夺目灿烂，让人无法直视，不得不遮住眼睛。他说话时神采奕奕，彬彬有礼，看起来很是通情达理。当人们带着问题去找他帮忙时——好吧，他们离开时全都感觉非常好，完全忘记了最初令他们烦恼的事情。这真的不是镇长的职责吗？

人们回忆起镇长来到小镇时的情景，那时，石头谷还是一个可爱的小镇。他们记得他在鹅卵石路上漫步时，漂亮靴子发出的嗒嗒声；记得他大衣飘舞，目光炯炯。镇长每次说话都让人们打心底里感到兴奋。他在赶集日搭了一个摊位，上面写着“世界著名猎龙人接受咨询和赞美”。

“嗯，”屠夫（还有铁匠和裁缝）说，“你说世界著名？我确实服气！”

“多么幸运的小镇啊，”鞋匠（还有药剂师和警官）惊呼道，“接待如此尊贵的客人！真是个幸运的小镇！”

人们无法将目光从这位世界著名的猎龙人身上移开。他让人们眼花缭乱。每次他说话，人们都会激动得颤抖。

在镇长到达后的几周内，据说有人看到了龙，当然，这纯属偶然。月复一月，又发生几起这样的事件。附近的树林中潜伏着数量不详的巨龙，而一位世界著名的猎龙人正好出现，这是多么幸运的巧合啊！每当人们看到猎龙人从树林胜利归来，巨龙又一次被赶走，逃得无影无踪，镇民们便爆发出一阵欢呼。他们选举他为镇长，一次又一次选他连任。每次选举他都是压倒性的胜利。

过了一阵儿，龙的踪迹逐渐减少，然后偶尔出现一次，最终几乎消失了。毫无疑问，是猎龙人的名声吓跑了龙。镇民们为镇长的外貌、魅力和勇敢而自豪——他们仍然喜欢对镇上的游客说："你知道吗？他打败了一条龙。他打败过很多龙！"然而，时光飞逝，他的光芒开始有些许暗淡，也许会继续暗淡下去。

但随后图书馆被烧毁。然后是学校和其他建筑物。

接着树木枯死，树荫消失，天坑吞没了公园。

他们当时多么依赖镇长。他们多么需要他。他们内心知道，镇长会解决他们的问题。他们的世界很快变得混乱、危险和险恶。镇长似乎能解决所有问题。"我会解决，"他承诺道，"我一个人就能解决。"听到他的话，人们把手按在心口上，情绪激动。他们的眼睛睁得大大的，笑容变得僵硬，他们看向镇长，脸上满是钦佩和喜悦。

确实，可以说图书馆失火是最好的事情——是镇长所经历过的最好的事情。

甚至是幸运的巧合。

第 5 章

歪歪扭扭的小屋

图书馆被烧毁后不久，大怪物来到了石头谷。她在小镇远郊发现了一个废弃的农场，于是决定留下来待一段时间。这是个偏僻之地，但很适合她。她住了几年后，镇上才有人注意到她。你看，大怪物是沉默寡言的生物，她害羞、低调。

大怪物来的那天晚上，她在地上挖了个地洞，太阳出来的时候，地洞勉强能容纳下她整个身体。她每天晚上出来，只有小溪、青草和天空作伴。她需要的东西很少：只需要在白天遮阳，晚上在地上找个舒适的地方躺着数星星。

过了一段时间，她才有了家的感觉，想要永远留下来。她花了很长时间才下定决心开始盖房子。

在来到石头谷之前，大怪物曾在其他许多地方生活过。毕竟大怪物可以活得很久。如果大怪物不到一千岁就去世了，其他大怪物来参加葬礼时就会说："这么年轻！太悲惨了！年纪轻轻，正是最好的年纪啊！"

大怪物小时候和她的父母住在一起——那时她还没有一块巨石大！（大怪物常这么说）大怪物很爱她的父母，她本想永远待在家里，但他们解释说等孩子长大了，便要离家去寻找自己的出路，这就是大怪物们的生活方式。是时候继续成长了，于是大怪物亲吻了她的父母，紧紧拥抱了他们，痛哭着来到这个世界。

有一段时间，洞穴成了一个不错的家——但那里潮湿，她感到孤独，她对更广阔的世界充满好奇，所以继续前进。后来，她住在海中央的一块岩石峭壁上，有时她会和鲸鱼一起游泳，但她还是很孤独。海洋波涛汹涌，充满风暴，鲸鱼从不在一个地方久留。总是挥手告别，这并不是很有趣。

在不到一个世纪的时间里，她尝试成为沼泽大怪物，但她不太喜欢沼泽的味道，于是又继续前行。

她在一座废弃的城堡里与两个巨魔和一个幽灵一起生活了很长一段时间。这不是个特别快乐的地方，巨魔就是巨魔。要不是因为城堡里的实验室，她早就离开了。这个实验室占据了整个建筑的东翼，这是一个活动部件的奇迹——复杂的齿轮、无数的时钟，以及架子上的玻璃瓶，瓶子里的物质会随着时间、天气、风的特性而改变颜色。

一排排书架上摆满了她看不懂的书籍（大怪物一般不识字），但许多书里都有地图、图片、图表和详细的计划，她基本上都能看懂。正是在这个实验室里，大怪物学会了绘画、建造和发明。正是在这里，她学会了如何混合颜料和拉伸画布，以及如何描绘她眼中的世界。正是在这里，她学会了用外面果园里的水果和坚果以及蜂巢里的蜂蜜做实验，并学会了烘焙美味的甜点。正是在这里，她学会了如何使用望远镜，如何追踪星图，追踪星星的轨迹，观察夜空的奇观。

虽然她很喜欢这座城堡，也很喜欢实验室，但巨魔很刻薄，幽灵不太会说话。最终，大怪物感到孤独。在她离开的那天，幽灵悲伤地歪了歪头，但两个巨魔只是朝她打了个嗝、放了个屁，然后就走开了，边走还边挠屁股。大怪物扛起她的包。“我只是想找到一个真正属于我的地方”，她说。与其说是对别人说，不如说是对自己说。说完她就离开了。她从实验室带了一些东西——望远镜、一些书和几套不同机器的图纸，她认为有朝一日可能会制造这些机器。没有人挥手告别，大怪物知道她的选择是正确的。

她来到深山中一个大怪物村庄里，在这里愉快地生活了几个世纪。这样的村庄当时很少见。因为大怪物发现，在一般村庄里自己常常会成为对大怪物有偏见、心胸狭窄的人攻击的目标。而这里远离人们常走的路线，足够偏僻，可以避免这种不愉快。那是一个快乐的地方，既温暖又好客，她在那里谋生，为市场种植蔬菜，为大怪物的孩子们画画，向其他大怪物讲授星星的奥秘。要不是发生了一件不幸的事，她可能会一直留在那里。一天，大怪物外出长途旅行（你知道，大怪物不安分，需要偶尔到世界各地转转），她回来后发现，在她不在的这段时间，整个村庄都被烧毁，夷为废墟。一切——一切——

都消失了。

大怪物被这破败的景象所震惊，待震惊之情终于消退之后，她很难知道邻居们去了哪里。因为大怪物不会读写，因此写信从来都不是一种合适的选择。大怪物只是假设他们最终会再次见面。“毕竟，人生还很长，随着时间的推移，我们走过不同的路，但终会相遇”，她想。

她四处旅行，试图让自己成为一名有用的劳动者、建筑工人或手巧的工匠。白天，她找了空的兽穴睡觉；晚上，她在月光下专心工作。有时，她不得不乞讨晚餐。但有时她会把乞讨来的晚餐送给别人，能够分享和帮助别人的感觉很好，这也是一种归属感。她发现自己不需要太多，也不想要太多——只需要一个遮风挡雨的地方，也许还有一个烤炉和一锅汤。这些是属于她自己的东西、可以分享的东西，是一种归宿。她学会了善待他人，并发现了小小的善举和无私奉献的巨大价值。她付出的越多，她似乎拥有的越多。这是最好的魔法。

在旅途中，大怪物听到了石头谷大火的故事。她听说那里的树木正在枯死，她听着人们讲述小镇的悲伤和一天天贫困的故事。大怪物把这些故事深深地记在心里。她明白什么是失去，什么是悲伤。她想她可能和石头谷的人有一些共同之处。她想，也许那是她的归宿。于是她开始了寻找石头谷的旅程。

当她半夜到达石头谷时，那场大火已经过去一年多了，可小镇仍然弥漫着烟尘和悲伤的气息。当然，周围没有人。人们躲在自己的房子里，门窗紧锁。没有人看到她穿过凄凉的街道，没有人听到她那双又大又软的鞋子发出轻轻的脚步声（好吧，我当然知道，但是没有人问我）。

她一直走到小镇尽头，道路开始变得蜿蜒曲折，灌木丛变得杂乱无章，沉甸甸的梧桐树树枝在微风中“吱嘎”作响。她发现了一个休耕的废弃农场，里面有一栋残破的旧房子，谷仓里什么也没有。但土壤很好，而且草也很软。也许她可以待上几个月，开辟一个花园。她可以生活在这片土地上，直到又该继续前进的时候。她在地上躺了下来看着星星，在太阳升起前给自己挖了洞穴。

一两周后，她的植物发芽了。她还找到了一堆块茎植物，烤熟后成了美味的点心。她在废墟中找到了玻璃，并开始将这些碎片打磨成镜片，这样就可以建造一架新的望远镜。她不知道自己要在这里待多久，但是农场让她感觉很舒服。这个小镇给她一种特殊的感觉，小镇需要她。她能感觉到。她想，或许一旦她能够克服害羞，她就可以向附近的镇民介绍自己。他们是她的邻居。“邻居”，这是一个多么美好的词，一想到这个词她就激动不已。

她结交的第一个朋友不是镇上的人。一天日落时分，一大群乌鸦飞到了小镇尽头的蜿蜒小路上，因为他们听说有一个大怪物——一个真正的大怪物——来到了这里，而且似乎打算留下来。乌鸦和孤儿一样，是好奇的生物。乌鸦们落在梧桐树枝上，想要亲眼看看。

大怪物停下手里的活，抬头看着乌鸦。

乌鸦的爪子抓紧木桩，准备坚守阵地。“呱——”，乌鸦叫了一声，在他们的语言中，这意味着“你很陌生，我们想了解你”。

“呱——”，他们又叫了一声，“我们以前从未见过大怪物，但听说过并知道你们大怪物喜欢作恶。你听说过吗？乌鸦的战斗力很强；我们拥有贪婪的爪子和锋利的喙；我们会怨恨、记住我们的敌人，有时会使用武器来击败那些冤枉我们的人。”

大怪物不会说乌鸦语。她只是对着乌鸦微笑，深深地鞠了一躬，深到她的头顶几乎碰到地面。乌鸦对她的彬彬有礼印象深刻。“你好，我的朋友们，”大怪物说，“欢迎你们！我恐怕没有什么可以招待客人的，但我的包里还有些硬面包，一些干玉米。我把它们揉碎就可以做一顿美餐。这些东西留给我自己用处不大。但与你们分享，一切都会变得更美好！”

乌鸦们深受感动。因为在镇上，根本没有人向他们打招呼，更没有人请他们吃饭或把他们当作客人。在镇上，人们只管他们叫“害虫”或是“流氓”。自从图书馆被烧毁后，镇上的人们变得比以往更加暴躁。早期一些年长的乌鸦坚持认为——自从那个讨厌的光鲜的镇长出现后，人们才变暴躁的。有些人暴躁到不时向乌鸦扔石头。扔石头！非常有想法！

大怪物把硬面包和干玉米粒捣成的碎粒撒在地上。乌鸦来吃的时候，她

便给他们讲她生活中的这样那样的事情，诸如她离开家乡很久了，但毕竟她的生命也很长。

乌鸦们仔细地听着她的话语，他们从一根树枝跳到另一根树枝。他们在巨大的乌云下面盘旋，窃窃私语地商量着什么。

他们非常喜欢大怪物，但他们也很担心她。

“呱——”乌鸦们叫道，“人们说这是个美好的小镇。也许曾经是，也许某处仍存有善良和可爱。但是每天小镇都在变得不友善，就像枯萎的树木四处蔓延一样。如果一个城镇可以如此冷酷地向乌鸦扔石头，他们还能做什么好事？”

“呱——”他们补充道，“我们很喜欢你，但你可能要考虑换个地方住。”

当然，大怪物一个字也听不懂。她只是笑了笑，她心里很满足，精神焕发。“你们是多么好的邻居！多么令人愉快的朋友！我真是个幸运的大怪物！欢迎你们随时来做客。我会跟你们分享我的所有。毕竟你付出的越多，你拥有的就越多。这是我所知道的唯一真实的事情。”

夜色渐浓，乌鸦们陪在她身边，她躺在草地上，乌鸦们紧紧挨着她。

他们都抬头数星星。

第 6 章

孤儿们众说纷纭

是那场大火改变了这座小镇吗？

是不和睦的邻里关系改变了小镇？

小镇变成今天这样，是因为消失的学校，还是因为吞没公园的天坑，又或是枯死的树木？

图书馆的大火发生在这些孤儿出生前几年。当然他们对石头谷没有任何记忆，只知道这个小镇现在的样子：一个单调、吝啬、刻薄的小地方。孤儿院的紧锁的大门和高大的石墙与城镇相隔开来，孤儿们不得单独外出。因此，他们有大量时间来思考石头谷的问题。

一个可爱的小镇如何变得不再可爱？

如果它现在不可爱，那它原本会是可爱的吗？

假设它过去是可爱的，那它真的有可能再次变得可爱吗？

“过去很可爱”，年纪最大的安西娅（她自认是最聪明的）经常强调道。她是个高挑严肃的女孩，快十四岁了，一头乌黑的头发，编成两条整整齐齐的辫子，乌黑的眼睛，浓黑的眉毛总是皱着，露出好奇敏锐的表情。她的手很纤细，手指又长又灵巧，经常替别人做些有用的东西。例如，为婴儿准备一双新短靴，或者更好用的勺子。

“曾几何时石头谷是非常可爱的小镇”，她说。因为安西娅是那种相信细节的孩子，所以她用图片来证明这一点。她收藏了一系列木版画和水彩画，以及只能透过雕刻箱针孔观看的微型立体模型，每一幅、每一个都展示了小镇过去的不同面貌——果园、花园，漫步于长廊穿着漂亮裙子的女孩，忙着在图书馆长长的走廊里寻找书架的人们。

“看到了吗？”她说道，“多可爱啊！”她觉得这些照片解决了这个问题。

“是什么让它这么可爱呢?”老二巴图比问道。那天下午,酷热笼罩着整个小镇。巴图比喜欢哲学,热爱辩论。他有一头乌黑的卷发和一双不对称的眼睛,脸上挂着轻松、爽快的笑容。“我推测,要么是令它可爱的源头被搬走了,要么就是它的可爱在某种程度上是被夸大了。如果是前者,小镇就有可能恢复过去的可爱样子。如果是后者,那么我们必须接受小镇的现状,包括缺点和一切。”他停顿了一会儿,撩开眼角的卷发。“并不是说缺点有什么问题”,他笑着说。

巴图比拦住了孤儿院的院长,院长正在忙着处理她没完成的工作,巴图比想听听她的意见。

院长没有时间研究哲学。孤儿院里有很多孩子,太多了,而她有太多事情要做。她两只胳膊抬着堆满衣服的洗衣篮急忙跑下楼梯。在孩子们看来,院长似乎老得不可思议,但她出奇地强壮敏捷,而且总是匆匆忙忙。

“你太小了所以不记得,”院长气喘吁吁地说,“如果见过你就会知道。镇子曾经确实很可爱、很安全、很友善。”她瞥了一眼窗外,脸上的皱纹越来越深,眼神变得忧伤。“真可惜,”她叹了口气。“太可惜了。”然后她摇了摇头,又忙别的去了。

但孤儿们不肯作罢。他们确信会有一个答案。长期以来,他们总听到门外的路人窃窃私语,指责石头谷的大怪物,他们说正是因为大怪物住在这里才让小镇不再可爱。孤儿们立即驳回了这个观点。

安西娅称其“太愚蠢,没办法交流”。

巴图比认为“这在哲学上站不住脚,在道德上也很粗俗”。

老三卡斯一如既往地一言不发,但听到有人这样说大怪物时,她会怒目圆睁。

孤儿们的理由很明显:大怪物整天都待在镇子尽头那间歪歪扭扭的屋子里,据悉,她除了去森林,从来没有去过任何地方,而且只在晚上才会去。人们偶尔会远远地看到她(“她威胁性地挥手!”邻居们抱怨道),但这种情况很少见。没有人知道她是如何打发时间的。那么,小镇变得不再可爱和邻居大怪物有什么关系呢?

尽管如此，问题仍然存在。如果小镇曾经真的很可爱，那这可爱去了哪里？

幸运和思恩这两个十岁的孩子认为石头谷从来都不可爱。他们双臂交叉抱在胸前，板着脸，一如既往地准备提出反对意见。幸运和思恩都坚持认为他们是同卵双胞胎，尽管事实上他们看起来一点也不像——他们从脸到头发，到眼睛颜色，再到肤色都完全不同。如果不是因为他们出奇地难以区分，说他们是双胞胎会显得很荒谬。幸运总是与思恩相混淆，而思恩又常常被误认为是幸运。他们能说出相同的句子，似乎能分享彼此的想法。孤儿院中普遍认为幸运和思恩拥有相同的灵魂。孤儿院的每个人都简单地称他们“双胞胎”。

“看”，幸运说。

“我们所有人都待在这里，”思恩继续说道，“在一个篮子里。”

“我们的亲人要么走了，要么死了。”

“而且没有朋友或邻居愿意收留我们。”

“这样的事情会发生在可爱的小镇吗？”思恩大声问道，接着是一阵长长的停顿。

“没有，”幸运愤愤地说，“他们没有！”说完他们手拉手气呼呼地离开了。

迪尔德雷认为当学校被烧毁时，小镇便注定要毁灭，因为它显然会让每个人都变得愚蠢，而以利亚宣称这是天坑造成的，因为这个想法听起来很可怕。海勒姆、伊基、贾斯蒂娜和凯伊对这座小镇可不可爱并不在意，只是觉得不让他们出去玩实在是太不公平了。

“至少应该让我们爬上那烟雾缭绕的古老石头，”贾斯蒂娜抱怨道，“它们脏脏的，很有趣！”

“里面太热了，”海勒姆说，“我们出去摔跤吧。”海勒姆单腿拄着拐杖，跑得比大多数两条腿的孩子还要快，而且和往常一样他一闪而过，其余的小孩子也跟着他跑了出去，跑进花园里，在草地上打滚，追逐小鸡，与两只山羊玩耍。以利亚给双胞胎讲故事，而迪尔德雷用粉笔在鸡舍的外墙上画出他故事中精心设想的场景。猫在花坛里跟踪老鼠，婴儿们在室内打盹，院长的丈夫，

名叫迈伦，年纪非常非常大，正给蹒跚学步的孩子们洗澡。

这是孤儿院里平凡的一天。

安西娅、巴图比和卡斯一起坐在前面的台阶上，看着年幼的孩子们。

他们在思考，如果小镇真的发生了变化，那么图书馆大火或许是主要原因。

这是安西娅偏爱的理论。她是那种相信逻辑和进程、因果关系的女孩。只要有可能，她就喜欢使用“所以”这个词。安西娅知道，这场大火不仅烧毁了图书馆无数的好书，也毁坏了附近的树木。没有图书馆，小镇就没有参考资料室，也无法查找拯救树木的办法。树木枯死，然后洪水来临，造成了天坑，这意味着在公园里玩耍是不安全的。栅栏竖了起来，然后是墙，然后是上锁，没有人愿意成为那个给予大家帮助的人，因为没有人愿意为可能失败的解决方案负责。

“你说呢？”安西娅问道。她、巴图比和卡斯向后靠在手肘上，双腿伸直搭在门廊台阶上。他们肩并肩，一如既往地享受彼此的陪伴。

“这只是逻辑问题，”安西娅继续说道，“因为 A 为真，那么 B 一定为真。由 B 得出 C。小镇变得不可爱不是任何人的错。大火确确实实改变了一切。”

“我质疑你的假设”，巴图比说。

“我也质疑你”，安西娅反驳道。“而且，我年纪大”，她补充道，好像这样说就没有必要再争论了。

巴图比不服气。太阳落山时，年幼的孩子们在草地上玩耍。他们仰着头，享受着阳光。一只猫爬到巴图比的腿上，蜷缩成一团。巴图比心不在焉地抚摸着它。它的眼睛是两种截然不同的颜色。一只是淡褐色，带有绿色和金色的斑点，而另一只是苍白的——就像脱脂牛奶洒在天空上的颜色。淡褐色的眼睛能够看到远处的微小细节，而另一只眼睛只能看到一点光和影。他经常说这可以让他练习两种不同的方式看待事物，并且在大多数问题上至少会有两种想法。

“我可以看到两个方面”，他对安西娅说。

安西娅顿时生气了。“这不是两面性的问题，巴图比，”她说。

“任何事情都有两面性，”巴图比反驳道，“所有事情都有很多面。”

卡斯“哼”了一声，她没有争辩。对于这件事，她从不与巴图比或者安西娅或者任何人争论。

“看到了吗？卡斯同意了我的看法”，安西娅低声说。就算巴图比听到她这么说，他也没有回应。

卡珊德拉是巴图比的妹妹，大部分时间都叫她“卡斯”。她留着短发，更喜欢穿裤子和靴子而不是裙子和长筒袜，她通常话不多。兄妹俩人中，巴图比的话已经够多了。而卡斯不健谈，更像是个实干家。她总是打扫人行道或是堆放木柴，或即便在没人请她泡茶时也会主动悄悄地把美味的薄荷茶递到院长手中。

“你不需要为卡斯说话”，巴图比说。“卡斯为卡斯说话。”卡斯把头靠在哥哥的肩膀上，把靴子的后跟压在安西娅的窄鞋上。她闭上眼睛，享受了片刻阳光洒在肌肤上的感觉，享受着安西娅和巴图比的陪伴，他们是她在这个世界上最喜欢的两个人。卡斯知道，谁是对的，或者说用多少种方法来思考一个情况，这并不重要。

因为如果任其发展，安西娅可能会把自己逼到墙角，而卡斯的哥哥可能会认为自己陷入了困境，必须有人把他们拉出来，而那个人通常是卡斯。

这个小镇最初是否可爱，或者如何变得不可爱，最终都没那么重要。说到底，小镇并不重要。

唯一重要的是孤儿院。孤儿院所有的孤儿都互相照顾。并且他们照顾院长，以及院长的丈夫迈伦，而且他们总是这样做。因为在孤儿院里，他们是一体的，这就是事实。不管门的外边发生了什么，不管小镇是否安全，好或不好，可不可爱，以及它是如何变成这样的，都无法改变孤儿院很好的事实。里面的人，所有人都很好。在高墙之内，他们每一个人都是绝对安全的。对，就是这样。

“我们互相照顾，”卡斯想，“我们彼此关爱。我们属于孤儿院，我们属于彼此，这一点永远不会改变。”

卡斯是对的。错不了。

第 7 章

石头

听着——

石头谷中有一块真正的石头，它位于曾经是真正的峡谷的中心。曾几何时，在小镇建成之前，峡谷里生长着茂密的树木，主要是橡木、白蜡木和梧桐木。它们是古老的东西，数量如此之多，你无法看清宽阔的树干和蔓生的树枝那头有什么，那是很久以前的事。终归人类来了。而且，人类发现了那些又长又直的树干和宽阔的枝条的用途，决定用它们来建造房屋，然后是家具，然后是学校，然后是精美建筑的宽梁，坚固耐用，代代相传。他们砍伐树木，建造小镇，他们没问树木对此有何感想。这并不罕见，唉……（建造小镇的人没有注意到石头。而且，随着时间的推移，人们仍然没有注意到石头。石头说它不介意，它基本上不介意。）

人们常说，那些原始树木制成的杆子、横梁和柱子都是有记忆的。

不仅如此，他们还说，用这些原始树木制成的每根杆子、每根横梁、每根柱子、每套家具，有时会在黑夜里窃窃私语。

或者至少我是这么听说的。我本人又不能在晚上偷偷溜进别人家偷听，所以我无法验证这些是否属实。

不过很遗憾。我记得那些故事。

我恐怕得说白蜡树是相当愚蠢的生物，而且它们的故事往往过于空洞和绵长，以至于没有多大意义，但地球上没有比橡树更会讲故事的了。很久以前，在小镇还没有建成之时，这里还长着原始树木的时候，石头谷里充满了故事，那些故事有着深厚的根基和丰厚的底蕴——不断走向外面的世界，在天空中回荡。

但现在一切都没有了，每个故事都随着斧刃而倒下。我一想到这就不寒而栗。

石头留在原地，它哪儿也没去。没有人注意到它，或者大多数时候人们没有注意到它。

石头就坐在现在的中心广场的一侧。它过去在哪儿，现在也还在哪儿。它粗糙、不对称，颜色相当单调。无人知晓它是块石头，它已融入其中。乍一看似乎并没有那么大——也许也就一把舒适的椅子那么大——但实际上，它比看起来要大得多，因为它的大部分体积深埋地下，并向多个方向延展。有多深？有多宽？唔，谁也说不准。

除了石头，没有人。石头通常不会说话。

任何人都知道，它是无论如何也动不了的。

如果你现在去石头谷旅行，找到了那块石头，然后非常非常仔细地观察，你会发现石头的表面刻有文字，但多年来风吹雨打使大部分文字都被腐蚀掉了，现在依稀可见的文字是用一种几百年来没人用过的语言写成的。

由于没有人注意到石头，所以自然无人注意到文字……直到图书馆被烧毁后的那段日子，人们沉浸在悲伤痛苦、难以置信的状态里，他们的目光落在了石头上，他们叫邻居来看一看，瞧一瞧。上面有个符号，有些人认为像一座山，另外一个符号，有几个人说像龙，还有一棵看起来像是被斧头砍倒的橡树。

越多的人来看，就有越多的发现。

“好吧，我看出来了，”人们说，“那不像房子吗？”确实如此，大家都同意。

“看！那里是一座村庄。”

是的，如果你眯着眼睛看，它确实看起来像一座村庄，但更重要的是，当人们将手指放在符号上，他们似乎能感觉到这个村庄，那种感觉深入骨髓。

“还有这！”他们指着另一个符号。“这是一场火灾。”确实如此。这个符号本身摸起来就很烫，不知为何，每个人都充满了深深的失落感。

“看，那里！”有人指出，“是大怪物！”这块石头上的符号到底蕴藏着多少奥秘啊！

消息传开，人们聚集在一起。他们坐在石头旁边，试图解开它的种种谜团。他们众说纷纭，为相互矛盾的观点而争论。人们自发演讲进而产生热烈

的辩论，有组织的小组讨论，甚至孩子们也参与其中，交换想法。这和找回图书馆的感觉不同，但在一起的感觉还是很好。

终于，消息传到了镇长的耳朵里。他从他精美的豪宅大门中走了出来，像往常一样沐浴在金灿灿的阳光下。他的头发梳理得很漂亮，笑容灿烂，说话时神采奕奕。他打败了龙，你知道的。这么多年过去了，说起来还是觉得很令人惊叹。他担任镇长已经有一段时间了，人们很难说有多久，每当有人试图弄明白这个问题时，他们都会眼神迷离，头痛欲裂。无论如何，有如此出色的镇长，上任了多久又怎么样呢？

当镇长走近中心广场的人群时，他皱起眉头，人们在那里讨论石头的含义。“请告诉我，”他笑着说，他的牙齿洁白得有些晃眼，“这一切到底是什么意思？”

以前的图书馆员讨论了石头上的文字及他们对起源的猜想，而失业的语言学家则推测每个符号的根源和含义，教师们就石头的学术用途以及学校重建后如何在课堂教学中使用石头发表了自己的看法，艺术家们提议建造一个社区设施，建筑师建议在石头周围建一个凉亭，这样人们就可以聚在一起思考、讨论，还能在阴凉处休息。

镇长皱起眉头，他伸手去摸石头，一时间什么也没有发生。然后他的脸变得铁青，再之后变得惊慌失措。他像被烫伤一样抽回了手。就算有人注意到他突然的表情变化，也没有人会说出来，更何况根本没有人注意到（我当然注意到了，但没人留意到我注意到，我已经习惯了这种事情）。

“你看……”一位图书馆员开始说话，但她很快就被打断了。

“够了！”镇长说，他漂亮的靴子发出“咔嗒”声，金色的纽扣在阳光下闪闪发光，中心广场的人们不得不遮住眼睛。镇长整理了一下漂亮外套的褶皱，扭过头转向崇拜他的镇民。他摇了摇头。“看到我心爱的社区里出现这样的分歧，我很痛苦。”他双手按在胸口，悲伤地鞠了一躬。

镇民们倒吸一口冷气，看到这样好的镇长如此痛苦，他们深感悲伤。他们是否在不知不觉中变得令人讨厌？每个人都狠狠地看了看他们旁边的人。他们嘴角抽动，眉头皱起，很快每一张脸上都露出了酸溜溜的表情。

镇长立即让木匠建造了一个沉重的木箱来装这块石头，好让这块石头远离人们的视线和注意。箱子抛光的纹理和巧妙的接缝经受住了长时间的风吹雨打。有了这个箱子，人们再也看不到石头，结果也不再想这个石头。时间流逝，他们彻彻底底忘了石头这件事。

木头会腐烂，接缝会开裂，最终这个箱子变成了一堆废弃的木柴——成为衰败小镇的又一件破旧物。最终，更多的垃圾还有残骸丢在中心广场的垃圾堆里。人们发出“啧啧”声，抱怨这里的一团糟，但他们没想过这些都是从何而来的，也没有想过为什么会在那里。他们仍然没有注意到留在垃圾堆阴影里的孤寂石头，他们的眼神只是从它身边一瞥而过，就好似它不存在一样。

听着——

你可能想知道镇长将手放在石头上的那一天到底发生了什么？他的表情一下变了是怎么回事？你可能想知道镇长发现了什么？唔，谁会说呢？镇长当然不会说。

当然你可以问石头。但我知道你在想什么：石头不会说话。

你是对的。通常来说它们确实不会说话。

第 8 章

嘀答

和孤儿院的院长一样，院长的丈夫迈伦老得令人难以置信。孩子们经常试图猜测他们的年龄，但院长和迈伦都不肯说。（五十？一百？一百五？每个数字听起来都很大，但每个数字都完全合理。）有一件事是肯定的：孩子们都知道院长和迈伦自小就是朋友，后来成了爱人（就在这个孤儿院里），尽管迈伦比院长小两岁，但院长显然更健壮。尽管院长年纪大了，但她浑身肌肉、筋骨强健，动作敏捷——机敏灵活，精力充沛。

而迈伦不是。他的手、胳膊、后颈和一侧脸颊上都有很深的伤疤——起泡红肿，而且非常非常红，就像烧伤一样。孩子们经常问起这些伤痕，但迈伦从不正面回答。这些痕迹太难言说，即使是现在也让他感到痛苦。此外，迈伦比孤儿院里的任何人都容易生病。他咳嗽得很厉害，气喘吁吁，脸色变得苍白，眼睛看东西时仿佛隔着浑水。他很困，一个月比一个月困。大点的孩子比小孩子更能注意到这一点，他们尽力不去让他忧心。当迈伦感冒时，他们会在迈伦的脚上盖上一条毯子，给他端来一杯薄荷茶让他提神，并竭尽全力告诉自己：没事的，他很好，一切都会好起来的。

不过，有些夜晚里安西娅会久久不能入睡，躺在床上盯着天花板想着迈伦。虽然他的身体很虚弱，但他的头脑却一如既往的机敏——反应迅速、好奇敏锐。安西娅坚信心灵的力量。难道她靠自己的头脑就不能学习语言、数学、逻辑了吗？更不用说修修补补、木工手艺还有针线活。安西娅觉得，一个头脑清醒的人，没有什么是做不到的。必要时，她相信迈伦的头脑会让他的身体坚持下去。毕竟，孤儿院需要他。

当安西娅和迈伦一起走在石头谷坑坑洼洼的街道上时，这些想法在安西娅的脑海中转个不停——她握着迈伦的左手，而以利亚握着他的右手。迈伦

紧紧地握着他们的手，目光扫视四周。太阳高高挂起，阳光明媚，找不到阴凉处，所以每一个下陷的门廊，每一处散落的垃圾，每一扇用木板封住、写着潦草丑陋字迹的窗户，这一切都显得格外扎眼。

以利亚一边走一边讲故事，以利亚总是讲故事，安西娅早就听不进去了，他滔滔不绝地讲着故事细节。在以利亚的故事里，有一块无所不知的石头，有会说话、会做梦、会讲故事的树，有一条凶恶到没人愿意提起的龙，还有深山里的一群大怪物，以利亚的故事曲曲折折，安西娅并没在意。

“来吧，孩子们”，迈伦说着加快了步伐。

“然后，”以利亚继续说，“你不会相信乌鸦接下来说的话！”安西娅翻了个白眼。

他们穿过中心广场，今天不是赶集日，所以根据法律，任何人都不能在广场上卖东西（有指示牌提醒人们注意这一点，指示牌底部印有小镇最新的口号“秩序高于一切”）。不过，偶尔还是会有小贩偷偷叫卖他们的商品，但如果有麻烦了，他们就随时准备卷起货物溜走。

“衣服！”一个女人在一张临时搭建的桌子旁叫卖。“买卖东西喽！不要的衣物，褪色的衣物，一次性的衣物，穿过的衣物都可以来卖。还有抹布、标签和天鹅绒礼服！我们都有！”她一遍又一遍地扫视着广场，确保没有人会举报她。

“彩虹糖、种子、旧钻头！”一个男人在一堆垃圾和杂物旁边吆喝道，“发条齿轮、弹簧、螺丝！需要背带吗？需要摹图吗？需要电线吗？需要火吗？应有尽有！”

安西娅看了过去，只是一堆零碎东西——可能是从他旁边的那堆垃圾中捡来的，而他正试图把它们卖掉，表现得好像这不可能是从垃圾堆里捡的一样。附近有人威胁要报警。

“那个人偷了我的想法”，安西娅抱怨道。

中心广场的那堆垃圾非常有用。从记事起，安西娅就一直在里面为她的项目寻找零碎物件，但她只有陪同院长或迈伦跑腿时才会这样做，因为不允许她独自去中心广场。她经常能在这搜到一把直钉，或者各种螺丝、编织绳、

破损的钟表(其齿轮和弹簧可以重新利用)、编织针、毛线——总会有新发现。安西娅擅长从废弃物中寻找价值。

“人们不应该窃取别人的想法!”安西娅抱怨道。她皱了皱眉,狠狠地看了卖家一眼。

“亲爱的,”迈伦啧啧地说,“想法永远不会被偷走,因为它无法被占有。正如无法占有太阳、空气、雨水。由于阳光和雨水的馈赠,地下的种子得以生长。种子有生长的想法吗?太阳有照耀的想法吗?雨水有浇灌大地的想法吗?当然不是,想法会自我复制。要限制或储存想法,那是无稽之谈。”

安西娅皱着眉头。院长和巴图比一样喜欢哲学,但哲学只会让她越发生气。“我不同意!”她说。

“但是你看,”以利亚说,他还在讲故事,没注意安西娅和迈伦在说什么,“他的脸实际上是伪装的!镇上的人不知道的是——”

“我们到了!”迈伦打断了他。他们到了肉店,迈伦催促着孩子们进屋。安西娅皱了皱鼻子,她不喜欢肉店的味道——盐味、烟味、恐惧和悲伤味。她把手伸进口袋,抓起她用花园香草做的香囊,深深地吸了一口气。

一个男人站在柜前正和屠夫争执不休,或者说是屠夫在争论,与他争论的那个人平静地站着点了点头。他个子很高,肩膀很宽,穿着一条有很多环和口袋的羊毛裤,每个口袋里都装着工具。安西娅印象深刻。她很欣赏那些工具,以及存放它们的巧妙地方。男人淡淡地开口,语气坚定。

屠夫的胳膊很细,一条脏兮兮的围裙遮住了他鼓鼓的肚子。他有黑眼圈,脸颊泛黄,这让安西娅觉得他可能很少出门。当他怒火中烧时,他的脸上泛起红色斑点,脖子上青筋暴露。安西娅屏住呼吸看着。

“这是我友谊的体现!”屠夫说。口水从他嘴里飞溅而出。他的嘴唇因轻蔑而扭曲。“确实很好!毕竟我已经完成了!却被这样对待!”

“我不明白你的意思,乔纳森”,带着工具的男人说。他双手合十,将下巴搁在指关节上。“变卦的人不是我,也永远不会是我,因为这样做既不友好也不体面。我需要皮革来做鞋。你有固定的货源,如果没有买家,这些货就会被浪费掉,我们商量了一个双方都认为公平的价格。我们握过手,把价格写下来。现在反悔的是你，我的朋友，而不是我。我想知道为什么。”他摊开双手，掌心向上，放在柜台上。

“哦！你在侮辱我，是吗？”屠夫把手举在空中。他又说了几句粗鲁的话，让安西娅倒吸一口冷气，以利亚用手捂住耳朵。屠夫转过身背对着那个人，来回踱步，毛巾扔在地上，把盘子拍得“啪啪”作响。“无赖！强盗！这个小镇是怎么了？曾经那么可爱的小镇！”

带着工具的男人继续温和地说着，屠夫继续辱骂和发火。这种情况持续了一段时间，直到迈伦终于清了清嗓子。“抱歉，打扰一下？”迈伦说，他的声音如干枯的树枝。安西娅捏了捏他的手，给予他勇气。在美好的这一天，迈伦是胆小的。屠夫那张通红、愤怒的脸足以把可怜的迈伦撞倒。带着工具的男人转过身来，对上了迈伦的目光，两人的脸上都露出了灿烂的笑容。“哦！”迈伦说，“是你！你好，亚瑟！”

“哎呀，迈伦！”男人说着，大步走了过去。两人拥抱在一起，互相拍着后背。“有一段时间没见了。我一直想拜访你和亲爱的院长，但这年头，光是维持生计就够我忙的了。忙的时间一晃就过了。”

迈伦还没来得及回答，屠夫就把双臂交叉在他脏兮兮的围裙上，“哼”了一声。“哦！”屠夫指了指男人和迈伦。“现在联合起来对付我，是吗？好吧，很有可能！老伙计！说吧，你想怎么骗我！”

迈伦小心翼翼地走到柜台前，开始低声说——关于账务的事情。安西娅和以利亚一起退后一步，后背紧贴着门。迈伦早些时候告诉过他们，他需要他们一起来，表现出惹人喜欢的样子，安西娅现在明白为什么了。屠夫不太友好。这时她摆出最迷人的面孔。

“你的脸怎么了？”以利亚低声问。“嘘”，安西娅告诫道。

“有一个关于这个的故事，你知道的，”以利亚说，“你看，曾经有一条龙——”安西娅叹了口气。“没有人想听，以利亚。”

屠夫提高了声音。“骗子！小偷！”他哀叹道，“这个镇子只剩下骗子和小偷。我知道你正在训练这些年轻人，是吗，迈伦？那是你的把戏吗？镇长警告我，有人正在进行肮脏的勾当，他是对的！看来是一家专门培养未来罪犯

的孤儿院。你应该感到羞耻!”

“真的吗!”迈伦“哼”了一声,“我从来没这么做过!”

“乔纳森,”另一个人说,试图让事态平静下来,“你说的一点道理都没有。”

“她几岁?”屠夫问,手指着安西娅。

她有点退缩了。

然而她记得要施展魅力。她温和地笑了笑,连忙行了个屈膝礼,这是书本上常有的事,现在看来很合适。“我十三岁,先生。秋天我就满十四岁了。”

屠夫凶恶地噘着嘴。“十四岁,嗯?好吧。嘀嗒,嘀嗒。时钟嘀嗒作响,我的女孩。很快你就要被扫地出门,就是那样。非常好的生日礼物,你不觉得吗?但规则就是规则。是不是他们没告诉你?”他冲她露出一个坏笑。

安西娅眨了眨眼,她不知道屠夫在说什么。她看着迈伦,迈伦正瞪着屠夫。“什么?”她说。从她嘴里发出的声音,就像一颗鹅卵石掉进了池塘。

“那是……嗯,就是这样,”迈伦结结巴巴地说。“这很荒谬。我是说……”“乔纳森,老实说,”带着工具的人说,“这到底是怎么回事?这一切从何说起?”

“镇长今早来过,警告我要注意各种邪恶行为。阴谋!骗局!用各种方式进行欺诈。我一直保持警惕!没有人会骗我,连所谓的‘朋友’也不行!”他把目光转向安西娅,一团红晕从他的脖子上蔓延开来,斑斑驳驳地蔓延到他的脸上。“还有你,小偷!你肯定知道孤儿只能在孤儿院待到十四岁,这是规则。你们这些游手好闲的孩子应该出去闯荡!成为学徒!变得有用!这是规定!成为有用之人,而不是一辈子都没有做过有用的事。我纳税养活你们这些孤儿,为了什么?”

迈伦像展开翅膀一样张开双臂,把孩子们赶到门口。“出去,”他很快地说,“你们俩。”然后他的眼睛睁得大大的,目光四处扫视。“但是要待在窗边,这样我才能看到你们,出去走远不安全。”当迈伦把孩子们赶出去时,低声说:“亲爱的,别担心。那个人在胡说八道。他就是个疯子!”他捏捏他们俩,在他们的脸颊上亲了一下,然后回到大吼的屠夫身边。

安西娅和以利亚站在鹅卵石街道上。骄阳似火,但安西娅用双臂抱住身体，冷得瑟瑟发抖，她的眼睛干涩得仿佛是用沙子做的。“十四岁！”她想，“真的吗？为什么没有人告诉我？”

安西娅很小的时候，孤儿院住着四个大一点的孩子。他们不像她和其他人那样在婴儿时就来了孤儿院，而是因为家庭悲剧，来时已经长大而且都没有待很长时间。他们只是受院长和迈伦照顾，直到他们开始人生的下一个篇章。

从前，这就是孤儿院的运作方式，在图书馆被烧毁之前，在小镇改变之前。这里应该是充满爱意、安全的临时容身之处。过去，大家一起工作，一起努力帮助有需要的邻居；但是现在，孤儿院已经没有地方了，孩子们还是婴儿的时候就来了，然后他们就……住下了。

安西娅以为她会永远留下来。她还能去哪里？她在上下打量街道——破碎的窗户，盖在门廊上的木板，消失的鹅卵石，各种被大火烧毁的建筑物的残骸，就像牙齿脱落后嘴里的缝隙。

以利亚感受到她的痛苦，把手搭在她的手心。“你知道，有一个关于旧图书馆的故事”，以利亚说。安西娅气得没法叫他闭嘴。“关于着火那天发生的事情。你知道图书馆有魔法吗？或者也许是书有魔法。”

安西娅闭上了眼睛。“没有魔法，以利亚，”她沉重地说，“你现在已经长大了，应该知道的。”

“我认为很多东西都带有魔法，你仔细想想。有些东西可能并不完全有魔法，但它们非常接近魔法。”以利亚说话总是很快，就好像一天中没有足够的时间来释放他脑子里所有的话语和想法。“瞧瞧阅览室，我曾经在那里找到过一本书，我打开它时，它冒出了图书馆大火的烟雾。我是认真的，安西娅！真实的烟雾！所以也许阅览室是有魔法的，因为那里的书真的很神奇。我曾读到过，书可以改变空间和时间，一个地方的书越多，空间和时间就越会被弯曲、扭动、折叠。我不确定这是不是真的，但我感觉是真的。当然，我是在书上读到的，也许那本书只是在吹牛。”

安西娅闭上眼睛，仰起脸，从鼻子里长长地吐出一口气。“书本不会吹牛，以利亚”，她说，声音里充满了恼怒。

“好吧，也许他们应该这样，”以利亚说，“总之，有一个故事说，图书馆里有一本书是与时间脱节的，它从四个方向讲述历史——向前、向后、内部和外部。我想这也不是魔法。但绝对接近魔法。”

“这没有任何意义”，安西娅说。

“你思考一下，这是有意义的”，以利亚笑着说。他松开安西娅的手，伸手搂住了她的腰。以利亚个头很小，跟年龄有点不相称。他的头还没有完全够到安西娅的肩膀，所以他正好贴在她的胳膊下。他紧紧地抱住她。“安西娅，别在意那个人的胡说八道，”以利亚说，“我已经知道这个故事的结局了。孤儿们被拯救一天。我不确定是怎么做到的，但我知道我们做得到。我们大家在一起。相信我！”

安西娅摇摇头。在孤儿院所有的孩子中，以利亚是最奇怪的。不过，他的信心令人欣慰。她回抱住他。就在这时，迈伦跌跌撞撞地出来了。

“不要回来！”屠夫喊道。

“别担心，迈伦，”带着工具的人说，“我会和镇长讨论这个情况。他知道该怎么做。他一个人就能解决这个问题，就像他解决其他一切问题一样！”想到镇长，男人的脸色变得萎靡不振，眼神没有焦点。

迈伦的目光落在地上，开始坐立不安，几乎看起来很尴尬。安西娅皱起眉头，看着迈伦，然后看看那个男人，又看了看迈伦。

“他现在还行吗？”迈伦喃喃自语，但他低声说了出来。带着工具的人似乎没有注意到这些，他目光分散，然后就……飘飘忽忽地走远了，像梦游一样。

迈伦朝安西娅和以利亚勉强地笑了笑，“有些人确实喜欢镇长。”他清了清嗓子。“好了，我们走吧，亲爱的。我们心爱的院长可能在想我们去哪儿了！”

以利亚皱起眉头。“但是我们不是要买肉吗？”他把手插进口袋里，“你知道的，晚餐要吃的？”以利亚的肚子“咕咕”叫，好像是在回应。

迈伦咬了咬牙，叹了口气。“今天不行，以利亚，”他说，“这是肉店的新规定。要付现金，不能赊账。别担心，亲爱的，没事。我们都会好起来的。我们可以享用蔬菜汤，直到我们的罐子里装满硬币。哦，那将是多么美好的盛宴！

快来!”

“哦,很好”,以利亚喃喃地说,做了个鬼脸。再来点蔬菜汤。早餐、午餐和晚餐。谁会厌倦呢?

迈伦拉着他们的手,匆匆离去。

安西娅试图跟上时不小心把自己绊了一下。然后,她无意识地回头瞥了一眼肉店。在那儿,屠夫站在窗前,怒视着他们匆忙离开的背影。屠户的目光落在她的身上,嘴角勾起一抹冷笑,还竖起一根手指,来回摆动。

“嘀嗒,嘀嗒,”他念念有词,“嘀嗒,嘀嗒。”

安西娅转过身,咽了一口唾沫。在此之前,她从未真正考虑过时间。有这么多工作要做,时间是什么?在她的脑海里,她计算着再过几个星期就会天气骤变,树叶变色,夜风瑟瑟。然后她离开的时间就要到了。

第 9 章

大怪物在潜望镜中看到了什么

如果你问大怪物花了多长时间才盖好她那歪歪扭扭的屋子，她可能会被这个问题弄糊涂。

时间对大怪物来说并没有什么不同——怎么可能不同呢？时间就是时间。但是——

我们可能认为时间是稳定一致的——秒和分就像尺子上的刻度一样——但事实并非如此。时间在延伸、聚集、摆动。它绕来绕去，有时平坦，有时打结。埋在地下的石头与在太空中飞驰的彗星，它们所经历的时间是不同的。

正如人们所说，时间是相对的。显然这不是魔法，但给人一种魔法的感觉。例如，大怪物对时间的体验与人类不同。这跟他们的长寿不无关系。你可能已在家中注意过类似情况。小孩可能会问父母要等多久，父母可能会说五分钟。从父母的角度来看，五分钟几乎算不上什么时间。然而，从等待的孩子的角度来看，五分钟可能会感觉很长——长得难以忍受，或者是无限长，这取决于孩子在等什么。

在附近农民看来，大怪物建造房子的时间长得惊人。日复一日，年复一年。时间太长了，以至于他们中的某些人忘记她是第一个搬来的，甚至忘记了他们有个大怪物做邻居。他们从未见过她。她白天待在自己挖的地洞里，晚上才出来。她悄悄地、安静地亲手建造了这间屋子。非常非常缓慢。她的邻居几乎没有注意到它。他们注意到的是乌鸦，它们的数量开始增加。乌鸦不再栖息在小镇周围，而是聚集在大怪物所在的农场上——一大群乌鸦，长着黑色的翅膀和尖尖的喙，大声地“叽叽喳喳”，成为空中越来越大的威胁。

这让邻居们议论纷纷，他们很快就相互提醒这群乌鸦是不祥的。什么样的生物会与不祥的乌鸦为伍，而且还是很多只乌鸦？事实上，乌鸦多得他们都数不过来。大怪物对邻居的窃窃私语一无所知，她集中精力而又缓慢仔细地建造房子。她不想要不属于自己的东西，她只采集森林中已经倒下的树木，在黑夜里将它们背回来，晾干备为木料，直到可以被改成木材。石头，她只使用从自己地里挖出来的或在溪流中找到的。她使用的工具是在森林里被遗弃了一年的，以免它们的原主人回来认领。

大怪物记住了整片森林。她记得每根树桩和石头，每片浆果地和核桃林，每片蘑菇花和每座盐矿，甚至记得上次在哪里见到一把破损但仍能使用的废弃锤子，要么是在沟渠，要么是在森林里的垃圾堆里。

抱歉，石头谷的一些人偶尔会到森林里倒垃圾。林子大了，什么鸟都有，有什么害处呢？显然，这是一件很糟糕的事情，但最终对大怪物有用，因为她擅长从别人忽视的事物中发现价值。作为这样的一个群体，大怪物总有办法找到他们需要的东西。

大怪物知道龙有时会在森林里游荡，这显然是一个问题。夜里溜达时，她发现了这种生物存在的证据，龙几乎总是与新月同时出现。她偶尔会发现闪亮的鳞片或被丢弃的镶有宝石的爪子。其他时候，她发现小树被随意地连根拔起并扔到了一边，大片的灌木丛被笨拙的巨龙漫步时踩平了。每隔一段时间，她就会遇到一只被掏空的动物残骸，被烧焦的眼睛里依稀可见惊恐的神情。这样的事情也很少见，她从未见过龙，因为龙喜欢在白天出没，喜欢在阳光下懒洋洋地小睡一会儿，在这方面他们很像猫。

事实上，在漫长的一生中，大怪物从未遇到过龙。尽管如此，她还是知道龙通常是沉默寡言、睿智聪明的生物，但龙也有可能是……邪恶的。正如任何生物都有可能变坏一样。比如说，摧毁她村庄的巨龙。在邻居需要帮助的时候她却离得很远很远，这让她一直无法原谅自己。而现在这里有一条龙，就在石头谷中。她知道在没有证据的情况下做判断是错误的，但她仍然保持戒备和警惕，以防这条龙是恶龙。

她让乌鸦留意，但乌鸦不知道她在说什么——她不知道乌鸦语中龙是哪个词，她生硬、漫无目的地解释也无济于事。乌鸦只是耸了耸肩，试图将谈话

引向更令人愉快的话题。比如聊聊晚餐，谈谈白日梦或者夸夸“出奇优秀的乌鸦”。

大怪物照料了一窝蜜蜂，只是因为她邀请他们留下来，而他们欣然同意了。只有在蜂王同意的情况下，她才会使用蜂蜜或蜜蜡。作为交换，大怪物播撒野花种子，让她的蜜蜂朋友们有充足的食物。通过广泛传播花种，大怪物开辟了一片每年都在增产的花田。蜜蜂也随之增多。大怪物付出的越多，她拥有的就越多。这种魔法无处不在。

有时，大怪物会在夜晚最黑暗的时刻穿过石头谷。那里总是很安静——一种紧张、恐惧、封闭的安静。乌鸦不喜欢这样，所以她通常在乌鸦睡着后才去石头谷。

她对小镇的痴迷让乌鸦感到愤怒。“呱——”乌鸦叫道，“你不应该把那个小镇放在心上！当然我们也不会！”

“呱——”他们继续说，“他们过去互相关心，但现在他们门窗紧锁，默默生气！”

“呱——”一只乌鸦喃喃道，“如果你问我的话，他们的多疑和不睦令人反感。既然你已有我这般英俊的乌鸦，为什么还要想他们呢！”他大摇大摆、洋洋得意地向大怪物证明它的论点。

大怪物爱她的朋友并告诉他们，他们都有自己的优点。但是，石头谷仍有种悲伤和失落。即使在离小镇很远的地方，她也有这样的感觉。大怪物想要帮忙。

回到家里，她从干枯的树上砍下木头，将枝干打磨成桌腿和椅框，并用河里的石头建造了一个比她高两三倍的烟囱。她将沙子融化制成玻璃板，并用柳絮手工编制了非常柔软的垫子。乌鸦在四处旅行时，找来了窗户装饰品和漂亮的墙纸。他们为她找到了叉子和勺子，甚至还找到了几个非常好的馅饼盘。当乌鸦振翅将这些物品献上时，他们在月光下闪闪发光。

“呱——”大怪物高兴地呼喊。她一直在努力学习乌鸦语发音的细微差别，但还不是很擅长。她本想说：“你们是多么可爱的朋友，我非常喜欢这些礼物！”但她不小心把重音发错了，说成“你的羽毛在阳光下有股淡淡持久的粪便味！又臭又美妙！”幸运的是，乌鸦知道她想说什么——这是小乌鸦刚开始学说话时可能犯的错误。乌鸦们很欣赏大怪物，尝试用他们的语言来交谈。

在乌鸦的帮助下，大怪物的歪歪扭扭的屋子慢慢成形了。最后，她搬出自己的洞穴，搬进了新家。乌鸦们希望这能结束她对石头谷的迷恋，她可以转而专注于她的花园、建造谷仓、研究星星以及非常重要的任务——告诉乌鸦，他们是多么了不起。

但他们错了。

她翻土开辟一个大型花园，她建造了漂亮的牲口棚，期望有天里面能装满动物，她每晚研究星星，做这些事时大怪物内心一直想着的都是石头谷的人们。如今她已在自己的农场里生活了几年。每过一个季节，小镇就会变得更破旧、更肮脏、更破败。图书馆还没有重建，学校也没有，其他被烧毁的建筑物也没有。它们都如灰烬废墟般，完全没有改变。还有些被遗忘的建筑物一不留神甚至会坍塌。家家户户用木板封住祖屋的窗户，然后离开小镇，他们把财产堆在手推车上或是驴背上又或塞进帆布包里。每一年，大怪物都能感受到人们锁着的门中散发出的悲伤。

“什么是好邻居？”大怪物琢磨着这个问题。这就是她一直想成为的人。但首先，她需要更多信息。

为此，她需要一个非常特殊的工具。

在城堡里与巨魔以及幽灵待在一起的那段时间里，她对望远镜产生了特殊的迷恋。实验室里有几乎数不清的望远镜——一些装在抛光的木头里，一些装在黄铜里，还有一些装在弹力皮革里，就像鼓一样。有两个望远镜有树干那么大，由抛光金属制成。它们使用一系列曲柄、弹簧、齿轮以及其他复杂装置来提升和延伸外壳的滑动部分，并使用类似的装置打开部分屋顶。她将其中一些拆开并重新组装起来，以便更好地了解它们的工作原理。

她翻阅了许多书，直到找到她需要的图纸和计划。这个装置类似于望远镜，但它使用内镜和额外镜片，可以让观察者在角落环顾四周，或上或翻越，查看屋顶之上的情况。你可能听说过这样的装置，通常人们称之为“潜望镜”。大怪物不知道它叫什么——她看不懂页面顶部的标题，通常将其称为

“环绕镜”或“粘粘镜”，或干脆叫“了不起的发明”。

当她摆弄潜望镜时，时间随之摇摆、延伸，有时甚至停滞。她设计了齿轮和机械装置，使潜望镜可以左右转动，从而扩大或缩小焦点。她希望能够看到整个石头谷的每一个角落和缝隙，她并不着急。时间流逝，尽管她没有注意到。

“呱——”乌鸦们叫道，这时她正在打磨她从农场挖出的石英石并将它制成镜片。“你到底在做什么？”

当她用砂纸打磨木头时，乌鸦们对她大惊小怪。“这是食物吗？好像不是吃的。”“嗯。”它们继续说着，她测量了镜子的位置并制作了可以轻松滑动的部件。“我希望这是为了看星星。哦，我们多么爱星星！”

大怪物知道乌鸦对石头谷和住在那里的人的看法，所以她没有告诉他们潜望镜的确切用途。她调用自己的乌鸦语知识，给它们灌输概念需通过解释的方式而不是争论。她想说“这是我的环绕镜”，但她没有适合的乌鸦语词汇。相反，她说：“呱——”，她的意思是“我正在建造一个来帮助我看到重要东西的仪器”，但她的发音很乱，乌鸦听到的是“我看到了最重要的东西”。

乌鸦鼓起羽毛微笑着，这是真的，它们非常重要。“好吧，”乌鸦们说，“很明显。”

在她歪歪扭扭、舒适昏暗的屋子里，大怪物通过潜望镜仔细瞧着外面。她调整了镜片。这是她第一次在白天看到小镇。说实话，那是一个沉闷的地方。她看到它曾经是多么可爱。但现在，它又脏又破，充满悲伤。这一切在刺眼的光线下更加明显。石头谷的美好已成为回忆。

她看到一户人家在街上乞讨。她看到图书馆废墟中的灰烬在云雾中飘扬。她看到用木板封住的窗户、下垂的屋檐和歪曲的门廊、空荡荡的店面、一个又一个被烧毁的房屋地基。她看到一头驴子，背着超出它负荷的东西，在一块鹅卵石破裂的地方绊了一跤，倒在地上。

然后大怪物注意到一座小房子，离中心广场很远。住在那里的妇人拥有镇上最后三棵果树，两棵李子树，一棵梨树。在几周的时间里，大怪物看着她摘下低处的果实，拿走她需要的，然后把剩下的放在小袋子里，放在她家门前的一块牌子旁边。大怪物不知道上面写的什么。人们走过，看到牌子，拿了一袋水果。哦，他们脸上露出了笑容！每一天，都有更多的李子和梨。每一天，都有更多快乐的面孔。有时，老妇人鼓励人们爬到树上摘果子。她太老了，爬不上去。她把袋子递给人们。当他们把水果拿走时，她挥了挥手，他们也挥手回应。

一天，大怪物看到一个孩子爬上梨树，嘴里叼着一个袋子。他越爬越高，最后卡在了树枝上。老妇人身体虚弱，但还是挽起袖子爬上去帮忙。脱困的孩子爬下树后跑了，好像害怕树一样。然而，老妇人踩空了一步，重重地摔倒在地。她一瘸一拐地走进了屋，好几天都没有出来。

大怪物一直在观察，没人看望那位老妇人，没人拜访过她。当一袋袋水果被拿走后，人们经过房子都不多看一眼，就好像他们已经忘记有位妇人住在那里。

"她可能饿了，"大怪物观察了一个多星期后想，"应该有人做点什么。"没有多想，大怪物当晚就走进了森林。她采集了橡子、野生坚果和浆果——她征得蜜蜂的同意采了些蜂蜜。她将橡子去皮、煮熟、晒干，然后将橡子的肉磨成粉，捏成一块糕点，里面塞满了蜂蜜、坚果和浆果。非常可口。然后在夜色最深的时候，她把糕点放在了妇人家门口的台阶上。

第二天一早，太阳升起前，大怪物停下来打量着她的花园。她留意到一串串豆子、重重的西红柿还有硕大的南瓜。她的蓝莓饱满得快要爆裂，在藤蔓上的树莓也很重。她的花园产出了太多东西——光大怪物一人根本就吃不完。甚至加上乌鸦们也吃不完。

第二天，她在歪歪扭扭、安静黑暗的小屋里做了更多的点心，还有一些蜂蜜糖，一个蘑菇馅饼，一份红薯蛋糕，一碗南瓜汤。那天晚上，她在另外三个门阶上留下了礼物。

"呱——"乌鸦警告道，"要当心！"但她挥手让他们离开。

"这就是做邻居的意义"，她心想，幸福感在她的胸膛里熊熊燃烧。

"这就是我的归属感"，她心想。

她回到家，种了更多的灯笼果，插枝栽种了很多森林中的野葡萄和草莓。

它们在大怪物花园里肥沃的土壤中茁壮成长,她在星空下对着植物歌唱,帮助它们生长。大怪物在种植栽培方面很有一套,也许是因为她长寿,也许是因为她有点魔法。也许这只是她温文尔雅、风度翩翩的表现——毕竟,地球爱那些爱地球的人。

扩建花园的同时,大怪物一直在烤馅饼、面包、蛋糕、饼干、松饼、半圆馅饼、手工馅饼还有面包卷。她烧制了可以盖紧盖子的陶罐,并在里面装满了汤。她制作了一些箱子,并在里面装满了蔬菜。她造了一辆手推车来运送更多货物。她尽可能为更多的人送货。她希望这就足够了。当然,她告诉自己她所做的只是帮了一点点忙。

几个月过去了。

几个季节过去了。

几年过去了。

蜜蜂"嗡嗡"叫,植物成熟了。乌鸦的数量增加了,春天出生了更多的乌鸦宝宝。大怪物在森林里发现了更多的坚果树、蘑菇,更多的一切。她又扩建了她的花园。又一次,她付出的越多,她感觉越富足,这意味着她可以付出更多。每天她都通过潜望镜注视着小镇。每一天,她都希望情况会有所改善。然而每天她都会看到让她心碎的事情。

一个失去妻子的男人。一个女人,她的孩子离开了小镇,而没告诉她要去哪里。一个咳嗽不止的小女孩。又是一个靠乞讨为生的家庭。她无法解决这些问题。所以她只是继续烘烤、送货、分享。

每天她都会磨面粉,切碎坚果,从蜂巢中分离蜂蜜,然后烘焙、烹饪。

给只有孤灯做伴的女人送去馅饼。

给屠夫送去汤,因为他的妻子去世了,悲痛令他的神色显得非常悲伤。

给鞋匠和他妻子送去饼干。

为曾经的教师准备一盒蛋糕——大怪物知道,这位教师非常想念课堂,也非常想念她的学生,这就像扎在她心中的一根针。大怪物透过潜望镜看到了教师的悲伤,看到她仍每天走到废墟校舍用手捂住脸,不让自己哭出来。

为之前的街道清洁工准备橡子面包。

为散工送去核桃馅饼。大怪物观察到他们中的大多数人两份工作之间需要间隔好几周，在经济不景气的时候，他们的裤腰带越勒越紧。

给警员送面包卷。

给管风琴大师送一罐蜂蜜，抚慰他破碎的心灵。

这就够了吗？她无从知晓。但她希望有所帮助。“呱——”乌鸦警告她，“一切善举，都要招致惩罚。”大怪物把馅饼放凉，假装没听见。

她穿过花园小路，她粗大得像石头一样的脚趾在树叶上游走。每株植物都在微微颤抖。她爱她的花园，她的花园也真的爱她。她种植的蔬菜、香草、豆子、灯笼果、西红柿和南瓜都长得很好。她的一排排玉米长得比她的房子还高（乌鸦帮她栽的），她种的黄瓜有工作靴那么大。当大怪物在夜深人静之时，去小镇交付她的劳动成果，乌鸦在头顶盘旋，对着大怪物啼叫，大怪物也回以啼叫。她用手推车在身后拉着美味馅饼和牛角面包。有时她头上也顶着馅饼，肩上扛着蛋糕。

乌鸦跟着她穿过小镇，在她头顶上的流云里飞行，落在树上、屋顶、烟囱又或是地上。大怪物给每只乌鸦起了名字，并通过他们的外形或叫声认出他们，她深爱着他们。

每件礼物中，她都会留下一张她亲自制作的图画卡片。她将木浆与干花瓣混合，然后用筛子过滤。碾碎树叶、浆果或种子来制作墨水，画出蟋蟀、蝴蝶或是奇怪的蛇。有时，她会画一条在波涛汹涌的大海中的鲸鱼。有时她会画布满乌鸦的天空。她从不在卡片上签名。她甚至不知道怎么弄。

某天晚上到孤儿院后，大怪物像往常一样停了下来，把手放在铁门上。乌鸦停在孤儿院周围的墙上，有几只落在屋顶上，有几只飞进了花园，想看看有没有什么东西掉在地上。他们没有停在附近的灰烬瓦砾上，那里曾经是图书馆所在的地方。大怪物也从不在那里停留。

蔬菜箱塞得满满当当。今年豌豆大丰收，西瓜也是，还有南瓜。胡萝卜和白萝卜像砖头一样重。大怪物推断孩子们可能会吃很多，毕竟，蔬菜很有营养。她希望这会有所帮助，并且可以补足他们的现有物资，她希望这就足够了。

她的最后一站是镇长的房子。这总是她一晚上的最后一站。

镇长的房子是一个奇怪的地方。乌鸦不喜欢那儿，尽管他们说不出原因。有些事情让乌鸦们感到不舒服——这种感觉让他们不寒而栗。屋子闻起来有香烟、灰烬和金钱的味道。大怪物一靠近房子，乌鸦们就散开了——他们拒绝跟随她来此地。每天晚上，一群猫在院子周围徘徊，这群猫的尾巴高高翘起，耳朵竖着，非常警觉。猫们对大怪物不感兴趣，他们目不转睛地盯着房子。

镇长在里面某处，窗边和门底的缝隙都透出清冷的金光。镇长的房子里总是亮着灯。有时，大怪物内心会涌起一种想敲门自我介绍的冲动。毕竟，他的灯亮着且显得那么孤单，就连从缝隙中漏出的光都令人感到寂寞。当她透过潜望镜看他时，他总是与众不同。他非常明亮夺目以至于很难看清他，有时他甚至完全消失了。孤单一人是件可怕的事，大怪物比任何人都清楚这一点。她希望馅饼能减轻他的孤独感。

在院子的边缘，猫们注视着，它们的眼睛在黑暗中闪闪发光，皮毛高高地在背上“炸”起，它们甩了甩尾巴，歪了歪鼻子。“喵”，猫们说，它们的声音低沉而躁动。但是大怪物听不懂猫语。她不知道那是什么意思。

第 10 章

我的

那位曾经的教师早上醒来，查看了下门廊。

又有个箱子，这次是纸杯蛋糕。

在这之前，是新鲜的自制面包和蜂蜜，再之前是奶酪馅饼。

她不知道是谁一直给她送礼物，也许是以前的学生吧。有一张卡片，但还是没有署名——只是一张精心绘制的图片，画的是一只猫在壁炉旁睡觉，前几天画的是一只乌鸦站在张开的手掌上。这么奇怪，是谁不在卡片上留名呢？

无论如何她觉得最好还是不要提及台阶上的丰富礼物。这种情况已持续了一段时间——起初只是偶尔一次，但最近她发现礼物来的频率越来越高了。也许这是魔法，就像故事中的精灵或是牙仙女[①]。但她不想引起人们对自己的注意，尤其是在镇上大多数人都失业的时候。收成也不好。毕竟，镇长说得对：人们知道你拥有得越多，就越想从你身上夺走更多。从前，小镇还是可爱迷人的时候，她总是很信任邻居，但现在不是了。

这位前任教师上下打量一下安静的街道，看看是否有人注意到她家门口的礼物。确信没人发现她的秘密后，她抓起纸杯蛋糕，把它们藏到屋里。

路的那头，开药店的女人觉得最好不要提起出现在家门口的蜂蜜馅饼。

就像曾经负责点灯的女人没有向任何人说过那新鲜出炉的馅饼一样，鞋匠亦没有提过饼干的事情。

警员没有说过面包卷。

---

① 牙仙女，美国文化中专管儿童牙务的仙女。美国小孩都会被告知，有一个仙女专门收集小孩换牙时掉落的牙齿，小孩还应该把自己掉的牙齿放在自己的枕头下面，如此便会得到一些礼物，不然就会遭到厄运。

管风琴大师没有提起过蜂蜜。

孤儿院的院长没有提到过那一大箱蔬菜——也没有提过每次送来的蔬菜似乎越来越多了(这很有用,因为孩子们在不断成长)。这箱蔬菜真是天赐之物……但并不总是够用,维持生计一年比一年难。每当想到有多少张嘴要吃饭,院长都试图不去理会心头的焦虑。

石头谷里没有人与邻居讨论他们收到的礼物,所以,是谁送的?为什么送?这些难题只能自己解决。他们很感激——当然很感激。但他们也感觉很可疑,而且没有答案。

镇长打开宽阔的前门走进阳光中。他伸展伸展腰背,转动转动双肩,抬起脸沐浴在阳光下,那强烈的日光温暖着他的全身。他低头看着前面的台阶,发现了一个馅饼。他的前门总是有一个馅饼。是从什么时候开始的……好吧,他很难说。究竟是什么时候?今早的馅饼皮是被捏成了花边,上面还有张开的圆孔。鸟影沿着天空径直掠过。这是个漂亮的馅饼。

这是石头谷完美的早晨,天空万里无云。空气中回荡着金属和玻璃破碎的声音,以及人们叽里呱啦愤怒的吼叫声。镇长闭上了眼,享受着这一切。他抻了抻外套的褶皱,蹭亮鞋子,打理一下仪态,浑身充满傲慢。

院子边的猫发出"嘶嘶"声,它们拱起了背。镇长没有理会。他把馅饼放到鼻边,深深地吸了一口气。

"我的",他看着馅饼说。他没有好奇也没有犹豫地说道。他不知道是谁给他的馅饼,也没有想过。"我的!我的!我的!"这是他最喜欢的词。这是最好的魔法。

他走进屋,关上了门。

第 *11* 章

关于图书馆的另一件事

火灾前的图书馆是镇上最古老的建筑。曾几何时,每条街道都通向图书馆。从哪里俯瞰都是绝佳位置,可以看到图书馆宽阔的草坪和花园,那些复杂的彩色玻璃窗描绘着离奇的故事,高高的雕花门每天早上都敞开着,迎接整个小镇的人们。

这座图书馆让石头谷的人们释放了求知欲,唤醒了人们的好奇心,将人们汇聚成为一个社区,石头谷因树木和美丽而闻名,更因小镇图书馆而广受欢迎。当游客来到小镇时,他们被问到的第一个问题是:“你去过图书馆吗?”

如果答案是否定的,人们就会抓住游客劝说:“哦,那你必须去!我们现在就走!”

如果回答是肯定的,人们还会抓住游客劝说:“哦,只去过一次吗?这还远远不够!我们赶紧再去一趟!”

据说图书馆是小镇的心脏和大脑。它拥有庄严的石雕塔,宽大的窗户,以及似乎可以改变时空的众多书籍。人们说,这是个多么幸运的小镇,有这样一个奇迹,真是太幸运了!

那么想象一下,火灾发生的那天晚上,小镇是什么感觉。我在那里。我听到每个人的心的碎裂声,一声接一声。当他们看着大楼倒塌,变成一堆废墟时,我听到了他们喉咙里发出的哭声。

那个可怕的夜晚,在惊慌失措的镇民提着水桶赶到之前,我看到一条龙出现在大楼脚下。我在它的眼中看到了恶意之光。我看到它将巨大的弯曲的身体从后面伸到前面,尾巴像根绳子一样缠绕住图书馆,灵活的腿沿着石墙爬行。它像蜘蛛一样敏捷,也一样致命。它两腭偾张,发疯般从喉咙里喷出火焰——刺眼明亮的白光划破了黑夜。

我无法阻止它。我听着这头野兽自鸣得意的“呜呜”声，伴随着火焰爆裂的咯咯笑声。我看着它偷偷溜走，消失在夜色里。

但我也看到了别的情况。有一个人没有加入水桶救火的行列，而是从侧门跑进跑出，尽管楼内翻腾着熊熊烈火，他也要尽可能抢救更多书籍。我看着他用胳膊捂住嘴，试图挡住烟雾。我看着他提着箱子、袋子和成堆的书冲了出来，尽管火焰舔舐着他的脚后跟，撵着他的手套，爬向他的衬衫领。我看着他来来回回，尽管这样做很危险，尽管他怀里的书已经烧得无法挽救。我看着他跪倒在地喘着粗气，他的肺被烟和热气熏坏了。事实上，我担心他的肺部已经损坏得无法恢复。

书是有趣的东西，书中包含的想法和知识具有质量、速度和引力。它们改变了空间和时间。它们有自己的想法。书中蕴藏着一种力量，甚至超过了龙的力量。

那人倒在他救出的书堆上，由于疲惫和伤痛几乎失去了知觉。他因过度紧张而短暂地晕倒了。但他并不安全，书也一样。龙就在附近，我不知道在哪里，但我知道它会回来。

“把它们藏起来，”我恳求道，“哦，请把它们藏起来。”

他听到我说的了吗？人们通常没有。

我又试了一次。这些书不安全，我说。

那个男人用双手和膝盖支撑着身体。他的伤口很深很严重，他一直咳嗽，咳出了血。我尽力让他听到我的声音。

危险还没有过去，危险就在这里，龙还在这里，请把书藏好。

如果我有眼睛，我会哭。如果我有嘴，我会叫。

男人抬起头，他看到火焰在黑夜中熊熊燃烧。第一座塔倒塌时他哭了。那天失去了很多书。他看着自己存起来的书，一大堆，数目惊人。他皱起眉头，好像在想书是不是在他不注意的时候以某种方式成倍增加了。

（听着，没错，书就是这样，比你想象的更多。确切地说，这不是魔法，但已经很接近了。）

他又咳了一声。“这些书不安全”，他大声说。

他抬起头，把手按在心口。图书馆倒塌时，他几乎无法将视线从图书馆移开。

“危险还在，”他对自己说，“我应该把书藏起来！”

因此，当镇上的其他人一桶接一桶地往无情的火焰中泼水时，迈伦把一箱又一箱的书搬进了孤儿院。他没有告诉任何人。他不知道可以信任谁。他把书搁在阅览室里，再也没有提起过。

（不过，这些书记得这件事，现在仍然记得。）

第12章

安西娅表示事实很重要

整个下午安西娅心情都不好，这让每个人都很生气。

她对迪尔德雷大吼，因为迪尔德雷把一整块尿布丢在走廊地板上（迪尔德雷试图解释说她会回来拿走）。她责备巴图比用襁褓包裹婴儿的方式不对（“但我一直是这样做的！”巴图比抱怨）。她责骂凯伊在数学课上浪费纸和铅笔（“铅笔太硬了！”凯伊哭了）。她差点踢了以利亚的小腿，因为以利亚暗示也许（只是也许）她今天有点脾气暴躁（“我说完了”，以利亚对任何愿意倾听的人低声说）。而当迈伦让她帮他把洗好的衣服挂在晾衣绳上时，她屏住呼吸良久，脸颊有些发红，突然大哭起来。

迈伦震惊地看着她，双手捂着脸颊。和往常一样，迈伦生气时，他的伤疤会变得很红。“怎么了，亲爱的，”他绝望地说，“别哭，请不要哭，我无法忍受！”他叫来附近的幸运和思恩，让他们为安西娅泡杯茶。

幸运和思恩双双停了下来。攥着拳头叉起腰，皱着眉头。（正如我提到的，他们的脸一点也不像——但很难将他们区分开来。）

“我们到底为什么要给她泡茶，”幸运气愤地说，鼻孔张开，“她这么刻薄！”思恩怒视。“而且不止一次，是一整天。”

“可能是故意的！”幸运儿皱着眉头补充道。

作为回应，安西娅一动不动地呆了一两秒，然后倒在地上，蜷缩成球。突然间，她开始抽泣。周围的空气因悲伤而扭曲。

双胞胎异口同声地咽了咽口水。“哦！不好了！”思恩低声说。“哦，安西娅！”“我认为……”幸运说，他的眼睛突然瞪得大大的。

“也许我们应该泡点茶”，思恩说。然后，他们手挽着手，匆匆离去。

迈伦扶安西娅站起来，他的手臂搭在她的肩膀上，然后把她带到窗边的椅子旁，边走边咳嗽。“现在没事了，”他说，“现在好了，没事了。”他伤痕累累的双手微微颤抖，但这并不是什么新鲜事。他脸上褶皱的皮肤脆弱得像一张在阳光下久晒的纸。

安西娅脸上的泪水和鼻涕滴在裙子上。迈伦递给她一块手帕，手帕几乎一下子就被浸湿了。“你饿了吗？”他问，“饥饿会严重扰乱情绪，也许你需要吃点东西。”

“没有，”安西娅回答，“我不饿。”她擤了擤鼻涕。

迈伦看起来很失望，很明显他想找到一些可以帮上忙的地方。“那么，”他沉思道，“会是什么呢？你生病了吗？”

“没有。”

“是因为累的？”他凝视着她的眼睛，仿佛令她痛苦的原因就潜伏在她瞳孔后面的某个地方。

“我真的不累。”

“那你为什么哭？”迈伦湿润的眼睛噙满了泪水。孩子们心烦意乱时，安西娅知道这对他的影响有多大。

“我很好，迈伦。我真的很好。”她又擦了擦脸，试图微笑。“老实说，我不知道我出了什么问题。也许没什么不对劲，就是无缘无故地哭了。”这不是真的，但听起来不错。一只猫大步走进来，轻轻地跳到安西娅的腿上，蜷缩着身子，发出沉沉的“咕噜”声。

幸运和思恩端着茶回来，然后慢慢退出了房间，显然是怕她又要掉眼泪了。他们跑到厨房开始扫地擦地，只是为了给自己找点事做。

孤儿院总有事可做，有太多的事情了。屋顶漏水，窗台腐烂，风从屋檐和墙壁的缝隙里呼啸而过，地板下陷，天花板摇摇晃晃，有几层楼梯几乎要塌了。有面包要做（有面粉的时候），有粥要煮（有谷物的时候）。每隔一段时间，神秘的恩人会留下一堆蔬菜，需要分类、洗净、去皮、切碎并混合成汤，让每个人至少能吃上几天甚至一周，当然这视情况而定。

“迈伦，”地窖里传来院长的声音，“来帮我下好吗？”

迈伦正要回话，安西娅把手放在了他的手腕上。“去帮忙吧，”她说，“你

不用担心我。我会把要洗的衣服晾起来，然后把孩子们召集过来上课。”

过去，住在孤儿院的孩子和小镇的其他孩子一样上学。石头谷的人们认为让需要帮助的孩子感受到整个社区的支持、联系和照顾是很重要的，但后来学校被烧毁了。再后来，每天都有一位老师来上课，让孩子们长大后成为有教养、有生产能力的公民。但是，小镇金库用于聘请教师的钱开始减少，变成每周来三次，然后两次，然后一次，然后就没有钱了。因为安西娅是孤儿院里与老师待在一起时间最长的人，所以她负责每个人的教育，包括她自己的。这是一项重大责任。

“帮助完亲爱的院长之后，我会过来帮忙上课”，迈伦说。

安西娅笑了，“你当然会。”她说，但她知道他很可能不会。他经常答应帮她上课。迈伦是一位好老师，但总是有那么多事情要做。他正在变老。一切都让他筋疲力尽，有时他会无意识地在椅子上睡着。

她吻了吻他的脸颊。“你看，”她站起来，直视着他的眼睛，“我现在好多了。待会儿阅览室见。”

这几句话都不是真的。

孤儿院围墙内的空间并不是特别大，只有一块小草坪和一个小花园，在后面是一块小树莓地（长满小浆果），旁边是一排有用的灌木——蓝莓和金缕梅，以及两种茶树，一簇山楂树。还有一间鸡舍和一个山羊圈（几年前孩子们给它漆成了鲜艳的粉红色，现在油漆剥落了，变成了斑驳的粉红色和灰色）和放着各种工具的棚子：里面有一个小巧、整洁、井井有条的工作台，这是安西娅自己做的，还有架子。她在东、南、西三面的墙壁上放了挂钩和小盒子，并在墙上凿出完美的圆孔，每个洞都装上破瓶底，令整个空间充满了斑驳光线。有一把她亲手制作的椅子，还有一堆她自己缝制的手工装订笔记本，每本都写满了她的设计和图纸。

她有时会感到内疚，因为拥有这个几乎完全属于她自己的空间。理论上不是，当然——是理论上，房子里的任何人都可以坐在工作台前缝制婴儿背带，搭建木偶舞台，发明让迈伦时不时休息下的折叠椅，组装和调试手摇音乐盒以帮助婴儿入睡。任何人都可以坐下来设计一系列巧妙的滑轮和杠杆，安全高效地将成堆的床单从宿舍的窗户下放到下面的洗衣桶中煮沸。但实际上只有安西娅做了这些事情，所以安西娅完全拥有了这个空间，她可以关上门坐在围墙内，只与她的奇思妙想做伴。这是一个美妙的秘密。

安西娅需要坐在工作台前思考。但还不完全如此，她站在晾衣绳旁，挂起松散的尿布、缝补过多次的袜子、打满补丁的衬衫、补丁摞补丁的裤子。他们知道如何在孤儿院里生存。他们一生都要凑合着过日子。

安西娅工作时，她的脑海里开始重演在肉店的那一幕。迈伦没有再提过。以利亚避开了这个话题。安西娅相当确定迈伦没有向院长提过这件事，因为院长肯定会用拥抱和安慰的话来掩盖此事，告诉她不要担心，不要犯傻。

这是否意味着这不值得担心呢？或许吧。

也许不是。

安西娅把空洗衣篮放在后面的台阶上，确定没有人注意到后，迅速溜进了她的小屋，然后又哭了一分钟，只是为了发泄情绪。她擦了擦脸，站稳了身子，靠在长凳上。

安西娅擅长收集东西——地窖里不用的工具，阁楼上的零碎物品，以及她从中心广场垃圾堆里收集到的东西。她有一堆不能用的衣服碎布，纽扣，旧钉子，古代机器的齿轮和杠杆，坏了的钟表，还有废弃的木块，可以用来组装成有用的盒子或打磨成编织针或制成玩具。她把所有东西分类放置，每个物件都有自己的位置。

她从下面架子上取出一个带有华丽锁头的古董盒子。它比一块面包大点，木头泛着深色的油光。这个盒子和婴儿时的安西娅一起被装在篮子里，在很久以前一个寒冷冬日的早晨来到了孤儿院。盒子里曾经装着她现在戴的吊坠，但里面也装着其他东西，例如报纸，上面写着“这是你的出生日期”。还有一副眼镜和一个放大镜，因为似乎有人猜到她的视力最终会变差。盒子里还有一幅精心绘制的小肖像，画中一位身着老式连衣裙的年轻女子坐在椅子上，双手搁在一堆书上，腿上放着一把滑尺。这是她的祖母，安西娅猜想。她照镜子时能看出她们有相似之处。

安西娅拿起报纸，看了看日期。等树叶凋零、树枝光秃秃后，她就要十四

岁了。现在是夏末，秋天很快就会来。当然，石头谷也有其他十四岁的孩子在努力工作养家糊口。安西娅曾在赶集时见过他们，偶尔同院长或迈伦出游的日子里也见过他们。但她知道，有很多年轻人离开石头谷去其他小镇和地方谋生，而且往往不会再回来。

安西娅对安全绳做了最后的完善，这样她就能安全地爬到屋顶修复漏洞。她在柔软的洋娃娃上缝了一双纽扣眼睛，把它送给最近做噩梦的伊基。她装订好一本画册，是以利亚写的，迪尔德雷精心配了插图。她终于完成了为院长织的连指手套，院长的手总是那么冰凉。

孤儿院总是有事可做。保持忙碌是件好事。

安西娅无法想象院长或迈伦会在她生日后要求她离开。但事实是孤儿院的食物不够吃了——即使有时在门口会放有一箱蔬菜。她有多少次是饿着肚子上床睡觉的？院长和迈伦有多少次不在身边？尽管现在的蔬菜箱比以前大了，来的次数也多了。虽然蔬菜箱越来越大，装得东西越来越多，但储藏室里的面粉、豆子和油却越来越少，因为小镇的物资越来越少。毕竟要养活十五个孩子需要很多食物，一天比一天多，因为孩子仍在长大。

另一个事实。

这个事实很重要。

这不是不近人情，只是算术。

院长和迈伦爱她。他们可能不想让她离开，安西娅知道，但他们可能不得不这么做。

特别是这是规则。为什么没有人告诉她？

她系上自己制作的安全绳，走向外面用来修补屋顶的绳梯。

“我们人数越多，每个人拥有的就越少，”安西娅告诉自己，“但也许如果我多做点事，大家就会少做点事。”她不懂验证这种想法的计算方法，只是希望自己是对的。

屋顶上，她把改造过的木瓦钉在薄弱的地方，将每一块都固定到位，让每一块都和孤儿院紧紧贴合。

“你在上面做什么？”巴图比喊道。安西娅不停地敲打着。

“只是要确保不会有东西断裂和掉落”，她回应道。她希望这就足够了。

第 13 章

从前有一条龙

听着——

我真的不想谈论龙。但是，鉴于他在大怪物来到石头谷前造成的伤害以及之后发生的一切，大概介绍一下龙——我是指一般的龙——可能会有用。

众所周知，龙如雪花般别具一格，如指纹般独一无二，如婴儿对母亲流露的笑声般绝无仅有。有些龙很有趣，有些龙因非凡的善意而闻名。有些龙很害羞，有些龙很好学，有些龙很慷慨，有些龙在分析和解决问题上有着惊人的头脑，有些龙很贪婪，偶尔有些龙还很残忍。

总体来说，龙具有闪闪发光的个性：他们机智、博学、有说服力，他们拥有少量魔法，可以帮助他们平日四处活动。他们的魔法可以让他们飞行、喷火，伪装他们巨大的身体以融入周围环境。当然，这一切都要付出身体上的代价——首先，魔法会让他们患上可怕的消化不良性胃痛，然后损害他们的健康和活力，随着时间的推移，甚至会削弱他们的体型——所以他们很少使用魔法。

这让我们想到了皮囊。

古时，有一天一条龙在广阔的平原上捕猎，捉到一只小羚羊，打算把它当晚餐吃掉。龙用锋利的爪子，在保持干净的前提下——龙是相当挑剔的——小心翼翼地剥下羚羊皮，将羊放在篝火上烤熟。（龙没有用自己体内的火，因为这会让他肚子痛得吃不下饭。）坐在星空下，龙发现自己想知道当羚羊是什么感觉。他惊叹于这个生物的速度和优雅，这让他很好奇。好奇心是种强大的存在——充满可能性，好奇心不会停滞不前，它会不断移动，极其接近魔法。

对于拥有真正魔法的生物来说，好奇心有可能令各种意想不到的事情发生。那天晚上在星空下，龙用前爪轻轻碰触剥下的羚羊皮。剩余的交给魔法

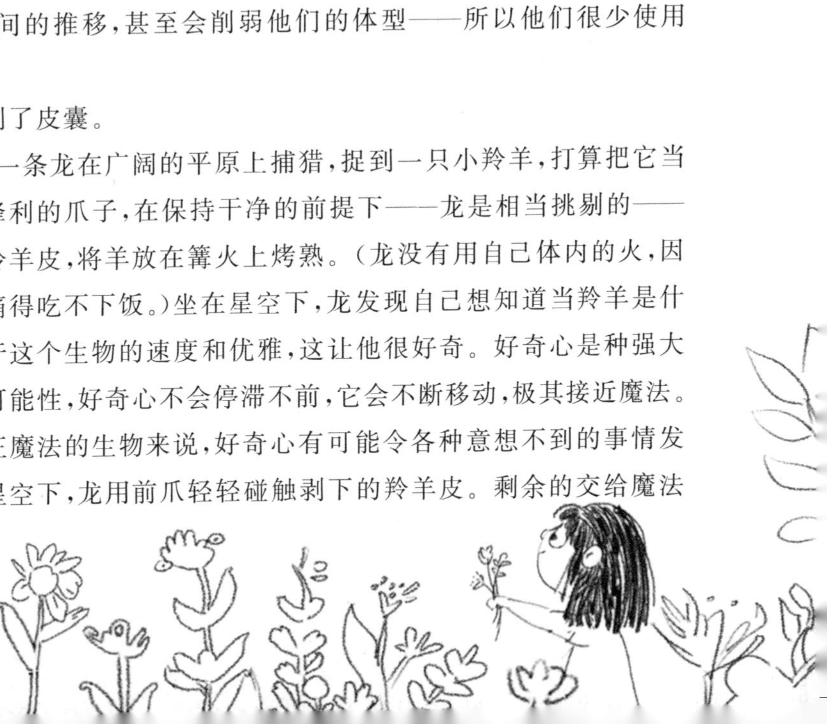

和好奇心。龙低头看了看羚羊皮，有趣的是它已经开始动了起来。龙没有多想，随手捡起那带着魔法和好奇能量的、轻盈活泼的羚羊皮披在身上。

就这样，龙变成了羚羊。

你能想象那条龙的样子吗？习惯了庞大笨重的身体，突然发现自己又小又轻，而且速度惊人。巨龙化作羚羊奔跑在平原上，蹄子如萤火虫般轻盈，眼睛像星星一样闪闪发亮。整整一年，他都和羚羊群住在草原上。吃羚羊吃的东西(幸好没有消化不良，羚羊几乎从没有这种烦恼)，像羚羊一样说话。他和羚羊朋友们一起在山上吃草，每当有羚羊被捕食者吃掉时，他都会哭泣。

然后有一天，化身为羚羊的龙被一只母狮跟踪。就在她扑过来之前，龙从羚羊皮中滑了出来，露出了自己的真身，把羚羊皮留在了地上。他还是一条龙，但比以前更小也更虚弱，因为他在羚羊皮里待了很长时间，但母狮没有注意到。她原以为是一只羚羊，结果却发现了是一条龙，她吓得跳开。龙注视着撤退的母狮，有些不安地意识到，捕食者的饥饿神情与他曾经的眼神相同，他为此感到羞愧。他在原地待了许久，陷入了沉思。

他在阳光下躺了几天，让自己恢复到之前的体型和力量。他饶有兴趣地注意到新月的前一天，当太阳和月亮淡淡的轮廓都挂在天空，那个时刻他是最强大的，并能完全恢复正常的力量、速度和魔法。他伸了个懒腰，打了个哈欠，为自己恢复龙身感到高兴。看到他曾经的羚羊朋友现在都因害怕他的牙齿和爪子而避开了他，他的心都碎了。

他意识到，他现在懂得更多了。他是一条知道当羚羊是什么滋味的龙。他是羚羊时，知道当龙是什么滋味。每一种经历都扩展了另一种经历。现在他收获更多了——他的思想更开阔了，灵魂也更充实了。

他小心翼翼地捡起注入魔法的羚羊皮，轻轻地抱在怀里。现在这对他来说很珍贵，是通往重要事物的钥匙。“其他人也应该体验一下，”他对自己说，“其他龙需要知道这种感觉。”

龙带着羚羊皮走遍世界，带给所有的龙类。一条又一条的巨龙披上了羚羊皮。他们一个接一个地体会到羚羊速度和敏捷所带来的快乐，以及成为羚羊群中一员的喜悦。他们学会了喜欢潮湿鼻孔里的青草气味，学会了如何倾听危险，懂得了什么是恐惧。当小羚羊出生时，他们与羚羊朋友一起欢欣鼓舞；当有羚羊失去亲人时，他们会哭泣安慰。由于这种经历，大多数龙都变成了素食者。羚羊皮——第一只羚羊——成为龙族圣物。他们想以这种方式了解所有生物，所有地方，整个世界。

随着时间的推移，披上皮囊成为龙的神圣习俗。通过成为其他生物，他们可以更好地理解其他人对龙的看法，通过这种理解，他们可以努力使自己变得更高贵、更善良、更慷慨。龙可以通过披上皮囊来寻求启迪，敞开心扉。披上皮囊变得虔诚、神圣、令人钦佩，而且经常这样做的龙会向其他龙宣讲他们学到的东西，其他龙会坐下来聆听。他们建造寺庙，用图标装饰宝藏洞穴。接受更多观念的龙则被奉为圣人。当然，这是有实际成本的，需要魔法来激活皮囊，也需要魔法来穿上它们。龙在皮囊中待了一段时间后会变得虚弱易病——待得越久，情况越糟。尽管如此，龙族认为这种不适是为了获得益处而需付出的代价。开悟的龙在沉思和感激中度过了恢复的时间。

或许对于龙族来说，与羚羊的偶遇是一件好事。这在很大程度上是正确的，虽然大多数龙确实因披着其他动物的皮而变得更善良、更慷慨、更优秀、更善解人意，但有一点你永远不能忘记：

并非所有的龙都是善良的。

并非所有的龙都是慷慨的。

并非所有的龙都是好的。

他们在兽皮中度过的岁月培养了他们的同理心，而作为龙，他们闪耀的个性和博学仍潜伏在里面，这有时会导致另一个问题。

即使是知识也可以用于邪恶的目的，理解也可以被那些想扭曲它的人扭曲，同理心也可以转化为武器。

我希望不是这样。

第 14 章

一箱蔬菜的哲学意义

巴图比在太阳升起之前就醒了。以前也是如此，这是他读书的好时间。

他又一次被一堆孩子压在下面，这让他很难起床。他在海勒姆旁边睡着了，但晚上的某个时候，伊基、贾斯蒂娜和凯伊都挤了进来，蜷缩在这可用的空间里，留出了刚才还没有的新空间。两岁的莫德趴在他们身上大声打着鼾。巴图比不得不小心翼翼地挪开，以便在不打扰任何人的情况下抽出四肢，扭动着身体下床。

他穿上毛衣和拖鞋，蹑手蹑脚地走出房间。安西娅、迪尔德雷和以利亚依偎在一张小床上。幸运和思恩每人臂弯里都抱着一个婴儿，而卡斯和莉莉则在角落里大声打着呼噜。连墙壁好似都在梦乡。

巴图比内心想着，没有比早上的孤儿院更好的地方了，世界上也没有比孤儿院更好的家。

他踮着脚走出宿舍，关上门，朝阅览室走去。猫咪们都醒了(它们在早上总是醒着)，跟着他穿过走廊下了楼梯。它们用身体和尾巴蹭了蹭巴图比的腿，提醒他它们需要疼爱。

“喵”，胸部和爪子上长着白色绒毛的黑猫叫了一声。“喵”，另一只黄油色的猫也叫了一声。

“猫咪乖”，巴图比说，坐在地板上伸手抚摸着它们。直到他伸手抓了本书，它们才大步离开不再理睬他。一只毛茸茸的灰猫立即坐在他的腿上呼噜呼噜地肆意叫着，橘色的虎斑猫则躲在他的肘下。巴图比叹了口气，试图在猫的包围下看书。

一只白猫和两只斑纹猫从架子下偷偷溜了出来，躺在他的膝盖上。巴图比闭上奶白色的那只眼睛，仔仔细细看着猫咪的细节，从斑驳的鼻子到小心

翼翼的爪子,再到有节奏地起伏的皮毛。他闭上淡褐色那只眼睛,看着排排光影在视野中进进出出。他知道这两种看法都是正确的。他想能看到这么多真是太棒了。万物皆是细节,皆是光线,两者同时进行。他小心翼翼地打开猫身边的书,开始读起来。

他就那样坐在地板上,越来越多的猫跑到他身上,直到一个穿着拖鞋走近的老头的脚步声打断了他。“我亲爱的孩子,”迈伦说,“你头上好像粘了一只猫!”

巴图比点点头,但他担心猫会掉下来。这是其中一只较小的猫咪——一个黄色的小毛团。它在巴图比的脑袋上发出咕噜咕噜的声音。迈伦把猫抱起来,轻轻地用鼻子蹭了蹭,然后小声说“猫咪乖”。这只小猫坐在迈伦的拖鞋上开始舔它的小爪子。

巴图比一直盯着书想把段落读完。“那是菲利斯”,他说,他知道迈伦永远无法叫出猫的名字。“它喜欢坐在人们的头上”,他补充道,好像只是它的小怪癖之一。

“啊,”迈伦说,“我懂了。”他拿出一个装满羊奶的小玻璃瓶和一个浅盘子。“猫咪,猫咪”,他叫着猫,把盘子装满水放在地板上。

猫咪们立刻抛弃了巴图比。“喵喵喵”,菲利斯明显不屑地叫道。巴图比不知道这是什么意思,但很肯定这句话大概是在说:“如果足够爱我们的话,你可以考虑给我们牛奶!”这就是他不想学猫语的原因。

“你今早读的是?”迈伦俯身凑近书本。“《奥特鲁里亚》”,巴图比说,视线仍没从书页上移开。他腿上是一本古老书籍的副本,他必须小心翻页。根据介绍,这是哲学家蒂迈欧所写的最后一部作品,由于篇幅短小、想象虚构且结论不尽如人意,因此基本上被历史学家和学者忽视。整本书中,发言者互相打断、离题、威胁要离开房间,从不直接回答任何具体问题。相反,他们狡猾地左右躲避,迫使读者自己寻找答案。巴图比认为这是他读过的最伟大的书。

“啊!”迈伦说着拍了拍手,“亲爱的蒂迈欧!”他清了清嗓子。“我们从敌人那里学习憎恨,从朋友那里学习友谊。那么,问题就不是‘我们应该学什么?’问题是‘我们应该选择教什么?’”

迈伦和巴图比一样喜欢哲学。但与巴图比不同，他喜欢暖和的袜子、柔软的椅子，还有长长的午睡。有时，即使是阅读也会让迈伦感到疲倦。他竖起耳朵，凝视着大厅。“听着，小伙子，匿名恩人已经有两天没有带蔬菜过来了，我觉得今天可能会有些东西在等着我们。”迈伦停顿了一下。他脸上流露出巴图比完全不理解的表情。“你介意帮我一下吗？开大门对我来说有点吃力，我想让院长睡会，她昨晚太累了。”

巴图比看着迈伦的手，今早伤疤很红，意味着迈伦在担心某些事。颤抖明显更严重了。巴图比把猫放回原位，合上书，然后站起来摆脱棘手的烦恼。“我当然会帮忙”，他说。他握住迈伦的手，拇指不自觉地来回摸着老人皮肤上的伤疤。

他们走到外面，天空粉嫩嫩、金灿灿的。巴图比深吸一口气，仿佛要让肺里充满色彩。两只山羊在吃草，鸡在抓虫子，一群山雀在覆盆子丛中低语。迈伦转动大门的铁钥匙，缓缓打开。生锈的铰链发出滋啦滋啦声。迈伦从缝隙里偷偷地左瞧瞧，右看看。然后他低下头，巴图比看到老头泄了气。他转身回院子里时，迈伦的脸色铁青一片。老人做了个鬼脸，嘴角扬起毫无光彩的笑容，这让巴图比感觉更糟糕，尽管他不完全明白为什么。

“好吧，”迈伦说，他的脸颊微微颤抖，“不管怎样。我们明天一定会更幸运，绝不能过度依赖别人……”他的声音越来越小，用手捂住嘴巴，将目光转向明亮的天空。听到这话，巴图比感觉皮肤刺痛，这痛感深深扎进他的骨髓。

“别担心，迈伦！”他坚定地说，“请不要担心，看！还没人起床，我去取篮子，可以从花园里采集我们要的东西，虽不如箱子里的那么好，但也很棒！也许母鸡昨晚为我们下了很多蛋。再去看看山羊，它们看起来都要爆裂了，早就准备好被挤奶了。”他停顿了下，做了个鬼脸。“但是，老实说，我更想你来挤奶，因为这有点恶心。”他瞥了一眼山羊，耸了耸肩说，“无意冒犯。”山羊没有回应。

他们去棚子取回了篮子和水桶。巴图比冒险进入鸡舍并收集了十个珍贵的鸡蛋，而迈伦则给山羊挤奶。花园的果实很丰富，西红柿虽小但味道鲜美，一些豆子已可以采摘，还有黄瓜和各种颜色的西葫芦。深绿植物挤满了后面的苗圃。两个相当小的篮子里面装满了不同的蔬菜，还有一个篮子里堆满了浆果。

牛奶很重，所以巴图比把它端到厨房倒进大锅里，放在炉子上加热，这样可以安全饮用。迈伦跟在后面。他们把花园里采集的蔬菜放在柜子上，清点库存。巴图比皱起眉头，与从恩人那里收到的东西相比，花园里采集到的东西少得可怜，恩人给的西红柿跟巴图比脸一样大，豆子和他前臂差不多大小，所有东西都塞在一个很重的箱子里，需要两个人才能搬走。

毕竟，十五个孩子需要大量的食物。巴图比的手指绕在脖子后面，拼命地抓着。

迈伦拍了拍男孩的肩膀，捏了捏他的手。“没关系，孩子。我们的储藏室里还有面粉、燕麦和扁豆。那桶珍贵的黄油还剩下一点儿。我们会没事的。”

其实在昨天，巴图比看过面粉桶、燕麦桶还有扁豆桶：里面最多的是空气。为了舀出一些东西，他不得不把身子深深地探进桶里。虽然够现在的量，但以后的日子呢？能维持多久？他没大声说出这些担忧。

迈伦将燕麦和水混合，放在柴火炉上煮成粥。他递给巴图比一把刀，让他帮忙切蔬菜，然后把蔬菜做成汤，够养活全家一天。他们并肩站着，切胡萝卜、洋葱、蔬菜、香草、红西红柿、绿西红柿和南瓜，还有一些从储藏室里拿出来的皱巴巴的土豆，每一种蔬菜都分开放成一堆。

在窗户那边，院长把卡片别在木框上，每张都是捐助人精心绘制涂色的卡片，多年来一直塞在蔬菜箱里。巴图比走到窗前，想看得更清楚些。他用手指抚摸着每一件小艺术品。有的画孤儿院，有的画孩子怀中的小山羊——孩子长得有点像卡斯。有的画一棵树，背后是夕阳和满天乌鸦。有的画海洋中的鲸鱼，还有的画山中的村庄。没有署名，但数量很多，因为这些年孤儿院收到太多这样的礼物了。必要的礼物，巴图比知道。没有他们我们会在哪里？他发现自己在疑惑。他甚至不想去想答案。

巴图比打开了一张卡片——一棵树。他仔细观察了一下，天空中的每只乌鸦似乎都有着自己的个性，这棵树看起来像是在讲故事。巴图比把它转了又转，和其他卡片一样，没有留言。什么人会给一群陌生人送食物呢？——不止一次，而是经常，每周不止一次——而且甚至不想收到感谢？

这让巴图比开始思考哲学。

“善良有时是一种诡计吗?”他大声问道。这是《奥特鲁里亚》提出的问题,他无法停止思考。“我的意思是,如果有人是由于自私或懦弱而行善,那我们怎么称呼他们的行为呢?如果行善的原因并非出于善良,我们还称它为善行吗?”巴图比摇了摇头,他的脑袋好似涌进一群蜜蜂,嗡嗡作响。

迈伦双手合十,下巴抵在指关节上。他闭上眼睛,用鼻子长长地吸了一口气。他没有立即回答巴图比。相反,他说:“我亲爱的孩子,请添点火好吗?”

巴图比想知道迈伦是否在回避这个问题。他打开炉子的侧门,发出生锈的吱吱声,开始往里面放小木头。

迈伦咳嗽了一声,然后他又咳了一声,这一次咳得他不得不坐下。他用手帕擦了擦嘴,迅速塞进口袋里。他抬头看着巴图比忧伤的小脸,笑了笑,打消他的忧虑。“想想看,”迈伦说,“也许唯一重要的是你如何看待善良,看待出现在你生活中的问题,你如何想它们,然后选择什么样的行为。你认为人是否善良重要吗?”

巴图比被这个问题吓了一跳。“当然!”他说。“看看我们在哪儿!孤儿院是全世界最善良的地方了。”巴图比虽然没见过外面的世界,但骨子里却觉得这是真的。

“的确是这样。坐落在不那么友善的社区中,也许这就是为什么有人捐助我们。也许是因为我们本身就是善良的,或因捐助人厚道,或因我们急需善意,或因捐助人拥有的比他们需要的多且觉得有义务分享,或因他们只是喜欢分享,或因其他想不到的原因。但是善良的缘由永不如善良的实质重要。有人很善良,我们需要那种善意,因此我们心存感激。这是我从《奥特鲁里亚》中学到的宝贵一课。我们可以选择心存疑虑,也可以选择接受恩典,然后继续对他人施以善意,你选哪个?”

巴图比不确定,他不知道迈伦是否正确,但他想知道是谁在帮助孤儿院,为什么不停地付出。不断地付出吗,这很重要。没有其他原因,只是想了解真相。

院长出现在门口。她肩膀下垂,脸色灰白。巴图比想知道她前天晚上到底睡了多久。她的目光扫过厨房,落在柜台上那堆有点小、不太丰富的蔬菜

上。“今天没有礼物，我知道了”，她说，声音沙哑而刺耳。

“来看看我们从花园里采的东西！”迈伦爽朗地说道，“有早餐要吃的浆果、牛奶，还有鸡蛋！十个呢！多丰盛的一顿啊！”

作为回答，巴图比的胃咕噜咕噜地叫了起来。十七个人分十个鸡蛋，他甚至不想计算怎么个分法。巴图比认为数学是刻薄的。他清了清嗓子，假装咳嗽以分散注意力。

院长双手用力扶着柜台边，闭上眼睛陷入沉思，手指敲打着柜边木头，仿佛在翻阅账本上的数字。她紧绷着脸，片刻后放松了下来。她敲木头是为了得到好运。

“当然这很好！”她的声音明亮干脆，“这当然很好！毕竟，我相信地窖里还有很多土豆，还有牛奶！多么好的山羊！”她亲吻了巴图比的头顶，亲吻了迈伦的脸颊，手背贴在他额头上好似在检查他有没有发烧。“别忘了赶集日是后天。每年这个时候我们总能卖很多东西。完全不用担心，我们会没事的，定然会没事的。”

尽管院长这么说，但巴图比感觉皮肤又开始刺痛了。他双臂交叉放在胸前，手指弯曲摸着手肘。他看看院长，又看看迈伦。两人脸上都挂着紧绷的笑容，忧心忡忡的眼睛周围布满深深的皱纹。

“我还应该做什么？”巴图比问道。

“叫醒大家吧，粥快煮好了，”院长说，“哦，还有我该怎么处理这些蛋呢？要快点了！”

巴图比匆忙赶到宿舍。他小心翼翼地跨过睡在楼梯上的猫，抱起正在打呵欠的菲利斯，因为它喜欢叫醒蹒跚学步的孩子，而他们也喜欢被菲利斯叫醒。他在脑海中一遍又一遍地回想着与院长和迈伦的对话，思绪变得模糊不清。

他叫醒他的妹妹、安西娅、迪尔德雷、以利亚、双胞胎、蹒跚学步的孩子和婴儿，他们都打着哈欠洗脸，然后跌跌撞撞地走出宿舍，而巴图比还无法停止去想那天早上迈伦和院长说的话。

还有他们没有说出来的。

第 15 章

绵羊、迷路的狗和树林里的神秘事件

从一开始，乌鸦们就反对大怪物给镇上的人送礼物。他们全力表示反对意见。

“呱——”他们说，“你到底为什么要把松饼送给一个什么都没为你做过的人？一件事都没有做过！”

“呱——”他们继续说，“过去，我们的祖父母会坐在旧图书馆窗台上听诗歌，那时候的小镇和镇民都很可爱。不过，现在没有什么可爱的了，图书馆不在了，再也没有诗歌了。只有向乌鸦扔石头的心胸狭窄的男人还有女人。扔的是石头，我告诉你！”

“呱——”他们意识到大怪物压根没在听他们说话，噘起了嘴，“你为什么一定要送馅饼给镇长？他是个奇怪的人，我们不喜欢他。我们的祖父母也不喜欢他，他可不是什么好人！而且，他从来没有送过馅饼给你还有我们，根本就没人送过馅饼给我们！”

“呱——”他们最后说，“嗯，好吧！我们会和你一起去，我们无法忍受你孤独一人！”

他们非常非常爱大怪物，不喜欢她离开。所以她给石头谷的人们送礼物时，乌鸦总是飞着陪伴她。大怪物用她制造的奇妙装置研究过镇上的每一个人。几只乌鸦很好奇，跟着她飞进了屋子，看着她向远方窥视。他们也试图这样做但不理解为什么要这样做。大怪物解释道这是用来观察小镇的。但为什么乌鸦需要这种装置呢？乌鸦想看什么就看什么，不需要帮助——这是乌鸦的众多优点之一。

在大怪物的房子里，她混合了颜料、油墨，制作了老式的画笔，为镇上的每一个人画了肖像。她把肖像挂在天花板上，看着他们在微风中旋转。她在墙上画满了脸，她常常用手指轻轻地按在这些面孔上，表示问候。

她说："亲爱的邻居们！"

"呱——"乌鸦有时会回答。"他们吗？"通常都是漫不经心随意说说，不管怎样大怪物总是不理解他们在说什么。她正竭尽全力学习乌鸦语，但这需要很长时间，而误解也定会产生。

她还给每只乌鸦伙伴也画了肖像，乌鸦都一致认为画得比镇民的肖像还要帅。他们想知道为什么她要画这些。

每天晚上大怪物都准备好去石头谷送礼物，每天晚上，乌鸦都抱怨。"你必须去吗？"他们叫道。"我们不能躺在草地上数星星吗？"但是大怪物坚持要去，于是乌鸦们夜复一夜地跟着她。

过了一阵儿，他们不再那么介意了。毕竟，大怪物是在为虽不值得但需要帮助的小镇做善事，他们为与她一起完成这件事而感到自豪。这让他们觉得自己确实是非常重要的乌鸦。至少他们知道大怪物虽然热爱这个小镇，但她更爱乌鸦。这是应该的。

一天，乌鸦和大怪物在树林深处采蘑菇。乌鸦不喜欢蘑菇（会导致严重的胃痛），但擅长找蘑菇，因为蘑菇有强烈的泥土味。

当乌鸦发现羊肚菌或是鸡冠菌就会叫起来。

又或是美丽的红蘑菇，它们的菌盖看起来像在黑暗中娇嫩绽放的花瓣。

然后在毫无警告的情况下，只见一群生物大步从黑暗中走来，它们肌肉发达、脚趾裂开。野兽的眼睛在月光下闪烁着威胁的光芒，缠结的绒毛像盔甲般又宽又厚，树枝、藤蔓甚至生长中的植物也在绒毛里。它们看起来像行走的武器，越过岩石、树根还有倒下的原木。它们是敏捷、野蛮、可怕的。

"咩——"这些生物吼道。

"呱——"乌鸦尖叫，疯狂地拍打着翅膀盘旋在大怪物身边，"怪物！快逃命吧！"

不过，它们不是怪物，是绵羊。"咩——"这些生物又叫了一声。大怪物拍拍手又挥了挥手。"哦！"她高兴地说，"你好！"

一共十只：四只母羊、一只公羊和五只小羊。小羊们对大怪物最感兴趣。

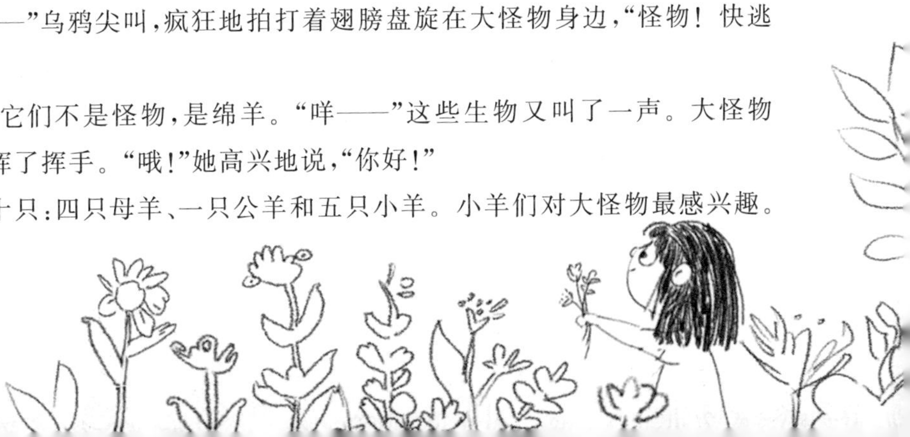

它们张开鼻孔靠近她，用湿漉漉的大眼睛打量着她，它们的羊毛糟糕极了，下面的皮肤已经溃烂不堪，脚也疼得要命。

大怪物的背包里有些干玉米，她伸手抓了一把。“呱——”乌鸦抱怨道，“那是我们的！”

但是大怪物摇了摇头。“那是不对的”，她说。绵羊吃了玉米，闻了闻大怪物的手。大怪物抚摸着它们的脸，绵羊们闭上了眼睛。“快”，她对乌鸦说。“看到那些树了吗？看看坚果有多大，摇晃树干把它们打下来吧，看样子这些羊赶了很远的路，它们需要恢复精神。”

羊吃了玉米和坚果，然后大怪物把它们带到小溪边，让它们在那喝水。

“咩——”羊轻轻地叫。大怪物和乌鸦都不明白在说什么，但他们能听出声音中的绝望。其中一只母羊侧身压着大怪物的小腿。大怪物用手抚摸着它的背。

乌鸦们交换了一个眼色，不知道那可怕的叫声是什么意思，但不能否认每个咩咩声都包含它们的感受。

那是感恩的咩咩声。意味着无论走到哪里它都心甘情愿跟随大怪物，事实就是如此。

“也许我们应该进一步讨论这个问题，”乌鸦叫道，“我们怎么知道农场里的人太多了？我们怎么知道是否有足够的空间？”

羊群搬进了大怪物建造的谷仓，它们吃玉米和草，夜里与大怪物一起在森林里觅食。作为回报，绵羊提供羊奶，羊奶制成奶酪。事实证明乌鸦非常喜欢奶酪。羊令草变短，乌鸦更容易在草坪上找到虫子，而且，绵羊的背是个方便的休息区，也可以把乌鸦从一个地方带到另一个地方。总而言之，这安排蛮实用。

乌鸦决定让羊留下来。

很快，乌鸦们几乎记不起羊来之前的情景。“呱——”他们说道。“我们的生活太完美了！农场是完美的，大怪物是完美的！感谢老天，没什么可以破坏这世界上最好的家园。”

然后有一天，家里又多了一只狗。

乌鸦比大怪物先遇到狗，乌鸦通常不太喜欢狗。狗不像乌鸦那般机灵神秘。它会大声吠叫，抓挠，流口水。它们对着月亮长嚎，毫无理由地挖洞，有时会趁乌鸦不注意吓他们。

这条狗在桑树下抽泣，这些桑树属于乌鸦。乌鸦张开羽毛，做了最坏的打算。

他们一动不动地看着，等待狗做坏事。但狗似乎没有注意到他们，狗把鼻子压在地上嗅来嗅去，没有抬头，然后又嗅了嗅，不时地歪着头，好像在听什么。有一次，它把耳朵贴在地上。乌鸦们从没有见过一只狗只要受到一点点挑衅，就不再追赶乌鸦了。现在这条狗就在他们下面嗅来嗅去。一只乌鸦飞过去靠近狗。它眨了眨乳白色的眼睛，没有吠叫甚至没有畏惧。这是什么狗？

“呱——”乌鸦问道，“快说，你是干什么的？”

狗跳了回去，当然，它不会说乌鸦语，所以它只是嗷嗷叫。

“呱——”乌鸦们叫道。“呱——呱——！”他们的声音响彻空中。狗的叫声越来越大。狗来回跑，迷失了方向，很是害怕。它紧紧蜷缩着身体，屁股靠着桑树，弄湿了脚下的地面。

“有什么大惊小怪的？”太阳落山，大怪物从她的房子里出来说到，乌鸦停落在大怪物的头、胳膊还有肩膀上，准备必要时保护她。

“呱——”乌鸦警告道，“怪物！”

“小心！”他们继续说，“这里潜伏了一只危险的狗！快逃命！”当大怪物看到桑树下瑟瑟发抖的狗，眼前一亮。“哦！”她说，“欢迎你，我的朋友！”

狗把尾巴夹在两腿间，向后仰起，嗷嗷叫着露出了牙齿。

“呱——”乌鸦说，“你看，多危险！我们用翅膀、爪子和嘴吓它，你快逃跑！”即便面临世界上任何危险，乌鸦也要保护大怪物的安全。

令乌鸦大失所望的是，大怪物并未逃跑，她蹲了下来，轻声说道：“来吧，亲爱的。”她的声音轻柔得像麦田里的微风。乌鸦感觉到空气随之荡漾，乌鸦和狗都开始平静下来。狗歪着鼻子，张开潮湿的鼻孔，嗅着她的气味，眼睛水汪汪的。大怪物笑了，“我看得出来你看不见我，亲爱的！但你的耳朵和鼻子

很灵，你在这里很安全，我们是朋友。你可以和我们一起回家，想住多久就住多久。”

在接下来的几分钟里，乌鸦一动不动，他们能听到自己的心跳声。然后，狗慢慢地靠近了大怪物，闻了闻她的手，闻了闻她递过来的坚果蛋糕。它的头用力抵在她的膝盖上，久久不放。

狗就这样和大怪物住在了一起，乌鸦决定让狗留下来，多一个朋友会怎么？他们没有将自己的决定告诉大怪物，因为他们心里知道她已经明白了。

乌鸦决定给新来的狗取个名字。每次大怪物和乌鸦们叫它的名字，狗都会来。

久而久之，狗对农场、土地上的每块石头、每株植物、每块草皮都了如指掌。有时，很难说它是个瞎子，因为它太善于找路了。即使在一英里之外，它也可以通过气味找到大怪物。它站着留意乌鸦，每次乌鸦说话时它都低下头，它是乌鸦们见过的最有礼貌的狗。

狗在农场度过了四个季节后，它和乌鸦开始以意想不到的方式相互依赖。狗的嗅觉灵敏，对森林有更深入的了解。它总是知道大怪物在哪里，能预测不规则的森林地形，从而防止受伤或迷路。这群乌鸦一直待在狗身边：一方面是为了防止狗走得太远，另一方面，是因为他们可以一起寻找宝物并带给大怪物。

有时候，乌鸦看到地上有什么闪闪发光的东西，就会叫狗来挖。狗还能闻到乌鸦看不到的东西的气味，所以乌鸦会把它带回家。乌鸦们称赞自己有先见之明，让狗留在农场并成为他们家庭的一员。果然，他们是世界上最优秀、最有远见的乌鸦！

然而，在一次夜间短途旅行中，狗突然停下来了。一轮新月在夜色里越来越深，明亮的星星在柔美的天空中闪烁，狗跑过蜿蜒的森林小径，靠声音、气味、土地的触感以及乌鸦无法想象的其他感官来导航，突然间，狗停下来吠叫哀鸣。乌鸦低头看了看，狗又叫了起来，乌鸦看不到狗在朝什么叫，但他们能听出叫声里的惊慌。

“呱——”乌鸦让狗放心，“不要害怕，狗！我们来救你了！”

乌鸦们小心翼翼地落在地上，狗背上的毛笔直地立起，但狗低着头，尾巴夹在两腿之间。乌鸦们从未见过狗如此害怕，他们凝视着狗发现的东西，咯咯地叫着。“嗯，”乌鸦们紧张地嘟囔着，“见鬼了！”

这个东西很大很松软。他们猜想是一个人的形态，好似这个人已经干瘪，或是只剩下人形皮肤。其衣服上有闪亮纽扣以及其他在微弱星光下闪闪发光的小物件。乌鸦们可能很想去拿这些闪亮的宝物——因为衣服和皮肤的主人显然已经把它们丢弃在森林的地上了——但乌鸦们不想靠得太近。这个东西有一头漂亮的头发，还有一张看起来异常熟悉的脸——如果乌鸦能站着看它很久的话，可能是熟悉的。乌鸦们打了个寒战，把目光移开。这东西有点不对劲，这不对劲似乎影响了肺里的空气。

“我们究竟在看什么？”乌鸦问道，喉咙里提起一片恐慌，狗嗷嗷地叫，把头从一边摇到另一边，流下了口水。

“这东西闻起来像烟、像灰或是钱”，乌鸦说。作为回应，狗用喉音低声咆哮，并用屁股在地上摩擦。

“狗也不喜欢这个东西！狗既强壮又善良——是最好最勇敢的狗！如果狗不高兴，就说明这东西就很危险！”乌鸦们商量了一下，决定最好的办法是逃跑。他们“嗡嗡”地振翅高飞，狗尾随其后。

平常，狗跑的时候脚步都很小心，很注意动作。但今天没有。狗惊慌失措地跑得尽可能快。摔倒了两次，有一次撞到了树上。乌鸦靠近提醒狗，以免再受伤。

乌鸦们和狗到达了大怪物的农场，疲惫不堪。“你们怎么在这儿？”大怪物喊道，用双臂搂住狗，紧紧地抱住它。她伸出一只手让乌鸦降落。“告诉我你们在旅行中看到了什么，在树林里发现了什么！”

狗打了个寒战，乌鸦直颤抖。他们不想谈论树林里的东西，不想提及闪闪发光的纽扣，见到头发时的震撼，头发散落在地上的样子。这令人不安。这太不对劲了。他们不能告诉她。

“呱——”乌鸦们叫道，避开了她的眼睛，“没什么，什么都没有。”

第 16 章

阅览室

夜幕降临。孤儿院的客厅里，小孩子们和迪尔德雷以及以利亚挤在迈伦身边，全神贯注地听着他讲故事，而院长则在宿舍里给蹒跚学步的孩子们唱歌。安西娅检查账本上的任务清单，她一直把账本放在口袋里。

混合面团并使其发酵。

整理床铺。

把洗好的衣服晾出去。

重新接好损坏的装饰件。

修理抽水机(再次!)。

折叠干净的尿布。

让小孩子们上数学课(这次尽量不要大喊大叫!)。

收拾阅览室。

她在每一项旁边都打了勾……除了清单上的最后一项。

事实上，最后一项只是一个策略。阅览室从来不需要收拾——它自己就能搞定一切。安西娅完成前面的任务后，她便大声说，她不能帮大家完成别的事了，因为她的清单上还有一项没有完成。没有人会质疑这份清单。

“我们的工作永远做不完!”她边说边快步上楼。“忙、忙、忙! 快、快、快!”

她关上身后的门，松了一口气。阅览室，以及其中所有的书籍，似乎都在和她一起叹息。

孤儿院的阅览室有宽大的窗户，曾经可以看到旧图书馆。事实上，阅览室的设计是图书馆的缩影，因为这两个建筑是由同一个人同时建造的，他们认为孩子们需要拥有一个属于他们自己的安静、美丽的地方，让他们在成长的过程中，保持与思想世界和精神生活的联系。这两个建筑建于公民责任感很强的时期，那时有充足的资金支持公益项目，人们经常用大写字母写下他们的宏伟想法。

那些日子一去不复返，现在，从阅览室的窗户望出去，是一堆瓦砾和灰烬。它没有让孤儿院的孩子们与思想世界甚至精神生活相联系，而只是提醒他们，任何事物都可能烟消云散——家庭、小镇、梦想，甚至图书馆。

安西娅暂时闭上了眼睛，静静地听着。拥挤的书架似乎在窃窃私语。拱形天花板上的横梁和靠窗座位上的厚靠垫也是如此，整个阅览室都充满了秘密。这是件好事，安西娅正在寻找秘密。

她把梯子推到远处墙上最高的书架上，然后爬了上去，用手指抚摸着书脊，眯着眼睛看着书名。她不知道她要找的书今天能不能找到，阅览室里的书都有自己的想法，她拿下几卷童话故事，放在桌上，在相关页码上做了记号。她找到了关于动物民间故事、鸟类学和生物力学的书籍。这些书她也做了标记并堆放起来。她还需要一本书，她重新爬上梯子。

《比较伦理学和你》——她读过。

《针叶树——大自然的无声殖民者》

《鳄鱼的微笑和其他奥秘》

还有……

“乌鸦！”她得意扬扬地叫着，拿出一本名叫《乌鸦：世界上最奇妙的鸟》的书，安西娅很久以前读过。书中对乌鸦的赞美过于夸张，以至于安西娅怀疑这可能真的是乌鸦写的。坦率地说，考虑到乌鸦及其天性，她不会感到惊讶。她把书从书架上拿下来。它又厚又重，扑通一声落在了桌子上。

她有一个关于乌鸦的猜想，只是需要更多的证据。不幸的是，她离乌鸦不够近，无法向它们提问。提问——她本可以这么做。除了精通拉丁语、希腊语、梵语、苏美尔语、盖丘亚语、蒙古语、古诺尔斯语、法语和斯瓦希里语（阅览室里有各种用这些语言写的书），安西娅还精通鼠语、海豚语和乌鸦语。正如我之前提到的，孤儿们是好奇的孩子。孤儿院的藏书出奇地多——空间似乎不够用。

这并不罕见。毕竟书籍凝聚了文字、思想还有观点的重量，具有独特的

魅力。就像黑洞周围的引力场会扭曲并摇晃周边空间一样，书籍里的观点也会产生紧密的引力，书籍周围的空间也变得有趣。

阅览室里，时间以不同的方式流转：孩子们在这里度过的时间越多，他们似乎拥有的时间就越多。

阅览室的窗户朝向西面，光线从深红色渐渐变成暗紫色。很快星星就会出现，但现在还没有。阅览室里灯火通明，烛光摇曳。安西娅开始读书，在账本上做着笔记。

巴图比和卡斯冲了进来，每人都背着一个婴儿。

安西娅瞪着眼睛。“抱歉，”她说，“我正在工作，不能被打扰。”

巴图比摆出一副怀疑的表情，大小不一的眼睛闪着光芒。“你看起来可不像是在工作，倒像是告诉每个人你在忙，这样你就有自己的空间来读书了。”他咧嘴一笑，“没有怪你啦！”

安西娅从注视变成了面带怒容。“我两样事情都可以做，巴图比，”她吸了吸鼻子，“阅读的同时也在整理书籍，两件事一起完成。”

“当然，”巴图比高兴地说，“你不必这么生气，介意我们和你一起吗？”

“当然。”安西娅冷冷地说道，但巴图比和卡斯都没理会。婴儿们扭动着身子，哭闹着要下来。两个大孩子被迫答应，卡斯也趴在地上，婴儿们高兴地尖叫起来。

安西娅认真阅读时，巴图比看着桌上打开的书。“哦！”他高兴地说，“我是说，哇！我们在练习乌鸦语吗？”巴图比对乌鸦语的掌握还算不错，但词汇量和准确发音不如安西娅。他试图通过热情来克服短板。“呱——”他接着说，这应该是“非常好”的意思，但他实际上说是“松饼”，安西娅没理他。

“不是现在”，安西娅喃喃地说，在账本上记下这些话。注意到巴图比朝她这边张望时，她用手捂住了字。

“你在做什么，安西娅？”他皱起眉头。

安西娅摇了摇头。“没什么，”她说，“只是……我有个关于乌鸦的猜测。”

“我喜欢猜想，”他说，“告诉我是什么。”

安西娅写着别的东西，“我不完全确定，”她撒谎说，“但当我看到它时我

会知道的。”她又加了三条笔记，然后啪的一声合上了账本。“别管我，”她说，“我一会儿会帮忙带小孩子的。”她认为他们会心领神会并离开，但他们没有，巴图比和卡斯都在靠窗的座位上坐下。他们让孩子们坐下来玩耍，看着安西娅在一堆书籍里搜索。她尽量不去理会他们，也不生气。

外面的光彻底消失了，阅览室似乎在动。柜子里的书没有动，但每次安西娅将目光扫向书架时，书似乎都变了，要么出现新的书籍，要么重新排列了顺序。满是古代地图集（有些是不复存在的世界地图）的书架突然装满了老式小说和浪漫故事。另一个书架上则摆满了讨人喜欢的建筑书籍。昆虫研究书籍突然壮观地挂在了阅览室整面后墙。书没有移动——那太荒谬了，但也没人期待它们一直待在同一个地方。孩子们对这种事司空见惯，也没有过多的质疑，只是接受了阅览室及其各种怪事。

其中一个婴儿——纳内特？或者可能是奥菲斯——开始咯咯地笑。另一个——奥菲斯？或者是纳内特——蜷缩在卡斯的脚边，整个拳头都塞进了流着口水的嘴里。巴图比终于忍不住了。“所以？”他说，双臂交叉在胸前咧嘴笑着，“你准备好告诉我们你在找什么了吗？”

“只是……有个想法。”安西娅耸耸肩。

“关于乌鸦，”巴图比说，“对，你提到过，有什么赶紧说嘛！”

四只猫咪大步地走进来找老鼠。它们轻轻地跳到靠窗的座位上，先是围着卡斯，因为每个人都最喜爱她——尤其是猫。她捡起最小的那只，把它抱在怀里，期待地看着安西娅。

安西娅浏览了一下账本，想起了以利亚，在肉店那糟糕的一天，他告诉她孤儿们会拯救世界。但是哪一天呢？如何拯救呢？

墙上的时钟发出响亮的嘀嗒声。“嘀嗒，嘀嗒”屠夫说。夏天快结束了，秋天即将来临，她就要满十四岁了，不管她愿不愿意，哦，那时她会发生什么事呢？

“好吧，”安西娅开始说道，她叹了口气，“看，你已经知道乌鸦了，知道它们如何收集惹人喜欢的事物以及它们如何装饰自己的家，它们如何拥有语言、故事还有伟大的想法，如何记住敌人，制造工具，哀悼死亡。”她又检查了

一遍她的账本，这是个疯狂的想法，她知道这一点，然而，没有任何意义。

其中一个婴儿开始哭泣，巴图比一个手臂抱一个，开始前后摇晃，婴儿的眼皮开始闭上。“我马上就把他们放下，”他说，“继续吧！”

安西娅还没来得及继续说，又是一个声音，这次是从外面传来的。安西娅跑到窗边，跪在椅子上。她把手按在玻璃上，睁大眼睛看着对面的黑暗。夜晚的空气中充满了乌鸦的叫声。安西娅咽了咽口水。“我一直在做笔记，”她说，“我算过日子，如果夜晚我们听到乌鸦在附近飞翔的声音，第二天清晨恩人就会给我们留下一箱蔬菜——以及想留给我们的其他东西。如果夜晚很安静，我们也听不到什么，那么第二天早上前门就什么也没有。乌鸦和送货有关系。”

“真的吗？”巴图比说。

安西娅打开她的账本，上面是她精心制作的日历。“每次我们在晚上听到乌鸦叫，我都会在日期上标记一个小乌鸦符号。早上，在外面发现食物时，我会在那天画一颗星星。看，这是一整年投递食物的日期，每次前一晚都有乌鸦叫。不只是有时，是每次。”

卡斯拿着账本，用手指抚摸这一串日期，巴图比则是低着头观察安西娅良久。“你思考这件事很久了吧？”巴图比问。

“是的”，安西娅简单地回答。

巴图比闭上乳白色的眼睛，用淡褐色的眼睛阅读，盯着安西娅手写的边边角角。他皱起眉头，“安西娅，你生日那天为什么有个悲伤的脸？”他说。

“现在别管那个了，”安西娅说着，迅速合上她的账本塞在腿底下。“重点是我们知道石头谷不是一个好地方。我们在赶集日帮忙，和院长、迈伦一起跑腿。我们都看到他们的行为，除了院长和迈伦外，我们有遇到过慷慨善良的人吗？不，我们没有，但镇上是有人对我们慷慨大方的。”她闭上眼睛，咽了咽口水。“我认为捐助者不是镇上的人。”她又停了下来，“我觉得是乌鸦带来了食物。它们的能力远远超过人们的想象，一定是乌鸦！”

巴图比和卡斯忧心忡忡地对视了一下。

“看，我知道你们在想什么。”安西娅很兴奋。

巴图比双手紧紧地交叉在一起，贴在下巴下。“我认为你不知道”，他慢慢地说。

“尽管这不太可信，但这并不意味它是不可能的”，安西娅一本正经地说。“从逻辑上看，要点：石头谷镇的人不善良。对立点：孤儿院门口一直发生这无法解释的善举。孤儿院偶尔会收到一盒食物，这善举来自一位匿名恩人。如果我们同意小镇的人不善良，而这个行为是善良的，那么由此得出的结论是，做出这一行为的不是小镇的人。因此，我们的捐助人应是一只动物，或是一群动物，我的立场合乎逻辑，我相信是乌鸦。我不明白为什么不是，如果不是观察到乌鸦是乐于助人、狡猾灵巧的，为什么人们会这么描写呢？我也不知道你还能怎么解释，为什么每次在收到食物的前一晚我们都能听到乌鸦叫。为什么只有在那时候听到？它们为什么只在那些夜里才靠近孤儿院呢？”

大家沉默良久。猫咪呼噜噜、喵喵喵地叫，以此引起注意。安西娅看着外面，听着乌鸦的叫声，再次打开日历标记好这一天，但将生日那天画的悲伤小脸调整向上。她的目光在生日日期上停留片刻，畏缩了一下，移开了视线。就在那一刻，婴儿们开始哭闹揉眼睛。巴图比叹了口气。“等一下，”他说，前后摇晃着身体，“我哄纳内特和奥菲斯上床睡觉后再聊天。”

但那不太可能，安西娅还有卡斯都知道这一点。巴图比会去搂着他们，一只手臂抱一个婴儿，然后睡着——这样的事情总是发生。

安西娅回头看了看外面，乌鸦反复吵闹。她反复听到一句乌鸦语——“你付出的越多，你拥有的就越多。”她以前听它们说过这句话。人们还需要多少证据呢？她想知道。

卡斯握住安西娅的手，放在她的脸上好久，另一只手的手指放在日历上，安西娅在上面画了一张悲伤的脸。卡斯挑起眉毛，安西娅闭上了眼睛，把所有的眼泪都憋在心里。“有这么个规矩，”她说，“讲的是孤儿满十四岁后会发生什么。院长和迈伦爱我。他们爱我们所有人。我想他们永远不会想把我们中的任何人送走。但是我怎么能留下来呢？看看这个地方。孤儿院没有从镇上得到所需的帮助，每个人都在受苦。我们全家都在。如果我留下来，

也只会抢走其他人的东西，但是卡斯，我该去哪里？”

安西娅靠在卡斯的肩上哭泣，卡斯用双臂搂住安西娅。当然没有回答。猫蜷缩在女孩们的膝上大声地打呼噜。外面，乌鸦叫道：“你付出的越多，你得到的就越多！”但这没有任何意义。

第 *17* 章

赶集日

赶集日那天，随着太阳升起，安西娅、巴图比、卡斯还有迈伦带着他们的箱子和包裹来到中心广场的摊位。他们摆出他们的商品——大部分是肥皂块。院长制作的肥皂很有名，是用旧图书馆的灰烬还有从屠夫那低价购买的牛油制作而成，散发着自家花园里的鲜花香味。他们还有其他东西要卖：果酱、甜酒、刚剪下来的花朵还有几块用亚麻布包着的珍贵新鲜山羊奶酪。他们还卖一种特殊油漆，是迈伦用松脂、黏土和从森林中采集的矿石混合制成的。这种油漆韧性好，因此通常需求量很大，其配方是严密保密的。

安西娅查看着账本上的存货，巴图比和迈伦讨论着肥皂的哲学含义，而卡斯则把一切安排得井井有条。

薄薄的云层在天空中伸展开来，微弱的灰色光线洒在鹅卵石上。安西娅打了个寒战，把毯子紧紧地围在肩上。她能听到远处乌鸦的叫声，但它们距离太远，她听不清它们在说什么。孤儿院的摊位离主干道有一段距离——不太适合做生意，但这是他们能负担得起的最好位置了。他们每个月都会在赶集日那天摆摊——先卖，再买。每一分钱都很宝贵，孩子们知道，他们在这个月能否吃得好，很大程度上取决于他们在当天的有效推销和精明谈判能力。

安西娅极度焦虑不安。够了吗？她一遍又一遍地问自己。她希望如此。

中心广场周围出现新的标识——有的贴在废弃的建筑物上，有的钉在未使用的灯柱上。一块标识写着“小心财物。你不知道哪个邻居是小偷”。另一块写着“还记得火灾？罪魁祸首仍在逃跑”。无论安西娅看向哪里，都会看到无数的标识，上面写着“可爱的小镇从你开始！向镇长基金慷慨捐款！”

一些标识的底部画着镇长的笑脸。安西娅看着人们在标识前停下来，将手轻轻放在镇长的脸上，然后几乎立即怀疑地看了附近的邻居一眼。

巴图比站在安西娅身边。“你知道，”巴图比说，他们看到一个年轻人盯着一个标识看了整整一分钟，他的手按在胸口，“人们对这个小镇有很深的感情。”

“把手放在自己身上！”那个年轻人对一个离他很远的路人大喊，路人跳了起来，然后紧紧地抓住了自己的钱包。两人匆匆离开，离开时怒目而视。

“是的，”安西娅摇了摇头，“他们真的有。”

三个孩子布置好一切，太阳慢慢地照在建筑物的顶部，他们准备开始售卖。“肥皂！”巴图比喊道。

“聪明的肥皂！”安西娅补充道。

“最聪明的肥皂！”巴图比说完，也不甘示弱。

尽管这个夏季最后一个赶集日，但天气阴冷。安西娅用手搓了搓起鸡皮疙瘩的手臂，快速看了一眼市政厅上方那座破钟。如果时间可以因为时钟停止，那可以因其他人暂停吗？秋天就要到了，然后就是她的生日，她即将十四岁了。

“嘀嗒，嘀嗒”，屠夫说。如果她能停止时间，她会的。尽管如此，院长和迈伦都没有提过。那么这是真的吗？

天空如灰烬般灰暗，广场如淤青般的颜色。石板多年未洗，数周未下雨，所以每当有人走过时都会扬起灰尘，令人们的一举一动都蒙上阴影。每个人咳嗽时都会用脏脏的手帕捂住嘴，用舌头舔舔牙齿并将小的沙砾吐出来。天亮了，安西娅、巴图比和卡斯并肩站着，望着稀疏的人群。人们走过来，他们拿起肥皂闻了闻又放下。有两次，有人试图偷走一小块，但卡斯闪电般拦住了小偷，乘其不备一脚踢中其小腿。

“哦！”小偷每次都红着脸说，“我错了！”

屠夫中午来了，把每块肥皂都翻了一遍，冷笑着打量价格。“七块？”他问，“你疯了吗？”他厌恶地把肥皂扔在柜台上。

卡斯静静地将双臂交叉在胸前，眯起眼睛，但巴图比试图解释。“好吧，对于质量较低的肥皂来说，七块肯定是疯了。但大多数肥皂溶解得很快，几周内就会消失。而且，更糟糕的是，在你试图用它们清洁东西时，它们会留下油腻腻的光泽，或者因为太粗糙会损害你的皮肤。我们院长制作的肥皂质地稠密结实，来感受一下它有多重，闻一闻它的味道多么微妙。又好用又不伤皮肤的肥皂，多神奇！世界上没有比这更好的肥皂了。”他露出迷人的笑容，小眼睛闪闪发亮。

屠夫瞪了巴图比一眼，然后目光落在了安西娅身上。“哦，”他的声音带着恶毒，“是你！”

安西娅脸红了，但什么也没说。屠夫嘴角不悦地抽了抽。“看”，他冷笑道。“快到秋天了，一个新时代！”

安西娅的脸颊发烫，感觉都要融化了，但她对上了他的眼睛，拒绝移开视线，扬起下巴，怒目而视。

“你很清楚它值多少钱，”她说，故意无视他刚刚说的话，“七块，一分钱也不能少。不感兴趣就走吧。”她大声哼了一声。她看向路人。“你能相信他吗？”她大声说。屠夫在石头谷不太招人喜欢。几人停下脚步点点头，狠狠地看了屠夫一眼，只因……

“我应该向镇长举报你”，屠夫喃喃地说。但他还是付了全价，毕竟是好肥皂。离开时，他确保靠近安西娅。“嘀嗒，嘀嗒”，他又说了一遍，声音很小，只有她能听到。“嘀嗒，嘀嗒。”他溜进人群，消失了。

“刚才那个男人跟你说了什么？”迈伦问道，安西娅的肩膀垂下，双臂环抱在胸前，好像在防止自己断成两半。

“没什么，迈伦，”安西娅说，脸上挤出笑容，拼命试图隐藏声音中的颤抖，“什么也没有。”

镇长于下午三点左右到达并在讲台上就座，发表赶集日致辞。赶集的人们很快聚集起来，他们挤来挤去试图获得最佳视野。迈伦把嘴抿成一条线，眯起眼睛。他什么也没说，但安西娅注意到了。

每逢赶集日，当宣布镇长抵达中心广场的钟声响起时，院长几乎无法控制自己。她会停下手头的事情，羡慕地看着其他镇民匆匆忙忙地跑来抢位置，坐在镇长的光辉下。院长不能，因为这样做保护不了孩子们。他们的摊位离镇长太远，看不到镇长，所以院长会站在临时搭建的桌子上，遮住眼睛眯

着眼，一边听着中心广场上响起的镇长巨大又古怪的声音，一边试图看一眼。

迈伦不是这样。安西娅注意到迈伦冷酷的表情，看着人群中的人，他们的脸上闪着光，眼睛似乎不自然地睁大了。他转过身去，皱眉看着安西娅的账本，摇了摇头，低头看着桌子。“恐怕我们没法达到预期销量，亲爱的。镇长讲话后，每个人都会紧紧抓住钱包。或许我们现在应该打烊去买东西，在晚饭前回到家。”

“别担心，迈伦，”巴图比说，“离日落还有几个小时。到那时我们肯定会填满我们的金库，我敢肯定。”

迈伦不同意，但妥协了。

到了赶集日的最后一个小时，他们的努力几乎没有什么用。一半的肥皂还有大部分果酱都没有卖掉。他们不得不尽快采购——假设他们已经赚够了。安西娅数着赚来的钱，然后悉数交给了迈伦。

当太阳落得更低时，镇长离开讲台，离开广场。街市里的人开始加快脚步，动作突兀而不安，目光投向远处乌鸦密布的树木。

孤儿们隔壁摊位上的女人正催促她的女儿把未售出的商品装箱，“快点好吗?”她斥责道。

“你妈妈说得对”，一个大个子男人走过时不由自主地说。其中一个女儿对他翻了个白眼。“你不想在天黑后再走吧，如果被大怪物抓住，到时谁来救你?”他停下来，斜眼看着两个女孩，她们厌恶地皱起脸，转过头去。

“好吧，这么说太蠢了”，巴图比说，声音比他本想的更大声。

迈伦用手捂住男孩的嘴，迅速将巴图比推到柜台底下。

“谁说的?”大个子问道，抬头望着天空，好像云本身对他不敬似的。“谁说我蠢了?”

迈伦只是耸了耸肩，而安西娅和卡斯则忙于整理摊位。

最终，大个子大步离开了。

“哎哟”，巴图比说，在柜台下揉了揉头。

“你活该!”安西娅说。

“人们有时会在这里打架”，迈伦对三个孩子低声说，焦急地搓揉双手。

“那些打斗可能都很刻薄，而且你们都比想象的要小。”

“不是”，巴图比说，但安西娅挥手让他离开。

“迈伦，我们应该买好东西然后回家”，她说。她回头看看乌鸦。“很快”，乌鸦似乎在说。

但是很快吗？也许这意味着第二天早上他们的门廊上会有一个塞满东西的盒子。安西娅闭上眼睛仔细聆听，努力寻找线索。是你吗？她想知道。是吗？她看了一眼坏掉的时钟。她在越来越冷的环境中瑟瑟发抖。

卡斯打包了未售出的肥皂和果酱，向迈伦伸出手，迈伦二话没说就把钱袋递给了她，她和安西娅数了数。卡斯的脸色变得难看。

“不用担心，”安西娅淡淡地说，“这就够了。”她在想，如果她小心的话，一粒谷粒能磨出多少面粉，如何分出半撮豆子，如何把汤冲淡，好让食物能维持到下个赶集日，希望届时他们能多卖点东西。她想，如果能帮助整件事顺利进行，她乐意挨饿一两个晚上，甚至三个晚上。

“好吧，让我们看看我们买得起什么，好吗？”迈伦说。他的脸色苍白，手在颤抖。安西娅挽住他的胳膊，将空着的那只手放在他的手肘下扶住他。

事实证明，他们很多都买不起，卖家比上个月提高了价格。卖家们都耸了耸肩。“老鼠”，卖粮的人边说边递给安西娅不到四升的小麦、浆果和燕麦。

“蝗虫”，在安西娅采购不到两斤的扁豆时，卖豆的女人说道。

总重量还算是安慰，感觉就像家人们已经填饱了肚子，心满意足了，现在够了。安西娅觉得她的腹部肌肉放松了一点。

“我觉得是大怪物派他们来的吧，”对面的第三个小贩说，他的脸冷笑起来，“为了泄恨，典型的大怪物。”

“这没有任何意义”，安西娅开始说道，她的声音里充满了恼怒。

“这当然有道理”，一位顾客带着明显的威胁说道。卡斯站在顾客和安西娅之间，双臂交叉，抬起下巴。

“我只是在说其他人的想法，”小贩说，“每个人都知道大怪物容易作恶。”

“没有人这么想，因为这是无稽之谈，”巴图比说，“不管怎样，到底是什么让大怪物想要做这样的事？”他继续说。“老鼠？真的吗？蝗虫？拜托！这是一个

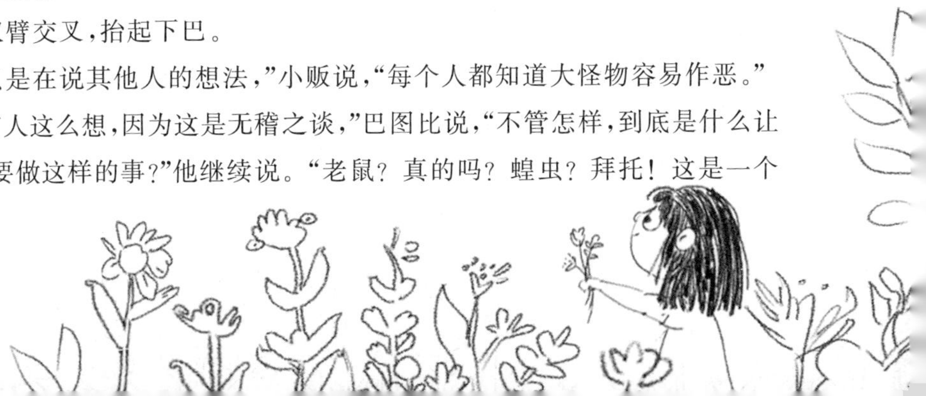

疯狂的想法。你的假设缺乏逻辑和常识，老实说显得极其不友善和无知。”

巴图比倒吸一口凉气，用手捂住嘴。他看到迈伦用手捂住额头，摇了摇头。“哦，天哪，”巴图比低声说。

一名男子站了起来，一个女人握紧了拳头，他们的眼睛眯起，像刀刃一样闪闪发光，安西娅瞪大了眼睛，向后退了一步。“当着我的面说”，冷笑的男人说。

“但是，”巴图比诚实而困惑地说，“我刚刚就是这么做的。”

“我们该走了”，迈伦说着，拉着孩子们的袖子走到一边。

“典型的孤儿，胡说八道”，屠夫吐槽道。他靠在临时搭建的桌子上，有那么一瞬间，他似乎要把它掰成两半。“你可能会给果酱下毒。这听起来就像是孤儿行为。”

迈伦把孩子们拉得更近了。“我们不想惹麻烦，而且我们当然不可能给任何果酱下毒！”太阳几乎完全落山了。天空绽放五彩缤纷的色彩。乌鸦的声音现在更大了。“快点儿”，它们似乎在呼唤。

“带上你买的东西走吧，”谷物摊的女人说，“如果我事先知道，我就不会和你们这种人做生意了。”

“这种人？”安西娅说，感觉她的脸颊开始泛红。

“我们走吧”，迈伦说，用力拉扯孩子们。

“你没听错，”女人说，她抬头看了一眼乌鸦和天空中越来越深的颜色，不悦地撇了撇嘴，“典型的孤儿！”

安西娅觉得这句话就像是对她的致命一击，耳边嗡嗡作响，时间仿佛变得很慢。巴图比尖叫道：“把这句话收回去！”

迈伦说：“巴图比，不！”

一个男人喊道：“我来教你一些礼仪，你这个流鼻涕的小东西——”

“不要再把这些孩子带到这里来了，”一位女士说，“我一看到他们就受不了！”

之前的大个子朝他们跑来。安西娅注意到他每走一步，肌肉都鼓了起来。他走近时，地面似乎在颤抖。

一个女人朝迈伦的脑袋扔了一个西红柿，也可能是一块石头。

卡斯似乎从她哥哥的肩膀上跳了起来，像闪电一样在空中滑过。她双脚用力踢中男人的太阳穴，男人失去平衡，旋转后摔倒。他庞大的身躯像风车般滚落在地上，手臂还在挥舞着拍打着。他打到安西娅的脸，她脸朝下重重地倒在石板地上。

安西娅清楚地知道了地上的灰尘味和毛驴撒尿时发出的臭味，紧接着，她嘴里的血竟有一股金属味。她的鼻子受伤了，嘴唇流血，眼睛淤青，脸颊上有一道深深的伤口。她的肌肉开始肿胀。她的门牙上有一个很深的缺口。

更糟糕的是，她携带的所有东西——小麦、燕麦和扁豆——现在都散落在肮脏的地面上，其中大部分都落在一堆驴粪上。这些东西没法挽救了。

迈伦开始哭泣。“哦，我的孩子，”他叹了口气，“我美丽的孩子。”

“对不起，迈伦，”安西娅看着被毁坏的谷物说，“都是我的错。”

“看看你得到了什么?”女人说。“你该庆幸我们没有让大怪物来对付你。她会磨碎你的骨头来做她那难吃的面包！她会吃掉你的眼睛，你最后见到的就是她那张邪恶的嘴！等着瞧吧。

“够了!”迈伦说，安西娅从没听过他这么大声说话，“我从出生那天起就住在这个小镇，我从小就认识你们所有人。我也认识你的父母和祖父母。我为你们中的许多人感到羞耻!”他没有等待回应，他扶安西娅站起来，收拾他们剩下的东西，和三个孩子一起穿过广场。

安西娅眼眶一热，脸上湿漉漉的。泪与血，她分不清哪个是哪个，鼻梁和颧骨的剧痛让她感觉脸要碎了。储藏室里的箱子几乎是空的，现在没有东西可以装了。很快，就没有面粉了，没有粥，没有面包，她可以挨饿，但小孩子怎么办？而且，是的，有时他们会从匿名恩人那里收到一箱美味的食物，但是在前门没有东西的日子里呢?

她回头看了看摊位上的人，他们本该收拾东西的。相反，他们只是看着孤儿们和迈伦一瘸一拐地走开，双臂交叉抱在肚子上。他们的眼睛被最后一缕阳光照亮，嘴巴留在阴影中。

卡斯伸手紧紧搂住安西娅的腰。他们沉默着穿过肮脏的广场，走上漆黑的街道，朝家走去。

第 18 章

喜欢讲故事的以利亚

赶集日事件发生后的几天，孤儿院的日子特别阴沉。安西娅的脸又红又肿。要一直有人坐在她身旁，准备好干净的纱布以及装满冰块和水的碗，用凉爽的纱布冰敷在伤口和瘀伤上。这本来是以利亚的任务，但过了两天，安西娅就把他打发走了。他笨手笨脚，碰伤口时太粗鲁。她需要一只更稳的手来照顾她，而且，以利亚会唠叨个不停。

“我爱你，以利亚，”安西娅告诉他，“我真的爱你，可你在这屋子里多待一秒，我的头就真的要爆炸了，谁来收拾这个烂摊子？”

以利亚尽量不把这当回事。

在接下来的几天，以利亚帮助迪尔德雷给山羊挤奶，但迪尔德雷告诉他，他的喋喋不休令山羊喜怒无常，产量下降，所以接下来的一周里，以利亚都与双胞胎和院长一起做肥皂，院长计划在中心广场支一个临时摊位，偷偷卖掉这几桶肥皂。

“但这不是违法的吗？”以利亚终于问道，这只是他刚刚想到的。

院长脸色变得严肃、低沉。“你走吧，”她说，“你去看看巴图比能不能忍受你不断的提问，我的天使。”

巴图比忙着在阅览室给小孩子上课，起初他很欢迎以利亚的帮助。他们教拼写、地理、语法和算术，但小孩子很容易感到无聊，很难集中注意力、专注完成任务。所以以利亚做了他最擅长的事，他开始讲故事，他在说话前停顿了一下，眼睛向上瞥到天花板上的横梁，就像他也在倾听一样。

“从前，”以利亚终于开口，“有一条龙伪装成乌鸦。”

“你已经讲过了”，伊基说。

“好吧，”以利亚毫不灰心地说，“从前，有一只小狗被他残忍的主人打得失明。它孤独地四处游荡，还迷了路，然后被一群乌鸦所救。”

“你也给我们讲过这个”，海勒姆说。

“我喜欢这个故事的结局”，贾斯蒂娜沉思道，“但开头太惨了，给我们讲别的故事吧。”

“从前，”以利亚说，“在图书馆被烧毁前，大楼的正中央有一本书，讲述了过去的真实故事，以及对未来的准确预言。但是从未有人愿意阅读。你们看，这群人住在可爱的小镇上，他们无法想象家园会变得不再迷人，未来小镇可能变成任何样子，每一种都是美好的。这当然是个可怕的错误。”

“我想我们有那本书”，伊基一边说着一边眯起眼睛看向满满当当的书架。

“我们没有，”以利亚说，“相信我，我看过了。”他再次抬头看了看天花板，皱起眉头，好像听到了一个他不喜欢的故事。他轻轻摇了摇头，然后说：“好吧。这个怎么样：从前，有一块石头爱上了一棵橡树。他用了一百年鼓起勇气打招呼，又用了一百年决心向橡树表白，但每次石头想说些什么的时候，美丽的橡树叶就会在微风中翩翩起舞，发出悦耳的沙沙声，这令他不自主地分心。石头喜欢橡树，因为他斑驳的树荫和热情的拥抱。但最重要的是因为橡树会讲故事。”

“橡树真的会讲故事吗？”贾斯蒂娜问道。

“当然，傻瓜，”以利亚说，“橡树会讲最好听的故事，每个人都知道这一点。不管怎样，石头已经等待很久了。晨光透过树枝照亮峡谷时，他准备表达自己的爱意。然而在清晨，石头听到了斧头砍树的声音。很快，伐木工人就砍掉了每根树枝、每片漂亮的树叶，还有那棵橡树美丽的树干曲线。石头惊恐地看着他们带走了心爱的橡树，整个森林都在颤抖，地面摇晃，伐木工们跪倒在地。他们以为是地震或是世界末日来临。他们不知道他们感觉到的其实是石头的心脏碎成了两半。最终，摇晃停止了，峡谷变得安静了。伐木工们耸了耸肩，头也不回地往家走。结束了。”

海勒姆、伊基和贾斯蒂娜注视以利亚很长时间，他们双臂交叉抱在胸前，眉头紧皱。“这个故事太悲伤了”，伊基抱怨道。

“但是你看，”以利亚说，指着阅览室拱形天花板的木梁，“他就在你身边。

我们正坐在那棵橡树的树荫下。如果你仔细听，你会听到他为失散已久的朋友——石头而叹息。橡树还在给石头讲故事，即使是现在。”

“我什么也没听到”，海勒姆说。

“我也没听见”，贾斯蒂娜说。她抬起头，皱了皱眉，“还有，那个故事确实太悲伤了。”

“以利亚！”巴图比从房间的另一边喊道，他正在和凯伊一起研究一组单词——咬、唇、坐、打——但进展缓慢，“别再让小孩们伤心了！”

“好吧”，以利亚闷声闷气地说道。他重新打开算术练习册。海勒姆和伊基用可怜的哼唧声回应。

不过没坚持一刻钟，以利亚就开始讲另一个新故事了。

“从前，”以利亚告诉他们，“有一个年轻的女大怪物，她告别了父母，到广阔的世界去寻找财富。她旅行了很久，探索了森林、沼泽甚至整个海洋，直到有一天她来到了一座摇摇欲坠的城堡，里面有一间豪华的实验室。她以为自己找到了一生所寻找的家。不幸的是，那里住着两个很卑鄙的巨魔。”

“以利亚！”巴图比告诫道，“大怪物、巨魔、城堡还有实验室，这些到底和除法有什么关系？”

以利亚正要回答，海勒姆却把手搭在以利亚的胳膊上，狠狠地瞪了巴图比一眼。“关系可大了，”海勒姆傲慢地说，“不管怎样，我喜欢这个故事。”他转向以利亚。“我想知道这个故事的结尾，所以你应该讲完。”

以利亚还给大家讲了几个关于大怪物的故事——不管他们是否想听。这些故事有很多名字，例如“大怪物学会说鲸语的那一天”，“建在沼泽地的可怕房屋”，或者“骗取大怪物村并烧毁一切的巨龙”。

“你是怎么想出这些东西的？”大家再三询问。

每一次，以利亚都耸耸肩。“我想我只是一个很好的倾听者”，他会说，然后转换话题。

那天晚上，院长和迈伦抱着婴儿们，卡斯和迪尔德雷给蹒跚学步的孩子读故事，巴图比帮小孩子们穿上睡衣，幸运和思恩一起地唱着悠扬的摇篮曲，以利亚又一次发现自己无事可做。他不擅长安抚婴儿，有时还会让蹒跚学步的孩子无缘无故地哭起来，尽管他试图通过讲故事来让小孩子平静下来，但有一半时间，他们在故事结束时比故事开始时更兴奋。他唱歌时，歌声听起来像只青蛙叫，虽然并没有那么糟糕，真的（他喜欢青蛙），但又一次让他无所适从。

他刷牙洗脸，开始找地方睡觉。就在这时，他猛然意识到安西娅不在房间里。他皱了皱眉，开始找她，猫咪跟了上去，猫会跟随以利亚去任何地方，它们也喜欢他的故事。

和往常一样，他在阅览室里找到了她，她一个人坐在角落里，地板上散落着几摞书。她的脸上布满斑点，眼睛红红的，好像刚刚哭过似的，或许她的脸在赶集日事件后就变成了那个样子，以利亚并不完全确定。两只猫从他的腿旁蛇形穿过，悄悄靠近安西娅，前额贴在她的手肘下，然后用爪子蹭蹭她的腿。安西娅几乎没有注意到它们。她忙着看书，深深地吸了口气，眼睛留下泪水，她愤怒地擦去眼泪，没有理会以利亚。

以利亚挪动了一下身体，坐立不安，眼睛一直盯着地面。他不确定该说什么。通常是巴图比或者卡斯处理这种情况。以利亚一般不会找不到话说，他能讲笑话或者故事——事实上，他的话经常多得说不完——但这次感觉不一样。他感觉此刻的压力就像一根钉子扎入了眉心。

“嗯，”他终于开口了，“你还好吗，安西娅？”

她没有回应，这让以利亚松了口气。他们就这样坐了很久。猫从安西娅的膝上走到以利亚的膝上，然后又回到安西娅的身边，发出沉沉的呼噜声。房间里很安静，除了偶尔翻页的声音。

还有另一种声音，以利亚听得见，但安西娅没有。他抬头凝视着天花板上的横梁。“嘘——”他说。

“什么？”安西娅说。

“没什么，”以利亚说，“我不是对着你嘘，我只是……”他没再说什么，只是看着安西娅的脸，尽管这令他很痛苦。她的下唇结了痂，上面有一个裂口，左侧有个疙瘩，舌头不停地舔牙齿脱落处的伤口，鼻子上的肿块和眼周的淤青都加深变成了病态绿色，这一切看起来都很痛苦。“说真的，安西娅，你还

好吗？”以利亚问道。

安西娅回头看了看书。“老实说，我不确定我们是否都还好。”她轻轻地用一只手捂住脸颊，注视着以利亚，她皱起眉头。“你现在饿吗？”

以利亚也注意到今天的晚餐是多么的少。他把自己的大部分分给了看起来好像要哭的凯伊。“我一点也不饿”，他撒谎道，此时他的肚子咕咕叫了起来。

“我也这么觉得，”安西娅冷酷地点点头，然后摇了摇头，“不应该是这样的。”

她指了指书，“我这里有这个小镇的全部历史，这一切都不应该是这样的。孤儿院曾经拥有所需要的一切资源，孤儿院是任何人、任何年龄段的人在需要时都可以获得帮助的地方。图书馆是为了满足每个人的好奇心而建，每个人都慷慨捐助孤儿院。整个小镇现在只是空在运转直到最终消失罢了，到底发生了什么？”

猫发出呼噜呼噜的声音，以利亚用指关节托着下巴。“有一个古老的故事。”他慢慢地讲起来。他抬头看了一眼木梁，然后闭上眼睛，让脸上的表情放松下来。“我的意思是，它真的很古老，但并不意味着故事发生在很久以前，也没停留在那个时代。这个故事是关于一条曾经烧毁图书馆的龙。”

“龙为什么要烧毁图书馆？”安西娅问道，“为什么会有人烧毁图书馆？”

以利亚咽了咽口水，他讨厌这个故事。“谁知道呢？”他说，“也许他讨厌学习，也许他希望人们无知，因为无知的人很容易控制，也许他只是喜欢火焰燃烧的样子——所产生的热度、光芒还有恐怖。我所知道的是：在这个故事里，人变得可怕，但在现实生活中，我认为这不是真的。在现实生活中，人们之所以可怕是因为他们受到伤害，或是因为孤独，或者人们想要某些东西，却因得不到而变得可怕，他们为了得到这些东西将犯罪视为正当理由。有时人们之所以可怕只是因为他们害怕。”

他的目光再次落在木梁上。他强迫自己把注意力集中在安西娅身上，他想捂住耳朵。“我认为发生在你身上的事情很糟糕，安西娅，太可怕了。我知道你想让石头谷回到过去的样子，因为这让你感到欣慰。但也许这是一个错误，也许我们不应该去想这个小镇以前是什么样子，甚至现在是什么样子，相反，我们应该考虑它可能是什么样以及我们的生活可能会怎样。想想离开院长后的生活，高墙外的生活。你知道的，对于我们所有人来说，一旦我们都长大了就不能待在孤儿院了。”

安西娅猛地站了起来，脸色瞬间变了，她的眼中酝酿着风暴。“你刚刚对我说什么？”她咆哮着，脸颊涨得通红。以利亚不明白他说错什么了，但显然他做错了什么。他试图继续往下说。“我是说……因为我们都会长大，你知道。因为……时间。”

安西娅差点因抽泣而窒息，她把手放在嘴边，移开视线，以利亚意识到他又说错了。

“你是说嘀嗒嘀嗒。”安西娅的声音有些颤抖，眼泪从她的脸上流下来。

“不是吗？”以利亚小心翼翼地说，又是一声呜咽，“我是说，也许吧？我不知道我该说什么。”

他不知在说什么，安西娅气呼呼地离开了阅览室，猫高高翘起尾巴跟在她身后（其中一只猫回过头来，在走进走廊时朝着以利亚发出明显的扑哧声）。

“对不起！”他喊道。他不完全确定他在为什么感到抱歉。他原本是想提醒安西娅，即便他们都长大了，他们仍然是一家人，不管那是什么意思，这可能会让安西娅感到安慰。他无法想象没有迪尔德雷、双胞胎、小孩们和其他人的生活。他无法想象没有卡斯的帮助、安西娅的发明还有巴图比的哲学，生活会是什么样子。

天花板会低声耳语：从前，大怪物发现自家后院危险时，为时已晚。

壁炉架喃喃自语：从前，恶龙欺骗了整个小镇，这远比想象中容易得多。

地板低语：从前，受人喜爱的社区变得不再美好。

“等一会儿”，以利亚说，“我不能一直听。”他捂住耳朵，用鼻子呼吸，试图让自己的思绪平静下来，集中注意力，一定有办法帮助家人，他只需要找到它。

孤儿院是镇上最古老的房子之一，木梁很古老，其中一些是石头谷中最早砍伐的树木。以利亚在他会说话前就一直能听木梁在窃窃私语，有时他很欣赏这些故事，有时故事会碍事。

他站在那里，看着天花板，交叉双臂歪着头。“只有一个请求，”他大声说，“如果你能给我一些有用的东西就好了。”

屋子里安静了下来。以利亚听着他的呼吸进进出出，进进出出。然后——

木梁开始讲述：“从前——”

以利亚摇了摇头。“不，”他说，“不是故事，我需要的是消息，你有什么真实的消息吗?”

护墙板低声说道：“从前——”

以利亚耸耸肩。“还是没用。”在走向门口之前，他瞪了一下横梁，狠狠地瞅了瞅地板。

在大厅的那头，双胞胎仍在和谐地唱着歌，歌声回荡在屋子里。

以利亚顺着他们的声音朝宿舍走去，爬上了床。

第 19 章

拜访镇长之家

这个清晨，孤儿院一片混乱，但并不是什么新鲜事。迪尔德雷和以利亚患了胃病，一整夜都弯着腰呻吟，现在倒在楼下的沙发上昏睡着，满头大汗、脸色苍白、很是不安。

卡斯为他们俩感到难过——确实是这样——但生病也意味着少了两个减轻工作负担的帮手。卡斯、安西娅、巴图比还有幸运和思恩赶忙更换被褥，给婴幼儿们换上干净的尿布，把楼上清扫擦净，开窗通风，希望其他孩子不要像迪尔德雷和以利亚那样生病。这注定是徒劳。很快，巴图比和安西娅的脸色蜡黄，海勒姆和伊基在角落里睡着了——以前从未有过这种情况。尤其是海勒姆，他要人哄才会睡觉。与此同时，一向脾气暴躁的幸运和思恩变得比平时更易怒。

卡斯没有停下来。她帮助院长和迈伦把捐助人早上留下的那箱蔬菜搬了进来——真是个奇迹！没等人吩咐，她就开始分类、剥皮和切碎。她在厨房的铸铁炉子里生了火，将木柴放在外面的锅炉旁，准备洗床单。安西娅和巴图比整个上午就像糊涂的鼻涕虫。小可怜幸运去收鸡蛋，结果打碎在鸡嘴旁边，哭着跑了进去；而思恩则是头晕目眩，差点从楼梯上摔了下来。与此同时，卡斯一直在工作。

“你该休息下，”迈伦说道，把手搭在卡斯的肩膀上，手腕上的皮肤单薄干皱，头上的头发像一小捆羽毛，伤疤变得通红发青。卡斯抱住他的腰——他很瘦，骨头很轻，就像鸟的骨头，卡斯只好轻轻拥抱他。她把他的手从她的肩膀上移开，轻轻捏了一下，然后赶快去做下个任务。

院长整个早上都在她的办公桌前看着账本，强忍着不哭出来。当院长强忍眼泪时，卡斯总能看出来——她的手会焦躁不安，背部变得僵硬，肩膀慢慢

向上耸起，紧紧地抿着嘴。卡斯不太清楚账本为什么会令院长如此伤心，但她会确保每当院长呼吸急促时手边就有一杯热茶，并在院长问起前把其他任务都做完。

最后午餐的时候，只有院长、迈伦、卡斯、蹒跚学步的孩子和婴儿坐在餐桌旁，因为其他人都卧病在床。院长似乎做出了个决定。她看着迈伦，握住他的手。

“你是对的，亲爱的，”她说，“你当然是对的。今天下午我会去见镇长。”

迈伦点点头，手指轻握住院长的手。他凑近她，吻了吻她的脸颊。“亲爱的，你知道，换作是我也会这么做，但说到底，这是你的房子，是你家族的工作和遗产。小镇很久以前就承诺要资助孤儿院，但现在诺言没有兑现。当然，镇长会做正确的事，如果他要实现……”迈伦皱起了眉头。“我的意思是，我确信这只是个疏忽。”卡斯觉得他看起来好像有难言之隐。他抿了抿嘴，似乎还想再说些什么，但又想了想。

“一定是这样，”院长温和地笑了笑，“只是个小错误，很容易纠正。镇长……”她的脸色好了起来，眼睛里也闪烁点点微光。卡斯无法理解。“好吧，我们的镇长”——再一次，她眼中闪闪发光！——“在很多事情上都是正确的。我们有他真是太幸运了，尤其是在这种困难时期，我敢肯定，我们只要去问一下就行。”

“如果你愿意，我会和你一起去”，迈伦说。

院长摇了摇头。“你脸色好苍白，你迟早会生病的，和其他人一样。我会帮你哄孩子们睡午觉，然后我再走。”

莉莉和莫德用勺子敲桌子表示抗议，但他们都眨着下垂的眼睛，试图驱散自己的睡意。

卡斯不需要别人吩咐两次，甚至一次。她用布擦了擦他们的脸，然后抱起还略微抗议的莫德上楼睡觉，身后跟着已经快要睡着的莉莉。婴儿们不得不被转移到客厅的摇篮里，迈伦坐在一张舒适的椅子上，拿着一本旧书，保证他不会也睡着，尽管他很明显也要睡着了。

院长打量了卡斯一眼。“也许你应该和我一起去，亲爱的，”她说，“实际上镇长从未见过这儿的任何孤儿，也许这就是他忘记我们的原因。记忆真有趣。”

卡斯尽量让自己的脸部保持自然，将目光转向地面。她耸了耸肩，好像去不去都无关紧要，然后尽可能随意地用手指勾住院长的手，紧紧握着。

“那好吧，”院长愉快地说道，“一起去吧，感谢你的陪伴。”

院长给她戴上最好的帽子和披肩，坚持给卡斯洗脸梳头。院长拿了一个篮子，里面装着她亲手制作的肥皂和一桶山羊黄油（尽管家里需要），一窝鸡舍里的鸡蛋（家里也需要——有那么多人要填饱肚子），还有一束刚从花园里摘下用丝带绑起来的鲜花，院长终于准备好了。“过来，亲爱的”，她说，向卡斯伸出手。

两人走出孤儿院的大门时，卡斯大大地深吸一口气。她和院长小心翼翼地穿过石头谷的街道，跨过坑洼和石块。人们匆匆忙忙地走来走去，拖着装满货物或垃圾的手推车，要么步行要么骑车。木匠、铁匠、房屋清洁工、园丁还有农场工人都在找工作。男男女女在铁匠铺外排起了长龙，橱窗上挂着一个牌子“招兼职，是兼职，仅接受今天问询”。这条街一直延伸到拐角处。一位妇女和她的孩子坐在中心广场附近的石头上，一只手捂住脸，另一只手伸出来，希望有人能在她们张开的手掌上放一枚硬币或一点食物。

院长停了下来。“哦，”她低声说，“就是这里！”

他们站在一座很久前被烧毁的建筑物外墙前。窗户已在大火中熔化，一些旧玻璃块堆在石窗台上，斑驳的光影静悄悄地照映在角落里。临街的砖墙上有人写下几个粗鄙的字，风从破窗的缝隙中呼啸而过。

“这曾经是一家玩具店。”院长把手按在胸口，“哦，你应该见过，亲爱的卡斯。回想那段日子。每个架子都有奇迹。”

卡斯的眉头皱得更紧了，但院长笑了。她像祈祷一样合拢双手放在胸前。“你知道，”她说，脸上充满怀念之感，“迈伦在这里度过两个季节，之后我父亲找到了一个可以爱他、抚养他的家庭，但他仍然会一有空就过来看看。几乎每天来这表示敬意，和他的朋友们待在一起。那时他对我就很好。”她脸红了，卡斯觉得尴尬之情像海浪一样袭来。

一想到院长和迈伦牵着手秀恩爱就让人难以忍受，但院长似乎并没有注意到卡斯的不适。她离开废弃的玩具店，穿过广场，带着奇怪、恍惚的神情。“当然，那时候我们都被鼓励多在小镇逛逛，拜访邻居，结交新朋友。那时候人人都爱孩子，无论我们走到哪里，我们都受到欢迎和关心。”她的目光扫过这条凄凉的街道，额头上的皱纹越来越深，“不像现在。”

几辆自行车穿梭而过，每辆都生了锈，用电焊机一次又一次地修补，直到车架变得凹凸不平，五颜六色，但它们似乎修得很好。其中一个骑着车的男孩看起来和卡斯差不多大。他的羊毛裤子上打着布料补丁，他提着一个装满面包的袋子。他在家里也感到局促吗？卡斯想知道。他享受风吹在自己脸上的感觉吗？他有没有想过踩啊踩啊，永远不停下来？

“那时候我们常去玩具店，但只是看看，因为都太贵了，但玩具店老板是位善良的女士，头脑聪明，双手灵巧，能做各种各样的发条玩具。有能战斗的玩具士兵，可以奔跑、后蹄直立、发出嘶鸣的机械马，以及带有色彩斑斓翅膀的机械鸟，每月只需上弦一次哦，在你意想不到的时候，它们会唱出最美妙的歌曲。店里还有能跑的玩具老鼠、玩具小狗，会睁开眼睛跟你说爱你，令你信以为真的洋娃娃。”院长继续说道。

卡斯瞟了院长一眼，想看她是不是在开玩笑。这家玩具店听起来似乎可爱得令人难以置信。院长的脸上仍然充满怀念和幸福的感觉，看起来不像是开玩笑，也许这种事情会在老人身上发生——也许他们的记忆有点混乱。

院长叹了口气，似乎没注意到卡斯的怀疑。“有一天，”她突然容光焕发，“我刚满十八岁，也就是图书馆失火之前的几年，镇上的一切都还是那么可爱。我要去很远的地方上学，迈伦不想让我去，一直挽留我，在我要离开的前一天，他带我来到玩具店，送给我一个发条蝴蝶。这是我见过最漂亮的东西。玻璃质地的眼睛在阳光下晶莹剔透，真丝制作的翅膀在黑夜中闪闪发亮。”院长两眼发光，用手背擦了擦脸。“他告诉我，玩具商从他的心脏上取下一小片，放在蝴蝶中央。每当他的心脏跳动，蝴蝶就会拍打翅膀。他让我把手放在他的心口上。”院长的脸涨得通红，“我照做了。”

卡斯的胃翻了个底朝天。她做了个鬼脸，假装作呕。“如果她告诉我他们接吻了，我真的会吐，她会后悔的”，卡斯想。

院长的脸看似在凝望着美丽的远处。“果然，”她说，“我能感觉到迈伦的心脏在我的手上跳啊，跳啊，跳啊，而蝴蝶也在此时展开翅膀拍打、拍打、拍打着。”

卡斯扬起眉毛，院长耸了耸肩。“我知道，相信玩具里有心脏是愚蠢的。玩具商怎么可能做得到呢？但为什么它仍会跳动呢？显然，这是一个疯狂的想法。但是——”她咧嘴一笑，眼睛闪闪发亮，“我还是保留着那只蝴蝶。它仍然随着迈伦的每一次心跳拍打着翅膀。当他睡着时，翅膀拍打得缓慢。当他醒来时，翅膀就会加速拍打。去年他病得很重，他的脉搏加快了，我们已经设想过最坏的情况，蝴蝶翅膀拍打得极快差点折断。所以你说为什么呢？”

卡斯不知道院长想要她说什么，甚至不知道她在想什么。所以她就一直拉着院长的手，转过街角朝镇长的房子走去。

镇长住在镇上地段最好的一座豪宅里。每一面墙都闪闪发光。这座豪宅周围没有草坪，而是一大片闪闪发光的石头，这些石头被摆放得很平整，并根据颜色排列成不同的图案。整个院子看起来更像是一幅供人观赏的画作，并不是让人玩耍、坐下、阅读的地方。有几座雕像——大部分是镇长本人——下面有喷泉。挂在前门上方的牌子写着“小镇的正常运转依赖于慷慨的公民！但是你的邻居捐赠得够多吗？”在底部用非常小的字写着“他们可能没有”。

“我们镇长的品位真好！”院长说，“我们有他当镇长真是太幸运了！”

幸运吗？卡斯疑惑。院长拍拍脸。

一群猫在镇长的院子边上来回踱步。它们一直盯着前门，耳朵前倾，猫没有踏进院子。卡斯数了数，至少有三十多只猫在外围巡逻。当卡斯和院长走过时，它们弓起背，猫毛炸起，但没有发出任何声音，连头都没回。卡斯以前从未见过猫有这种行为。她和院长走在长长的通道上，到达门廊。

房子又高又宽。门楣由镀金雕刻而成，屋檐旁装饰着胖胖的小天使。每个角落都挂着风铃，窗户擦得干干净净，闪闪发光（这并不重要，卡斯注意到——里面的窗帘紧紧地关着）。在前门上方，有手写的金色字母“成为你们

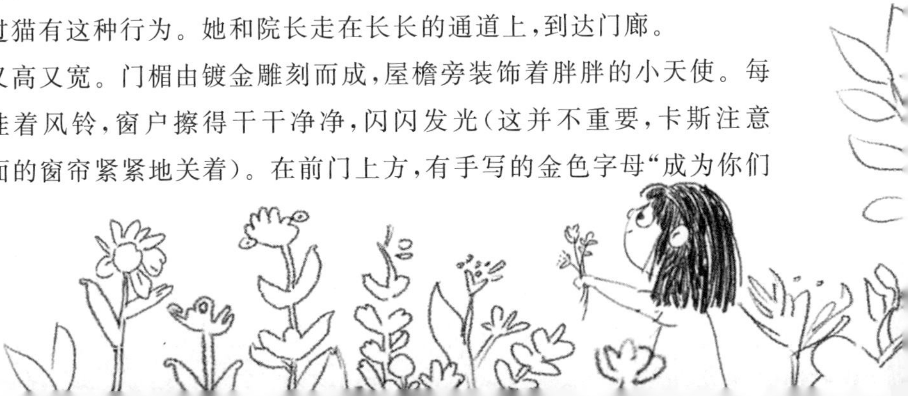

的镇长真是美好的一天!”

院长敲了敲门。

“天啊,好烫!”院长甩了甩手说,她的指关节很红。

屋子里有什么重东西在动,“轰隆隆”“叮叮当当”“咯吱咯吱”的声音响起。卡斯感觉脚底下的走廊在震动,整座宅子都在震动。有那么一刻,卡斯惊慌失措,担心别墅会坍塌,但随后她看着院长平静、热情的脸,开始自我怀疑。

“是谁?”一个声音从里面响起,是一个很好听的声音,洪亮且庄重,弄得卡斯手臂上的小汗毛都竖了起来。院长看起来欣喜若狂,她话语急促,试图解释他们为什么在这。

“如果不是太麻烦的话,”院长结结巴巴地说着,“我想谈谈……好吧,孤儿院的……补助金。”院长的声音有些沙哑。“为了孩子们。”

屋子里“叮叮当当”的声音更响了,像是玻璃打碎的声音,又像是一堆链条扔在地上时发出的明亮的咔嗒声,整个房子都吱吱作响。“很好”,低沉声音传来。卡斯能感觉她脚下地板在震动。“我想我们可以聊一聊,来露台坐在椅子上聊吧。一会儿我会在那等你。”

露台没有阴凉处,阳光猛烈地照在褪色的石头上。光线四处反射——令人心惊的耀眼灼热。几座镇长的雕像若隐若现——一座戴着王冠,一座虔诚地望着天空,一座用手抚摸着一头熊,另一只手为鸟搭窝。喷泉在两侧潺潺流淌。卡斯和院长都坐了下来,用手遮住眼睛眯着眼——光线太强了令人难以看清。镇长端着一壶柠檬水和一个杯子走过来。他坐在他们对面,给自己倒了一杯酒,一饮而尽,笑了笑。“啊哈,”他说,“酷——”

院长点点头。“是的,柠檬水很提神。”她赞许地看着镇长。“这段艰难的日子里,能有您这样几乎对每件事都做出正确决策的镇长,真是令人安心。”她高兴地舒了一口气。

卡斯扮了个鬼脸,露台上的阳光太强了。一直眯着眼令她头疼,但这光线似乎完全没有影响镇长。

“没错”,镇长浑身上下金光闪闪地说道。他穿着一件奶油色的长大衣,脚上的靴子擦得锃亮直反光。他皮肤泛光，脖子上挂着一串钻石，手上戴着块手表，表盘如卧龙盘旋，上面的刻度闪闪发光。镇长笑了笑，他的牙齿白得几乎要闪瞎眼睛。

接下来是一片寂静。镇长抚平外套上的褶皱，欣赏着手表的光泽，拿出一面小镜子，对着自己的影像微笑。卡斯想知道他是不是忘记了她和院长还在那里。院子边上，猫咪静静地走来走去。最后，院长清了清嗓子。镇长扬起眉毛，好像吓了一跳。

院长解释道，她的家族好几代人都在管理孤儿院。这个使命可以追溯到小镇建立之初。每年，镇上都会寄钱给孤儿院，用于孩子们的生活费：食物、衣服、医药、教育和音乐以及房子的维修。但自火灾、天坑、持续的农作物歉收以及洪水发生后，小镇每年提供的资金越来越少。

"一年比一年更难维持生计。去年我们仍在等待这笔资助费。我们觉得您会给我们，并不会忘记的，但这笔钱一直没有支付。我们尝试靠自己，但这确实是件难事。现在我们还在等今年的资助。我努力尝试了一切办法，卖掉了我能卖的，在必要的地方做出调整，教会孩子们竭尽所能、再利用、缝补还有节俭的价值。"

"嗯，好样的！"镇长惊呼道。他的笑容闪闪发光。院长的脸和肩膀松弛下来。"我坚信你们可以做得到！勤俭节约、不辞劳苦，我的天啊，你是多么好的榜样！多么了不起的公民！这些好事都是由于您的专业和努力！如果全镇的公民都能以您为榜样就好了。为何？因为小镇会立刻恢复正常！"

"非常感谢，亲爱的镇长，"院长抬起手捂在嘴上，闭上了眼睛，泪水从眼角流了出来，"我就知道您会理解的。"

"我理解，"镇长热情地说，"我对你们的服务和毅力感到敬畏。想不到你还需要我的帮助！"

"实际上……"院长开始说道。

但是镇长打断了她。"你能想象如果每个人都如夫人您一样节俭勤劳吗？是的，几分钟内我们就可以再造一个可爱小镇！也许只需要几秒！您是这一代人的楷模！还有你，年轻……人。"他斜眼看着卡斯。"嗯，你也是好样

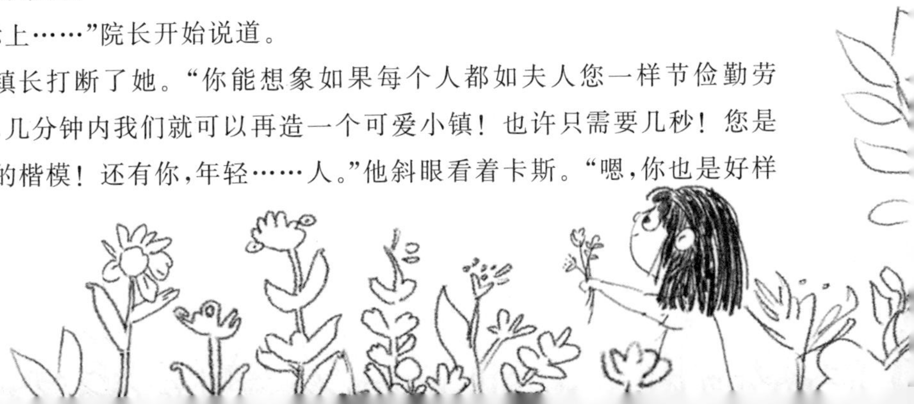

的，你是我见过最棒的孤儿。”

“哦！”院长说，“你以前见过孤儿吗？”

“这辈子从没见过！现在也不需要了。很显然我已经遇到最优秀的那位了。”他大方地做了个慷慨的手势，拍了拍卡斯的脑袋。卡斯僵住了，她讨厌别人摸她的头。她看向院长，想看看院长是否注意到，但院长的眼睛反射着镇长的光芒，院长不再遮着额头，刺眼光线也影响不了她。

“嗯，经过这次谈话，我感觉好多了，亲爱的镇长”，院长说，她的声音柔和而轻松。镇长在阳光下耀眼夺目。“我们很幸运有你担任我们的镇长。”在街上，一只猫在嚎叫。

“幸运吗？”卡斯大声说道。似乎没有人听到她的话。

“当然幸运！”镇长站了起来。“我必须回去工作了。你知道的！总是忙这忙那，去这去那。唉，我渴望像你的孤儿一样，过着无忧无虑的日子，数着蝴蝶，看着草坪。啊，童年！”

“确实如此，”院长兴奋地说，“多么幸运的孩子！”

“同时，一定要留意你的邻居，恐怕骗子和小偷的报道会越来越多，还有偷税漏税，小镇陷入了严重的财政困境。人们不肯付该付的钱，在能付出的时候也不愿付出，这是一个可悲的局面。违法者！守财奴！难道他们不知道捐款和税收都是为了小镇吗？捐助得越多，我，我是说我们，就拥有越多——我们是一条船上的人！”他拂了拂奶油色外套，咔嗒一声蹬了蹬靴子，大步走过岩石草坪，来到门廊，停下脚步，转过身夸张地向院长和卡斯鞠了一躬。

“替你对羚羊表示感谢，优秀的夫人！”他用洪亮的声音说。

院长首先从惊讶中惊醒，眨了眨眼。“感谢什么，先生？”

镇长脸色发白，但这只持续了一秒钟。“我很抱歉，我说错了。我的意思是说感谢天空，夫人。感谢上天，幸运的上天！”说完，他穿过前门，轻轻关上了身后的门。

院长站在原地良久。路上的猫继续踱步徘徊，一只猫发出了嘶嘶声，卡斯能听到远处乌鸦的叫声。她看着院长的脸从崇拜到敬畏，到自省，到困惑，再到担心、无奈。院长与卡斯的目光对视了很久，然后她耸了耸肩。

“嗯，”她说，她的声音有点疲倦，“我想我们试过了，我们只是需要想点别的办法。”回孤儿院的路上很安静，卡斯理解这一点，她有很多事情要考虑。

回到孤儿院，大家仍然躺在病床上，沉沉地睡着。院长和卡斯都不想打扰他们，所以她们单独坐下来吃晚饭，又是蔬菜汤，没有面包。自从赶集日事件后就再也没有面包了，因为几乎没有面粉，而且要等到下一个赶集日才会有面粉，而前提是院长和迈伦能卖掉一些东西。不应该是这样的。这个小镇本应是慷慨大方的，但事实并非如此。为什么石头谷的人不再给予他人帮助——除了那位慷慨的捐助人，有时会留下些蔬菜，没有那位捐助人，他们肯定会饿死。其他人在哪里？

卡斯努力不让她的思绪变得悲观。她对院长微笑了一下，院长握着她的手告诉她，她是一个多么棒的女孩。迈伦穿着睡衣和长袍走了进来，他的脸色仍然苍白得令人难以置信。卡斯觉得她的担忧之情就像卡在喉咙中的一根刺，不断膨胀，变得又硬又尖，她试图把它咽下。

“你好，亲爱的，”迈伦说，“今天的努力有收获吗？镇长批款了吗？”院长盯着她的碗。她的表情在光影之间闪烁。“每个人都爱镇长，”她说，“他……”她停了下来。“当然，他一定知道自己在做什么。”她双手捂着脸开始哭泣。

“好了，好了，亲爱的，”迈伦说，“卡斯，亲爱的，你能打扫一下吗？院长需要休息。她辛苦了一天。”迈伦搂住妻子的肩膀，将她带走。

卡斯去工作，她给山羊挤了奶，装满了瓶子，然后把鸡赶进鸡舍，打扫了前屋，洗了盘子，然后爬出厨房的窗户，爬到门廊的屋顶上看日落。她在那里坐了很久。在有这么多孩子的房子里，她很少完全独处。她看着阳光从明亮变为彩色，变为暗淡，变为阴影。她看着星星眨着眼睛。孤儿院外是广阔的天地。她凝视着黑暗的天空，试图想象石头谷外面的一切。

终于，夜凉了，她从窗户溜了进去，悄悄地落在了厨房的地板上。整个屋子一片漆黑。院长和迈伦睡在厨房旁边的一间小卧室里，与储藏室隔着一个壁龛，壁龛里有张桌子和一个放文件和账本的抽屉柜，还有一个放重要东西的架子。卡斯站起身来，猛然意识到有声音从院长和迈伦卧室的门底下传来。

院长在哭泣，卡斯的心被狠狠地捏了一下，愣在原地。

“嘘——”迈伦说，他的声音就像模糊的阴影——柔和、安静而又深沉，“我们会找到办法的，我们总能找到办法。”

“根本不应是这样的”，院长说。卡斯知道院长用手捂住了脸。她的声音变得不太清晰。“从来没有这么多，也从未有这么久。即使我们能为他们其中一个找到一个家——哪怕只是一个——这也会对这房子的其他孩子产生影响。但是怎么办呢？他们能去哪儿呢？谁会爱我们亲爱的孩子们？我们不能就这样把他们赶出去——他们都太小了！但我们也不能再这样下去了。”

“我们总会想到办法的”，迈伦重复道。“最终”，他补充道。

卡斯觉得她的脸颊开始泛红，她从迈伦那句“最终”里听到了担忧。

“如果我们遵循那个愚蠢的规定，那就只能是安西娅。我讨厌那个规定。”院长哽咽着，声音颤抖。“过去，我们至少可以让大孩子们选择当学徒或接受大学基金的支持，但现在都没有了。她怎么可能养活自己？她太小了，没法一个人待着。”

迈伦沉默了很久。“我无法想象如果没有安西娅这里会变成什么样。我无法想象孩子们会怎么办，我们如此爱她，每个人都那么爱她。我敢肯定……”他停顿了下，“我敢肯定镇上没有人记得那条规定，我们不必提它。无论如何，我看不出他们的意见有什么关系，因为他们连一分钱都不给我们。我相信我们会找到别的办法。不要担心，我的爱人。”

院长哭了，迈伦哭了。卡斯一动不动地站了很久，思考着这个问题。她权衡了各种可能性，评估变量，脑海中一顿加减乘除。她朝院长和迈伦的卧室门送出一个飞吻，然后踮着脚尖走出了厨房。她的脚步轻如地板上的影子，蹑手蹑脚地走进宿舍，站在房间中央，看着全家人躺在她身边，脸色柔和，四肢随意地搭在身边的人身上。

“孤儿院很好，”她想，“而且里面的人也很好。”

卡斯一动不动地倾听着自己的呼吸声和心跳声。她知道如何解决这个问题，她看得一清二楚。院长和迈伦是对的——没有安西娅，孤儿院就无法运作，他们需要她。但是就他们现在的处境来看，根本不该做加法，唯一的解决途径是做减法。

卡斯是个实干家,她乐于助人,这会有所帮助的。她不会问任何人的想法,她什么也不会说。她只需要几天的时间来计划。

然后她离开。

第20章

乌鸦注意到了什么

那天晚上，大怪物在森林里采摘了蘑菇、坚果、浆果和蜂窝。绵羊吃饱了草，心满意足地留在星空下的牧场。大怪物把馅饼、蛋糕、面包、饼干、蔬菜、奶酪装上手推车，穿过了小镇。狗一直凭着声音和气味跟在她身后。星光闪烁，照亮了他们的道路。夜间没有其他生物活动——门和百叶窗是锁着的，窗帘是拉上的。每座房子似乎都在睡觉，在安静的梦中呼吸和叹息。

当他们到达孤儿院时，乌鸦落在了墙上，嘴指着花园。大怪物停下来抬头看，屋子一侧的窗户透出一丝光亮，只有窗帘后面的烛光闪烁。有人醒了。大怪物在送礼物时从未被发现，尽管她看不到任何人，但这种可能性让她感到慌张，她发现自己坐立不安。她抚平她草一般的头发，她将宽大的双臂交叉抱在胸前。被人看到是什么感觉？她想知道。她知道她的邻居不时瞥见她，但这次感觉不同，她总是秘密地做这项工作。如果有人看到她会怎样？

大怪物耸耸肩，把一箱蔬菜和奶酪放在地上。她调转车头，朝镇长家走去……然后她停了下来。乌鸦们的眼睛一直盯着孤儿院，瞅着那一缕微微闪烁的光。

大怪物歪了歪头，“一切都顺利吗？”她低声说。微光继续闪烁，窗帘一直关着。有人站起来，但看起来他们并不打算出来。“走吧，”她说，“绵羊会想知道我们在哪儿。”

“呱，”一只乌鸦说，“有人在哭。”

“呱，”另一只说，“有人的心碎成了两半。”

“呱，”第三只说，“也许我们应该多给点东西。我们还有什么可以赠送的吗？”只有镇长的馅饼了，但大怪物不想给。镇长一定很孤独——毕竟，一个人住在那栋大房子里。大怪物知道，没有什么比孤独更糟糕的了。孤儿院这一大家人可以互相安慰。

“我们今天没有，但明天我一定会多带些来，还有更多的奶酪。我相信这将解决任何压垮他们精神的问题。”光是这么说，大怪物就确信这一定是真的。透过潜望镜的观察，她知道，孤儿院里的每一个人都非常相爱，彼此呵护。毕竟，早晨快到了，太阳会升起，微风会吹，你永远不知道拐角处有什么样的美好等着你。一切都会好起来，大怪物告诉自己。

她很有把握。

第 21 章

情况并未好转

卡斯出了点问题，虽然安西娅注意到了，但不知道该怎么办。首先，安西娅在储藏室里发现卡斯用手捂着脸，眼里含着泪水。“你怎么了，卡斯？”安西娅问道。卡斯不愿说什么。第二天，安西娅在阅览室见到了卡斯，卡斯正在翻阅地图并在账本上做着大量笔记，安西娅一进门她就把账本塞进了口袋里。“你在做什么，卡斯？”安西娅问道，卡斯还是不愿说什么。

同一天，安西娅注意到卡斯将她的个人物品都送了出去。她把小时候院长给她做的洋娃娃送给了莉莉，把她最喜欢的一套工具送给了海勒姆，一袋弹珠送给了以利亚，一套全新的铅笔送给了迪尔德雷（她在垃圾堆里找到的，并且已经保存了一年多）。

“你不要这个了吗？”安西娅问道。卡斯送给了她一件毛衣，这件毛衣是她用一袋别人丢弃的羊毛袜上的毛线编织而成的，非常柔软，颜色也很鲜艳。卡斯仍然不愿说什么，她只是尽可能地紧紧拥抱住安西娅。她没说一句话就走了，这让安西娅感到很疑惑。

第三天，安西娅在卡斯和巴图比前一晚睡觉的床下发现了一本书，有一页标题写着“如何制作指南针”。安西娅懒得问，她知道卡斯不会解释。

“事情不对劲儿”，安西娅那天晚上对巴图比说。时间不早了，院长和迈伦已经躺在床上了，一天下来已筋疲力尽了。安西娅感觉她的担忧就如针扎在身上一样痛。

“有很多事情都不对劲儿，”巴图比说，“太多了，无法一一列举。你指的是什么事情？”

“卡斯”，安西娅说。

巴图比皱起眉头。“你是什么意思，卡斯怎么了？”他摇摇头。“卡斯很好。”

“显而易见，”安西娅开始情绪激动，巴图比比任何人都更容易激怒她，她强迫自己冷静下来，“但我还是很担心卡斯，她那天在储藏室里哭了。”

巴图比左右摇晃着，两个刚学走路的孩子在婴儿车里睡着了。他摸了摸莉莉的头。“她可能只是胃痛。”

“我可不这么认为，”安西娅接着解释。卡斯开始把她的东西送人，在半夜，安西娅还看见卡斯坐在窗边把双手按在玻璃上。

巴图比打消了这些顾虑，“卡斯一向很大方的”，他边说边走到宿舍，把这俩刚学走路的孩子哄上了床。“有时你半夜也坐在窗边，那我应该担心你吗？”

“别，”安西娅迅速说道，然后她耸了耸肩，“或许吧，也许我们都需多担心彼此。”她看着窗外，天完全黑了下来，干枯的树叶在风中沙沙作响，很快就会落在地上。很快她就要十四岁了，时钟“嘀嗒、嘀嗒”地走着，她不禁打了个寒战，双臂环抱，紧紧地拥抱着自己。“我现在很担心院长和迈伦。”她记得被人称为“你这种人”。她记得眩晕的感觉，记得她的脸撞到地上。她无意识地用舌头舔了舔牙齿上的碎屑，牙齿仍很锋利。她没有意识到自己要流泪，但泪水依然涌了出来。当巴图比伸出双臂拥抱她时，她用连衣裙的袖子擦了擦脸。“我也很担心”，巴图比说。“准确来说是担心每个人，但我不担心卡斯，卡斯就是卡斯，卡斯永远不会有事。这是我唯一能确定的事情，我相信她。”

楼下，卡斯坐在客厅靠窗的座位上，正在织袜子。她非常擅长织袜子，织袜子是一门艺术。简单地将洞的边缘缝合在一起是行不通的，因为这样的袜子会令人感到不舒服且无法穿用——给人的感觉就像袜子里总是有一根棍子一样，让人没办法走路。所以，要打好基础，细心织补。织物本身肯定要柔软、柔顺，穿在脚上让人感到舒适——让人不知道脚后跟那儿曾经有一个洞。

卡斯一边用脚趾轻轻摇晃着小摇篮里的婴儿们，一边缝着袜子。婴儿们打着鼾，烛火摇曳，屋外刮着风。没有比孤儿院更好的地方了，没有比这更好的家。但是，她希望能打好基础，让物品坚固耐用，因此她继续缝补着。她想提供足够多的帮助，因此细心规划，编织得天衣无缝，不会有任何不适或磨损，不会看出曾经的破洞。

那天晚上早些时候，随着就寝时间临近，卡斯拥抱了每一个孤儿，亲吻了他们的脸颊。然后她拥抱了院长，温柔地吻了吻她，也拥抱亲吻了迈伦。她转身走向壁龛，然后去到厨房。“别担心，”卡斯说，声音非常非常小，“明天早上，一切都会好起来的，我保证！”

迈伦以为是院长说的这话，而院长以为是迈伦说的。就连卡斯说话的时候，她也是如此安静、温柔。她知道，这句话是谁说的并不重要。重要的是，这话是真的。

第二天早上，孤儿们跌跌撞撞地走进厨房。他们给山羊挤奶，收集鸡蛋，铺上干净的桌布。他们合力运来一箱新蔬菜，帮着盛粥，往碗里装满树莓，还摘了一朵盛开的百合摆在餐桌上。直到众人坐下想要握住彼此的手低头感恩时才发现卡斯不见了。

大家都站了起来。没人说话。大家都意识到没有人说话，这种不对劲的沉默就像一种恐惧。他们默默地查看了鸡舍、棚子和地窖还有阁楼，他们翻找了毯子和桌子底下，但都没用，卡斯不见了。

第 22 章

又是那条龙

听着——

我还是不喜欢谈论那条龙，但是有一些事情你们应该知道，很久以前有一条龙激怒了整个龙族。

几世纪以来，龙一直会使用施加魔法的皮囊（皮囊取自那些度过完整一生的生物，无论其生命长短，并且要自然死去——而且所有的龙都可以迅速识别对方身份）。是真的，几千年来都是如此。世世代代威猛强大的龙族，披上其他生物的皮囊，与之共存。在此期间，龙族们学会了如何像兔子般灵巧敏捷，如何像蟋蟀般玲珑小巧，如何像狐狸妈妈般亲切温柔地照顾新生幼崽。

龙族视皮囊为圣物——称之为“神佑魔皮”。因为有这些皮囊，龙就可以借羚羊、鲸鱼、北极燕鸥或水母的眼睛体验这个世界。

他们了解脆弱的意义，就像蝴蝶在极其漫长的旅程中，停留在花瓣上休憩片刻一样。他们了解被遗忘的感觉，就像兔子被农夫堵住出口后，注定要被困在养兔场一样。他们了解生活在边缘的感觉，就像老鼠趴在厨房地板上，寻找着残羹剩饭、躲避陷阱一样。

通过驾驭与生俱来的体型及力量，他们发现了理解和联系的巨大价值。这些对龙族来说都是非凡的经历，他们试图用智慧帮助他人，为所有生物谋取福利。

好吧，大多数的龙是这样做的。

有一条龙并没有像兄弟姐妹那样吸取到同样的教训。相反，他利用皮囊来欺诈或是伤害他人。他有时这样做只是为了挑战自己或满足自己的恶习。例如，他曾经披上一只座头鲸的皮囊，巧舌如簧般说服其他鲸鱼搁浅在沙洲之上，然后整个鲸群毁灭于此处。他只是想知道自己能不能完成这件事。还

有一次，他成为老鼠族的国王，说服他的臣民潜入卧室和保险箱，然后带着硬币、戒指或钻石手镯回来。他将这些储存在一个全新的巢穴中，对于臣民的工作，他变得油嘴滑舌、懒懒散散，是有史以来最像老鼠的龙。

在世界各地，每当他用一张神佑魔皮做自私或奸诈的事情时，龙族亲属都会批评责骂他，以严厉的言辞和愤怒的表情对他严惩不贷。他们希望他吸取教训，他们希望对他失望透顶的态度可以遏制他的古怪行为，希望自己的榜样力量可以教会他去寻求真理、理解他人，而不是制造混乱、假公济私。

但这条龙并未做出改变，也没有从任何榜样里吸取教训。这还只是开始而已。他披着狼皮，控制着一个群狼无首的狼群，教他们如何盗窃、耍心机、作恶——以及实施暴力行为。

他披上信鸽的皮囊，修改国家间传递的信息，以此为乐，并操控战场上士兵的不满情绪，这足以引发一场内战。这条龙喜欢战争，战争使掠夺变得更加容易。

他在皮囊中停留的时间比平时要长得多——通常，龙会在新月前一天脱下神佑魔皮，恢复龙身，以便在浩瀚无垠的天空下，吸取来自日月运行的力量和魔法。如果他们要了解更多的东西就会穿上皮囊，否则他们会去做别的事情。然而这条龙却习惯在皮囊中待上数月甚至数年，充分利用自己的处境，不断消耗着他的龙之力。他发现当他皱缩到只有他体型大小的一小部分时，溜走是一个很有用的技巧。他会从皮囊中滑出，蠕动到阴影之下，没人看见也不会有人注意到，然后撤退到他心爱的巢穴，在方便的时候补充魔法和力量——就连他的恶行也透出他的懒散。

滥用动物皮囊是严重的罪行，一些龙说这是亵渎圣物。多次滥用是令人憎恨的，于是，来自世界各地的龙之智者召开议会聚集一起讨论这个情况。此次议会确认了这条龙利用神佑魔皮行奸诈之事乃是对记忆中首次化为羚羊的侮辱。

“我们认定他有罪”，议会宣布。一些龙听到判决书时都流泪了。

他们从来没想过自己会看到这样的一天。

议会宣布这条龙将被永远逐出龙族。这条龙听着对自己的判决，只是耸了耸肩。是的，他就不是那类重视情感的龙。随后议会宣布将没收龙穴，洞穴内的财物将分发给全世界贫困的生物。这对任何一条龙来说都是个直击心脏的致命打击，因为龙穴对于龙是很宝贵的。他努力表现得毫不在意，但内心却是狂暴怒吼、号啕大哭，咬牙切齿。

“我应该去哪儿呢?”这条龙说。他夸张地打着哈欠，假装并不在乎，尽管他因愤怒和悲伤而颤抖着。他想起了洞穴里的那堆金子，他的财宝，他的黄金，“那是我的，”他想，“他们怎么敢!”

“我们不在乎你去哪里，”参加议会的龙之智者们说道，“你可以去山上和大怪物厮混，我们不在乎。”很抱歉，龙对大怪物有着可怕的偏见，认为他们是“低等”生物，他们的皮囊不值得被披上。这些说法是不公正的，事实上龙从没穿过大怪物的皮囊，这只是因为从活了几千年的生物身上获取一张皮囊十分困难。当一个大怪物死去后，他的尸体会在晚上被放在山顶上。大怪物的尸体会在太阳下晒一整天，然后在月亮升起的那一刻变成石头。很少有人亲眼看见这一景象。

（听着，很明显我亲眼看见过，但我是一个特例，我的经历与此无关。）

因为没有一条龙有机会穿上大怪物的皮囊，所以龙族从未学会同情大怪物。看不起大怪物——甚至尽可能不去想他们——这比承认龙族自身局限性更加容易。事实上，即使是聪明的生物也会有点……对自己的无知领域装迷糊。

这条龙剧烈地叹了口气。“大怪物，”他非常厌恶地说，“真的吗?”“反正根据你的罪行，你不能留在这里!”议会宣布道。

于是，这条龙在山上流浪了一个多世纪，想狩猎时他就狩一狩猎，懒懒散散地寻找干燥的洞穴或废弃的堡垒来建造新的龙穴。没什么需要努力做的事，你懂的。

有一天，当这条龙因为自己再也没有成堆的金子，不能享受奢华生活而产生了凶恶的想法时，他偶然发现了一件意想不到的事情。

他竟然找到了一个已死去的大怪物。

太阳高高挂起，天空蔚蓝得令人吃惊。大怪物的尸体就放在山顶上，从

头到脚都布满野花。这是个美丽的安息之地，但这条龙不在乎。按照大怪物的习俗，尸体已经用香气袭人的精油精心清洗过了，并穿着大怪物最好的衣服，大怪物躺在滑溜溜的圆形石床上，大怪物的两只眼睛上都放置了花朵，嘴巴正中含有第三朵花，在他张开的掌心上堆了满满的金币。

“黄金!”这条龙惊呼道。他拿走了所有的金币，还把花吃了。龙不是特别爱花，但他想：为什么那个死去的大怪物可以拥有我不能拥有的东西？

大怪物穿着华丽——有精美的丝绸、有织金的锦缎和银首饰。他每只手上都戴着一枚钻戒，鞋子上还有金扣子。

这条龙盯着大怪物耳垂上金灿灿的耳环，还有手指上亮闪闪的钻石。这么多财富，为了什么？他若有所思地自言自语，如果大怪物对他们的黄金如此漠不关心，以至于把它们扔在死者的尸体上，那么他们村子里一定还有更多的黄金。

这个念头让这条龙头晕目眩。

虽然他仍然认为大怪物是低等生物，但这并不意味着他们不值得欺诈。毕竟黄金就是黄金，而且还有别的东西拨动着他的心弦。召唤他的不仅仅是黄金，而是游戏，是诡计。一想到这，他的爪子都感到刺痛。去欺骗另一种生物——让他们的世界混乱不堪，然后让一切在愉快的混乱中彻底崩溃——嗯，这确实是一种力量，一种美妙的力量。

这条龙对这一想法如饥似渴。

太阳开始在天空中落下，大怪物很快就会变成石头。如果龙要这样干，他最好现在就这样做，他也确实做到了。在太阳消失的时候，龙已经取走了死去的大怪物皮囊，注入适量的魔法，然后穿上它。他一边吹着口哨，一边沿着小路向大怪物村庄走去，还练习着他最灿烂的笑容。

“愚蠢的大怪物，”他想，“这不会很有趣吗？”

关于接下来的故事，想必你已经猜到了。这条龙伪装成大怪物，使大怪物族相信他的死是虚惊一场，并且大怪物已经彻底康复。龙看到大怪物族见到自己重回他们身边时欢喜不已，看到了他们对曾经失去的朋友的关心，并利用他们为自己牟利。龙把欢乐、关怀和同情变成了武器。他让大怪物互相残杀，让他们之间失去信任，骗取他们的生计，然后让他们对于突然改变的命运互相责怪。村民们越是不开心，龙越是笑得开心。

当大怪物族最终发现龙的阴谋诡计时，龙的行为完全符合你的猜想。龙褪去大怪物的皮囊，显露龙身，释放魔法和愤怒。他在大怪物村庄生活的时间不长。虽然他的魔力已不足，没剩多少，但即使在这种状态下，他仍然是条非常强大的龙，而且很危险。整个村庄都在一场爆炸的大火中消失了——每间房屋都被烧毁了，每栋建筑都被夷为平地，每处果园和每片农场都被烧焦毁坏。什么也救不了。在那片土地上再次长出东西需要几年的时间，没有办法，只好离开。大怪物们悲哀地告别彼此，独自前往外面的世界。

这条龙站在几英里外一座山峰的有利位置，看着从大怪物村庄废墟中升起的滚滚浓烟。他从这次经历中学到了不少东西。他没有带上他的非法财宝，太重了。他是一条懒惰的龙，只带了一个与大怪物打交道的标志——一对金鞋扣，系在他的下一双靴子上。龙开始寻找另一番机遇。

“好吧，”龙对自己说，“那真是太有趣了！”他笑着，蹒跚着下山。“让我们再大干一场！”

第 23 章

离家出走居然这么不愉快

卡斯不是个坏孩子，她不想给任何人带来痛苦。她只是擅长算数，少一个吃饭的人对其他人来说更有意义。卡斯喜欢安西娅，这个家庭需要安西娅。卡斯可以自己离开，她可以代替安西娅离开，然后一切就都会好起来的。

那天夜里，她换好睡衣后，把暖和的羊毛裤和毛衣叠得整整齐齐，藏在枕头底下，然后一直等待全屋人都熟睡过去。屋外刮着大风，枯叶晃动发出“沙沙”响声，屋内莉莉“咕哝咕哝”地说着梦话，贾斯蒂娜则在梦里“咯咯咯”地傻笑起来，巴图比用胳膊捂着脸，“呼噜呼噜”地打起了鼾。卡斯觉得自己的心好像被虎钳夹住了似的。

她穿上保暖的衣服。为了免于第二天早上饥肠辘辘，她已把晚餐的烤土豆留了下来，并用纸包好，小心翼翼地放在夹克口袋里。她很冷，所以穿上了夹克。她闭上眼睛让自己冷静，蹑手蹑脚地走出宿舍，下楼，穿过厨房，晃晃悠悠地走出窗外，来到院子。月亮被云遮挡，风中带着瑟瑟寒意——秋天果然来了。卡斯戴好帽子、手套和围巾（都是安西娅做的）。她停下来尝试与小鸡们（它们没有注意到）告别，亲吻了山羊（它们注意到了），她把事先藏在棚子里打包好的背包取走。

她把背包在肩上挎好后，望着阴影中的孤儿院，犹豫了好一会儿。“孤儿院很好，”她提醒自己，“住在那里的人都很好，这么做是正确的。”

在花园的后面，靠墙底处有个缺口，被树莓灌木丛遮挡住了。那缺口不大，但卡斯知道缺口大小正适合她穿过——因为她偶尔会从那个缺口偷偷溜出去，其他人都不知道。时间不长，也没有走多远，只是为了享受独自一人的感觉。

其中一只山羊悲伤地“咩咩”叫了起来。卡斯没有回头，她用靴子后跟把背包从缺口捅了出去。她站在空荡荡的街道中央，然后开始远行，远离孤儿院。她用手指抓住背包带子，双臂紧紧环抱住腰部，就这样转过弯儿，孤儿院消失在她的视野里，只留卡斯一个人在黑漆漆的夜里。

没过多久卡斯就意识到，或许她的计划并没有之前想的那样完整，她不知道去哪儿过夜。天气很冷，空气里弥散着雨水的味道。她需要个栖身之处。她的脚步声越来越大，愈加显得寂寞。“呱——呱——”远处的小镇郊区传来乌鸦的呼唤声。以前他们听上去对她很友好，但在黑夜里一个人的时候，他们的声音听上去很不详，卡斯开始跑了起来。

最终，她来到了旧河床。这附近有个废弃的磨坊和一个小驴圈。过去小溪养育了这片池塘，大火过后不久，溪水不再流动。如今是半年的干旱，半年的洪水肆虐，所以磨坊主人带着毛驴搬去了小镇，那里有可靠的供水，也更加繁荣。

旧驴圈里没有什么东西——没有干草，没有铺在潮湿地板上的旧毯子，没有能关上的门——但有一个屋顶几乎完好无损的角落。卡斯刚进来，天空就开始下起冰凉的大雨。她蜷缩在角落里，肩膀和膝盖上裹着单薄粗糙的毛毯。背包里塞了几张地图——她确定自己能读得懂。她还装了几根蜡烛和一盒火柴，这些东西院长不经常用。

她点燃了一根蜡烛研究一下地图。明天，她将沿着小巷和小路前往小镇的尽头，途经大怪物的房子。她会沿着小径穿过森林，以防她的家人寻找她，在石头路口过河（地图肯定还是正确的），然后进入沼泽旁的主干道。那有其他的城镇，她会找到工作的。她不确定该怎么做，但她希望到时候困难自然迎刃而解。她是个有用的人，也希望自己能帮得上别人。

下雨了，寒意更深了，就连乌鸦都不再叫了。独自一人的卡斯冻得直哆嗦。她想睡觉，但她睡不着。她把下巴搁在膝盖上，等待着黎明的到来。

第二天早上，光线由暗转灰时，卡斯从驴圈里走出来，背也疼腿也疼。她整个身子骨都在颤颤巍巍地发抖，脸颊发烫。她从口袋里掏出冰凉的土豆，意外地发现并不怎么饿。没关系，她决定留着饿了再吃。她沿着小路走着，胸臂间夹着一张地图，躲在阴影下和在少有人走的小道行走，基本上不让别

人看见。

事实证明，看地图是一回事，在现实中跟着地图走完全是另一回事。她沿着小径蜿蜒前进，穿过破旧的建筑和废弃的农场。她到了小镇郊区，那里的树木还在生长——大部分是梧桐树，在风中吱吱作响。她看到了人们说的大怪物居住的歪歪扭扭的房子。她听到绵羊“咩咩”地叫着，乌鸦“呱呱”地叫着，看见烟囱里升起了一缕惬意的烟雾。她顺着那条挨着大怪物农场角落的河流来到了森林边缘，她又看了看地图。地图显示有一条穿过森林的小路，这条路笔直如箭，会将她带到远处，最终与主路会合。但她眼前看到的完全是另外一回事：眼前一片绿茫茫，没有光线，还有错综复杂的路径，它们或交叉，或蜿蜒曲折，或逐渐消失在灌木丛中。

卡斯感到昏头昏脑，她的骨头都在颤抖，脸颊很烫。她饿了……但也不是。她脚下的大地好似在摇摇晃晃。她把下巴往前伸了伸，不管怎样开始赶路，但很快又转了回来，一头雾水，完全迷失了方向。枝杈如同女孩一样在舞动，藤蔓如同青蛇一样在扭摆。她看了看地图，毫无帮助。她抬起头，希望从天空中找到方向感，但森林挡住了她的视线。

卡斯继续前进。几个小时过去，夜幕降临。

她听到了猫头鹰的叫声，听到了乌鸦的叫声。她用毯子盖住自己，又用树枝盖住毯子，瑟瑟发抖直到早上。又是一个不眠夜。

第二天早上，卡斯还在树林里，还在迷路。她终于吃了她的土豆，但马上就干呕了起来，一定是变质了。世界仿佛都在旋转。她口干舌燥，需要尽快找到一条溪流，但她不知道该怎么做。她采了些蘑菇和浆果，但发现她不知道哪些有毒，哪些安全，她想打开从树上采摘的坚果，却发现这远比想象的要困难得多。她看着地图，但地图仿佛在她的视野里晃荡。当然，她本应该在几小时前离开这片森林或者是在昨天离开。没错，她会找到一个温暖而干燥的谷仓睡觉。这个谷仓的主人是一位活泼开朗、乐于助人的农场主，他的妻子会笑容灿烂地端着托盘送来早餐，这一切都是书中经常发生的事情。她从没想过书本原来也会说谎，地图也一样，见鬼去吧！

夜幕再次降临。卡斯背靠在树干上，凝视着黑暗，等待着光明到来。第二天一早，尽管她整个身子骨都哆哆嗦嗦，皮肤像开水一样滚烫，走起路来更是跌跌撞撞、磕磕绊绊，但她还是坚持往前赶路。又开始下雨了——不是很大，但是很冷。她肚子里空空的，她仍在森林最茂密的地方，不知道接下来要去哪里。

夜色更深了，周围似乎在旋转。卡斯跪在地上，蜷缩在一棵树下，她颤抖着，身体很痛，她没办法暖和起来，即使她的皮肤因为发烧感觉像是发烫起了泡。

月亮升起来了，随之而来的是一道薄薄的苍白月光。一只乌鸦栖息在附近的一棵树上。他歪着头，一双亮晶晶的黑眼睛注视着卡斯。

世界一直在旋转，卡斯很难保持清醒，她看着乌鸦进进出出她的视野，她不完全确定这是真的。她不像安西娅对乌鸦语那样熟悉——其他孤儿都不熟悉——但她会自己的乌鸦语。

"呱——"卡斯说，翻译过来大致就是"这是应该做的事情，我不后悔。"

"呱——"她补充道，"我爱他们胜过爱自己，就是这样。"

乌鸦什么也没说，他从一个枝头跳到另一个枝头。他跳到卡斯旁边的苔藓上，紧紧依偎着她发出些许低语。卡斯从来没有近距离观察过乌鸦，而且真的不知道乌鸦会有什么行为，但她当然没有预料到会这样。她用双臂搂住乌鸦，在她如此悲惨时，突然的亲近是对她心灵的抚慰。不一会儿，卡斯就沉沉地入睡。那天晚上，她梦见自己悬浮在满是乌鸦的天空中飞呀飞。

第24章

事情好像变得更糟糕了

鞋匠刚开门营业就听到尖叫声。他起身跑到窗前，看见一个老妇人从孤儿院门口直接跑到他的店里。鞋匠推门而出。

“怎么了，院长？”他大喊道，手上沾满了蜂蜡和兽脂。他使劲在羊毛裤子上擦拭，避开口袋里的工具割伤自己。“到底是怎么回事？我能帮上什么忙？”他跑出了店外。

院长在抽泣声中一顿胡言乱语，但有几句，他捕捉到的话语是：“她不见了！”和“有人带走了她！”其他一切他都没听懂。

他转身回到店门口，双手像喇叭一样掩着嘴巴，用尽全力大声喊：“我亲爱的老婆，快过来！”鞋匠的妻子是个理智的女人，因此，她知道该做什么。鞋匠走到院长身边，在街上拥抱了她。老妇人倒在他怀里，放声大哭，鞋匠的心差点碎成两半。他很了解院长——他小时候也曾住在孤儿院，那时他母亲难产去世，他的父亲离开小镇去外面寻找工作。他在孤儿院的时间很短暂——只有几个月。当时院长和迈伦还是一对年轻夫妇，他们那么阳光、有活力、善良。母亲去世那是鞋匠一生中一段可怕的时光，一段令人心碎、悲伤的时光——但回忆起在孤儿院里的日子，仍然充满温柔爱意，这是在他失落时给他爱和关怀的地方。从那以后，他一直试图对他人展现出同样的爱心。他把院长领进店内，让她坐在椅子上，一只手臂一直轻轻扶在院长的背上。

鞋匠的妻子急忙地端着一壶茶和一条毛毯进来。“好啦！好啦！”她一边把毯子裹在院长肩膀上，一边发出啧啧声。鞋匠搬来两张凳子，他和妻子坐下，他把手放在院长肩上，他的妻子则将手搭在院长的膝盖上。“休息一下，茶水会让你好过一点儿，”鞋匠的妻子说道，“亲爱的，发生了什么事，我们能帮上什么忙吗？”

他们看着她的手颤颤巍巍地把杯子放到唇边，等着她开口。院长说：“我们的卡珊德拉……”话哽咽在喉咙里，“她被人带走了！”大滴大滴的泪水顺着眼睛和脸颊滚落下来。“我们在早餐时发现的。夜里的某个时候，她在床上被人带走了，无影无踪。”她放下杯子。“你必须帮助我们，亚瑟，”她对鞋匠说，“你得帮助我们找到这个孩子。”

鞋匠皱起眉头，他很清楚孤儿院是多么亲切和温暖。年少时，他自己根本不想走，还是经他人劝说才离开的。孩子们不可能是自愿离开的。他转向窗外，脸色阴沉。这么多年来，从儿时开始还未出现过这样的恶行。即便如此，这仍然是个令人震惊的罪行。谁能做出这样的事？什么样的……生物……有这样的能力？他的眼睛眯了起来。

“有很多种解释，”鞋匠的妻子说道，她的话语轻快务实，“我们不能陷入疯狂的猜测中。恐惧无法让我们找到孩子，要靠冷静的头脑还有敏锐的眼睛。”

鞋匠站了起来。“没有时间可以浪费了，我直接去找镇长，他会想办法，必须解决这样的恶行。”他走到挂钩处取下帽子和夹克。

他的妻子恼怒地举起双手。“什么恶行？我们甚至不知道发生了什么。只有傻瓜才会在不了解事实的情况下贸然下结论。”她转向院长。“别担心，孩子一定会安然无恙的，我们会找到她——你会看到的。不管你怎么想，这个小镇还是充满善意的，比你知道的还要多。也许已经有人在照顾她了，也许她在梦游，也许是什么东西吓坏了她，才让她躲了起来，也许她在开个顽皮的玩笑，也许她只是想逃跑——我听说孤儿有时会这样做。”

空气突然变冷，鞋匠喘着粗气。院长放下杯子，茶水溅到地上。两人的脸都涨红了，瞪着鞋匠妻子。房间陷入了令人不安的沉默。

“我是说……”鞋匠妻子涨红了脸，她没有意识到自己的无礼。

鞋匠举起手摇了摇头，他转向椅子上的老妇人。“别害怕，亲爱的院长。我定会查个水落石出。”他狠狠地看了他妻子一眼，然后冲出了门。

在去镇长家的路上，他在治安官大楼那儿停了下来。治安官大楼几年前就被烧毁了，就像其他的建筑物一样。所以自那以后，无论谁担任治安官，都

只是在治安官大楼外工作。现任治安官已将旧谷仓改造成栅栏，必要时让人们待上一两天冷静一下。办事处的所有职能都在前院搭起的帐篷里完成。帐篷已经被修理了很多次，以至于混杂着各式形状、颜色及纹理——像个五颜六色的、褪色的大肿块。治安官戴着一颗银星，人们因此知道她是治安官。

“早上好，亚瑟”，鞋匠冲进来时，她说道。

“治安官，如果可以，请跟我一起去镇长家，小镇发生了绑架事件。”他解释了整个事件，正如院长所说的那样。治安官靠在椅子上，用怀疑的表情看了鞋匠一眼。

“嗯，”她说，“故事相当精彩。你确定准确吗？石头谷发生了太多坏事，每一天都有。谁能跟得上？我不可能追查那些既虚假又荒唐的故事。”

“你到底是什么意思？孩子不见了！”鞋匠感觉自己满脸通红。

“是吗？我们真的可以相信一位各方面能力都退化的老太婆的证词吗？她的视力如何？她能看清楚角落吗？所有的孩子她真的都数过了吗？甚至她会数数吗？现在的文盲可太多了！”治安官双臂交叉抱在胸前。

“这是什么问题？”鞋匠愤愤不平地说道。他向后退了一步。“她当然会数数！”治安官耸耸肩。“没必要生我的气”，她说。“我只是问问题，提问一下总没错。这些天撒谎的人太多了，会不会是院长撒谎了？”

“不是的”，鞋匠几乎喊道。

“好吧，那她的关节炎能允许她弯腰检查桌子和椅子下面吗？我的猜测是不能。这里是治安官办公室，我的大好人！我们需要证据。我们不会仅仅因为猜测就打破这个小镇的宁静。”她深信不疑，怒瞪着鞋匠。“带证据来，然后我们再谈谈。”

鞋匠沮丧地离开了。他在铁匠那里停了下来，在锻炉的轰鸣声中，铁匠完全听不到他说了啥。几次之后，铁匠皱起了眉头。“上次的赶集日，不是有个孤儿暴力袭击了别人吗？”铁匠说道，“我不清楚他们是不是小镇想要的人。”

“什么？”鞋匠说道。“你到底在说什么呢？这是一个小孩子啊，她很可能在镇子里被绑架了。我毫不怀疑镇长会帮助我们。我认为我们需要组建一个代表团，为社区制定一项计划。”

铁匠摇了摇头。“你和治安官谈过了吗？我不确定我是否喜欢这帮无法无天、四处乱窜的捣蛋孤儿。”

鞋匠厌恶地离开了。路上，鞋匠看见他的朋友屠夫跪在自己的店铺前，正在更换路面缺失的石头。整个上午，屠夫都在拖运、刨削、更换石头。汗水从额头滴了下来，浸湿了他的衬衫。一边工作着，一边朝鞋匠扮了个怪相。

“你好，朋友，”鞋匠说，“我带来了令人沮丧的消息。”

屠夫伸展了一下腰背，关节咯吱咯吱地作响，他将拳头压在背上，深入肌肉，脸都憋红了，当鞋匠告诉他整个事件后，他脸部抽搐了一下。

“那你想让我怎么办？”屠夫生气地问。

“好吧，我现在就去找镇长，”鞋匠说，“他需要知道这个情况。但更重要的是，我们需要成立一个代表团，成立一个社区响应和搜寻队来寻找孩子。”当鞋匠注意到屠夫脸上表情，他的决心开始变弱。屠夫从后面裤袋里掏出一块手帕擦了擦额头，然后擤了擤鼻子。

他耸耸肩。“我的意思是，”他慢悠悠地说，“我猜是吧……”

“我的朋友啊”，鞋匠难以置信地说，“一个孩子不见了呀，一个孩子呐，我们必须立刻采取行动！”

屠夫用手捂住嘴。最后，他说：“嗯，没错，但……”他又耸了耸肩，“我的意思是说，那房子里有这么多孩子。太多孩子了。缺一个少一个至于嘛？也许孩子是自愿离开的。”

鞋匠一生中从未听过如此侮辱人的话，他一言不发地离开了。

他和磨坊主、殡葬者、杂货商还有女裁缝都说了这个事情，所有人都认为丢失一个孩子是很可怕的事。但……

“也许这是最好的”，磨坊主说。

“现在这个镇上的人太多了”，殡葬者说。

“我听说孤儿有时会偷东西，”杂货商说，“最好别让我抓到她。”

最起码，女裁缝表现出了真正的担忧。“我现在有点不知所措，我的朋友，”她说，“但是告诉我镇长是怎么说的，让我知道我能做些什么来提供帮助。我小时候也曾在孤儿院住过一段时间，我非常理解你的意思，那时我也

不想离开孤儿院。”她的眼睛在眼镜后面闪闪发光。“可怜的院长，可怜的迈伦，他们可能都担心死了。这些任务交给我吧，有什么需要的，我都会帮忙的。”

有了这小小的支持，鞋匠在前往镇长家的路上感到精神振奋了一些。他敲了敲门，尽管天气是多云且凉爽，但还是感到很热的，仿佛一直坐在太阳底下。鞋匠甩了甩手，他的手指很红，好像被烧伤了一样。

“等一下”，里面传来镇长洪亮的声音。鞋匠到处都能感觉到这个声音——在他的脚上，在他的皮肤上，甚至在他的头发上。里面发出嘎吱嘎吱声，还有拖着脚走路的声音、叮当作响的铃声，紧接着是什么重物在地板上移动的声音。

门开了，只是一道缝。一条链锁拉紧——里面闪闪发亮，仿佛金子般闪耀。镇长的脸出现了，在缝隙中闪闪发光。鞋匠不得不眯起眼睛。

“这不是我最爱的鞋匠嘛！”镇长笑着说道，但并没有把门开得更大。“太感谢你来做客了！”说完，他关上了门。

鞋匠以为镇长只是在整理自己，马上就会出来。他站在门廊中，双手插在口袋里，脚后跟向后摇晃。街道很安静，没有孩子在玩耍，也没有狗在叫。一只画眉鸟在附近的灌木丛中歌唱，但除此之外，小镇一片寂静。就连在院子边上来回走动的猫也很安静。

鞋匠又敲了下门。里面的地板上有什么沉重的东西在移动。门开了一条缝，但链锁还是拉得很紧。镇长的脸依旧泛着光出现在缝隙中，“哇！”他开心地说道，“这不是我最喜欢的鞋匠嘛！”他没有把门开得更大。只是从缝隙里咧嘴一笑。

“先生”，鞋匠开始说道。

“噢！”镇长眨了眨眼，“谢谢光临！”

但是鞋匠已经准备好了，他把靴子放在门和门框之间，鞋匠非常擅长他的工作。这双靴子是他自己做的，非常结实。尽管镇长用力想关上门，但鞋匠的靴子还是稳住了，这使得镇长皱起了眉头。

“听着，”鞋匠解释道，语速很快，“孤儿院里有一个孩子失踪了。”

镇长关切地抿着嘴唇，“孤儿院里有那么多孩子，”他摇着头悲伤地说，“太多孩子了。”

“先生，那不是重点，”鞋匠说，“我，以及孤儿院里可敬的院长都认为孩子应该是被人带走的。如果这是真的，那这是一种严重且可怕的犯罪行为，并且关系到我们所有人。我想组织一个搜寻队来找寻这个孩子，我希望得到官方的支持。”

镇长的眉头皱得更紧了。“这是一个有力的陈述，我的朋友。你有证据证明这件事是谁干的吗？”

鞋匠摇摇头，他向西看了一眼，乌鸦聚集在远处的树丛中。“没有证据，先生。只是一种感觉。”

镇长用手抚了抚自己的脸。“感觉是个很有趣的东西。感觉如同事实。有时认为它们可能就是事实也挺不错的。如果我能把感觉变成金币，我会把它们堆在办公桌上，称自己为世界首富。”镇长身子颤抖了一下。

他们沉默地站了很久。镇长的手表“嘀嗒、嘀嗒、嘀嗒”地走着，错综复杂的巨龙蜿蜒穿过数字，这是一个精巧的传动装置。看到这只表，鞋匠的心情好了许多。我们的镇长打败了一条龙。是不是很奇妙！真是令人目眩！想到这里，他的眼睛亮了起来。镇长肯定会解决他们所有的问题，即使很难记得起这些问题是什么。面对这样的光芒，鞋匠很难清晰地思考，在这样的光线下很难理清思绪。究竟是什么问题呢？鞋匠发现自己在琢磨问题。他们有这么了不起的镇长，他们还有什么可抱怨的？鞋匠的身体前后摇摆，嘴角勾起一丝微笑。

镇长宽容地扬起下巴，“我亲爱的朋友，”他说，“这次谈话对我的帮助比你想象的还要多。我们聚到一起不是很奇妙吗？在这个小镇里。真的，你一定已经感觉好多了。”

镇长的声音很棒，弄得鞋匠胳膊上的汗毛都竖了起来。他感觉到他的脚下在隆隆作响。就连对“奇妙”这个词似乎也有了新的共鸣。这是一个令人陶醉的词语。奇妙，奇妙，奇妙。多么奇妙的镇长！多么幸运的小镇！

“既然您这么说，”鞋匠慢慢地说，“我确实感觉好一点了。”他摇了摇头。

太奇妙了，他模糊地感觉，就好像那是世界上唯一的词语。这是一个伟大的想法，正是镇长的奇妙之处。这些想法在鞋匠的脑海中占据了太多的空间，以至于没有空间能容纳其他任何东西。

他摇了摇头。

难道没有别的话了吗？

镇长开始关门，鞋匠猛地记起来了。他用靴子挡住了门。“孩子，先生！”鞋匠喘着粗气，赶紧找回那掉进深渊里的意识。

镇长生气地叹了口气，“我最美好的愿望就是，有朝一日伟大的石头谷能够维护自己。在我们说话的时候，是否有闯入者和破坏者、小偷和恶棍在我们的街道上游荡？哎，是的。难道你不需要光荣的镇长来制服他们吗？你当然知道。孩子确实失踪了吗？好吧，你看起来像个诚实的人，并宣称就是这样，这意味着我必须相信这件事。那你是否需要镇长去清除这个小镇上的阴谋家、抢劫者、暗算者、骗子还有盗贼呢？你指望我，而且是我一个人来解决这个问题吗？为什么？是的，你希望是。”镇长停顿了很久。“我会告诉你，我亲爱的朋友。两天后，我将向石头谷的居民们发表演讲，来振奋他们的精神，以此领导他们，让我们团结起来。抬起头望向天空，注视着你光荣的镇长，一切都会好起来的！”

鞋匠皱起了眉头，镇长令他头晕目眩。最后，他集中注意力想起今早在他店里哭泣的院长。“当然是个好主意”，他慢慢地说。鞋匠眨了眨眼，感觉很难清晰地思考。“不过，先生，我的另一个想法是我们需要组织搜寻队去寻找她。”

“找谁？”镇长说。

“那个孩子，先生”，鞋匠说。这样子说话真让人筋疲力尽，他需要坐下来，需要好好休息一下。

“是啊，孩子们。亲爱的孩子们。我们多么疼爱他们啊！我们多么坚信他们在任何时候都会表现良好和安静啊。听话的孩子是幸福的孩子，我总是这样说！”镇长开始关门，缓慢得鞋匠都没有注意到。在他身后，猫发出嘶嘶声。它们没有靠近房子，号叫着。

“那么，”鞋匠说，他揉了揉脸，这令人很困惑，“我就……继续寻找？我猜，哦！还有搜寻队，我会组织一个搜寻队。您允许我聘请治安官吗？”

“我们有治安官？”镇长说，有点困惑，“好吧，真可笑，就像一个真正的小镇！很好，很好，那你就去做吧。”

鞋匠皱起眉头。光线实在太强了，弄得他眼睛有点痛。为什么没有阴凉处呢？“好吧，先生，如果我们有任何消息，我一定会及时通知您。”

镇长笑了。“好的，我的朋友，去做吧！”说完，镇长关上了门。

第 25 章

树林里居然有宝藏

有一只乌鸦，名叫哈罗德。

当然，哈罗德并不是他的真名。乌鸦一般不给自己起名，因为他们真的不明白意义何在。乌鸦早已知晓自己是谁，但大怪物还是喜欢给每只乌鸦起一个名字，只供她自己使用，方便区分和赞美他们，乌鸦们对此表示感激。当这只乌鸦还是一只幼鸟时，大怪物就决定给他起名为哈罗德。大怪物觉得这只小乌鸦所做的一切似乎都有远见和预兆之意。

哈罗德虽然永远不会向其他乌鸦承认这一点，但实际上他很喜欢被叫作哈罗德。大怪物告诉他这个名字的意思是预言，寓意着在需要说出真相时，要勇于说出真相。这让哈罗德兴奋不已，他觉得这个名字很适合他。

这只既叫哈罗德又不叫哈罗德的乌鸦珍爱着鸟族，喜爱着大怪物，但他也喜欢独自闲散游荡。森林宽广无际，浓密深郁，到处都是宝物。树木根深蒂固，牢牢地扎进泥土。哈罗德不会树语，但很清楚它们的意思，树木是讲述者，森林里充满了故事，哈罗德听不见，但能感觉到。

有一天晚上，哈罗德完成了乌鸦们梦寐以求的一种飞行方式——俯冲然后展翅翱翔。他注意到在星光的照耀下，他的黑色羽毛闪闪发光。他喜欢吹拂过嘴边的疾风。他爱他的家人，爱大怪物、羊和狗，但当他独自飞行时，每一次的滑翔和翻腾都让他感觉更轻、更快、更有活力。就连他的爪子似乎都在闪闪发亮。多么美妙啊！他想，当乌鸦是多么美妙。

然后他看到森林地面上躺着什么东西，他的第一反应是恐慌不安。的确，简单来说——他的羽毛如同树干般战栗，在狭窄的视野里只能看见那东西如针尖般大小。如果是那个呢？那个很可怕的坏东西？曾经吓坏了整个乌鸦家族的东西。他们虽然从来没有提起这件事，但还是会想到这件事。毕

竟这么多年过去了。他张开翅膀，以一个陡峭的角度划出一道很长的弧线，飞走了。

但随后他停了下来。

如果这东西真的很危险怎么办？

如果这东西可能会跟着他给大怪物带来伤害怎么办？

毕竟，他的名字是哈罗德，一个勇敢的名字。他难道不应该对得起大怪物给他起的这个名字，勇敢地一探究竟吗？寻求事情的真相犹如一块大石头压在心头。他绕了一圈飞了回来，在森林里的那个东西上方盘旋着，然后保持安全距离降落，他屏住呼吸。以便可以看得更清楚。

不是一个东西，哈罗德意识到，那是一个孩子。他跳到更近的树枝上，一个真实的孩子。他眯了眯眼，是一个熟睡的孩子。

在树林里看到一个孩子是极其不寻常的。他不记得曾经见过一个孩子——或者听到其他人说过。当然，不是独自一人，也不是在黑暗中。人类父母不允许这种事情发生。哈罗德靠得更近了，孩子没有动，孩子蜷缩在地，双腿紧贴胸膛，头靠在膝盖上。他仔细看了看，这个孩子好像在发抖。

哈罗德降落在地，非常小心地跳到孩子身边。他低声咕哝发出呀呀的叫声，孩子猛地睁开了眼睛，哈罗德愣住了。孩子似乎没有注意到哈罗德，至少一开始没有注意到。孩子脸色很苍白，虽然颤抖着，但额头上还是渗出汗水。哈罗德走得更近了，孩子眨了眨眼，又眨了眨眼，对上了他的目光。

他们对视了似乎很长时间。

然后她说话了，说的是乌鸦语。他从来不知道有人类小孩可以说乌鸦语。的确，一开始他以为是自己想象出来的。毕竟，孩子又哭又咳，话语并不完整，她的声音如刚出生的乌鸦羽毛般轻柔。哈罗德立刻喜欢上了这个孩子的声音。

"呱——"孩子抽噎了一下，"我很抱歉！"她抽泣着。

但是小孩能有什么觉得抱歉的呢？哈罗德知道她应该不是那种会向乌鸦扔石头的人。当然，如果她最近或很久以前对乌鸦有过误解，那乌鸦应该听说过。毕竟乌鸦很八卦且记忆持久。

"呱——"孩子又咳嗽了,"我不知道还能做什么。"听不明白。

孩子在嘟囔些什么?

"呱——"哈罗德说。"那里,那里。"又因为想不出还能做什么,哈罗德走近孩子,依偎在她身边,好让孩子很温暖舒服。哈罗德靠得更近了。他将头贴在孩子身上,这是乌鸦妈妈刚孵化他时经常做的事情。孩子搂着他,像个小乌鸦一样搂着他。哈罗德把孩子抱了起来,紧紧地抱住他。哈罗德听到了她"怦怦"的心跳声、"吁吁"的呼吸声,还有轻柔的打嗝声。他喜欢她身上的味道。哈罗德发出轻柔的"咕咕"叫声,和小时候乌鸦妈妈和婶婶们经常对他唱歌一个声,很快孩子又睡着了。

哈罗德发现自己陷入了一个难题。尽管他发现孩子时她就是独自一人,但现在感觉单独留下她一个人是不对的。如果狐狸来了怎么办?或者狼?又或是一群愤怒的蜜蜂?如果那个东西来了怎么办?他突然发现自己正焦急地想象着这个紧紧抱住他的沉睡生物可能会遭受的各种伤害。他注意到这感觉不错,依偎在这个熟睡的孩子身边。他想知道为什么他以前从来没有做过这样的事情。孩子在睡梦中喃喃自语并把他搂得更紧了。她的呼吸闻起来有芹菜和鲜花的味道,还有窗台上冷却的热面包的味道。哈罗德喜欢她的脸。她的脸颊上有雀斑,下巴中央有一个酒窝。她的皮肤与大怪物的皮肤截然不同——更像是细致的苔藓,而不是粗糙的石头,但是很温暖。而且不是绿色的,靠在上面很舒服。

一想到这孩子有什么不好的事情发生,他就无法忍受。他需要找人帮忙。他需要告诉大怪物。还有其他乌鸦。也许还有羊。甚至可能是狗。哈罗德记下了孩子躺着的地方,飞进了夜色中。

当哈罗德到达大怪物的屋子时,乌鸦们、大怪物、狗和羊已经准备好前往石头谷,而且并不打算改变他们的计划。哈罗德说明了情况,但乌鸦们表示怀疑。夜幕慢慢降临。太阳升起后,大怪物可不想外出走动。

更糟糕的是,哈罗德把孩子的情况说得越严重,其他乌鸦就越怀疑。"呱——孩子们晚上不可能自己跑到森林里,"他们责备道,"每个人都知道这一点。"

哈罗德摇摇头，他描述了孩子在地上发抖和流泪的样子。他尽可能地勇敢地说着一切，就像人们对一只名叫哈罗德的乌鸦所期望的那样勇敢。他说的是实话。

大怪物皱起眉头。“呱——”她说，她的声音颤抖着，“我不确定我是否理解。”哈罗德拍打着他的翅膀。经过这么长时间，大怪物对乌鸦语的掌握还远远不够。哈罗德摇摆不定，一方面想赞美她的发音，另一方面又极力想让她明白。

“呱——”她继续说道，皱了皱眉头，“有人迷路了吗？一个人吗？非常小？”她勉强理解了一些。

哈罗德用力地点点头。“一个小孩儿，独自一个人，并且非常难过。”“而且很冷，”他补充道，“还在咳嗽。”

“哦，我的老天呐！”大怪物倒吸一口气。她赶紧把烘焙的食品和蔬菜放在手推车里，拿上仅有的一盏灯笼。”“那赶快呀！”她说道，然后大步朝森林里走去，“快告诉我她在哪儿呀！没时间浪费了。”

哈罗德带路，大怪物、狗、羊和其他乌鸦都跟在后面。孩子就在哈罗德离开的地方睡着，时睡时醒。哈罗德几乎松了一口气。

大怪物跪倒在地，她仔细看了看孩子。“我认识你”，她低声说，用手抚摸孩子的额头，抚平她的头发。“你来自那个漂亮的房子和那个美好的家庭。不过你来这里做什么？”哈罗德落在孩子的肩膀上。“呱——”他轻声说，“我们应该做什么？”

风越来越大，气温明显下降了很多，很快就又要下雨了，秋天总是下雨。热气似乎从孩子的身上喷涌而出，大怪物的表情严肃，“我相信这个孩子一定发烧了。谁知道她流浪了多久？我们今晚不能送货了。”

大怪物停顿了一下，仿佛下定了决心。“我得把她带回家。她需要取暖和食物，而且得避雨。”大怪物伸手把孩子抱进怀里，让孩子的头靠在她宽大舒适的肩膀上。孩子动了动，但没有醒来。“嘘——”大怪物低声说，她的声音像微风一样轻柔，“现在安静睡吧。”

狗呜咽起来，羊叫了一声。乌鸦们跌跌撞撞地在空中飞舞打转，有的停

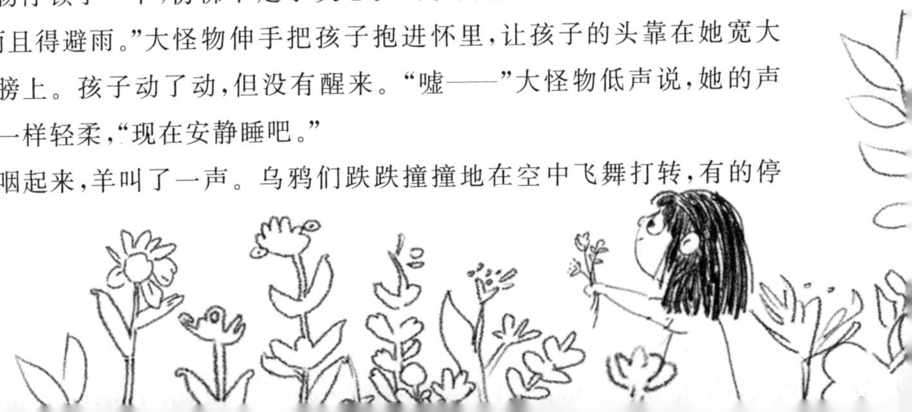

在附近的树枝上仔细观察。他们以前从未近距离见过小孩。

“呱——”有乌鸦说道，“小孩子不需要扛着走吧？”

“呱——”还有几只乌鸦喃喃道，“确定小孩不咬人吗？”

“闭嘴，你们这些呆子！”哈罗德责备道。“孩子是很神奇的！”这件事令他兴奋至极。“每个人都应该知道这一点！”他高兴地向空中扑了一扑。

大怪物没理会这些。她只是哼着曲子把孩子抱回了歪歪扭扭的房子。她一只手抱着孩子，另一只手从花园里收集草药放进她的篮子里，然后把篮子带了回来。乌鸦聚集在窗台上，打开门。他们看着大怪物在摇椅上把孩子抱着，喂她香草蜂蜜水；他们看着她用凉爽的布料擦拭着孩子的额头；他们看着她为孩子唱着低沉而甜美的摇篮曲，这是她自己的父母从前唱给她听的，大怪物已经数百年没有听过摇篮曲了。孩子喃喃自语，揉了揉眼睛，她咳嗽了几声，最后在大怪物的怀抱中沉沉睡去。

哈罗德飞了进来，落在大怪物的膝盖上，又蹦跳到孩子张开的手掌中，沉溺于她轻柔的呼吸间，依偎在她温暖的夹克里，在他的翅膀被轻轻地搂住时深深地叹了口气。大怪物唱着歌，孩子在睡觉，哈罗德第一次明白了什么是真正的快乐。

第 *26* 章

孤儿院从未如此

卡斯失踪的第一天，孤儿院陷入了巨大的恐慌中。

凯伊着急地在厨房掐着自己直转圈，而伊基在长榻底下抽泣。幸运和思恩更是检查了鸡舍不下五十次，而海勒姆则不断爬到屋顶看看卡斯是否会同时出现在那里。“万一在呢？”他一脸严肃地说道，又把拐杖丢在地上。安西娅知道真相，一直让海勒姆看着大门。

院长高叫着跑出门，去找镇上那个足智多谋的人来想办法，安西娅认为这是个明智的方案，她完全相信这个人，因为他不仅懂得各种工具的使用方法，而且还想出了很多有用的地方来保存工具。但很快，安西娅便开始怀疑也许自己信错了人。

院长回来了，安西娅知道该找的那个人是鞋匠，但是院长找的人却是镇长。

一想到找过镇长，院长的脸色变得轻松起来，甚至流下了眼泪。

“镇长？”安西娅缓缓说道，“你确定这是个好主意吗？”

“你知道的，他曾打败过一条龙。”院长擤着鼻子说道，“他肯定会帮我们找到卡斯！是的，也许他已经找到了呢！”

院长越是充满希望，安西娅的心就越是沉了下去。我们必须实际一点，她绝望地想到。没有逻辑，我们就完了。

上午十点左右，鞋匠的妻子在前门按响了门铃过来表示慰问。之后，她端过来一罐汤。在那之后的一个小时里，她大包小包地带着孤儿院可能需要的东西又回来了——鞋子、毛衣、连指手套还有糕点师昨天烤的面包，可谓慷慨大方。鞋匠的妻子没有离开孤儿院，她说孩子们太瘦了，房间很冷还有穿堂风，还哀叹着说连玩具都没有，并想知道究竟如何才能让这些孩子接受教

育。她说房间的家具年久失修，墙壁缺乏保温材料。她对所谓的“现状”好一顿抱怨，安西娅觉得这种行为很粗鲁。当鞋匠妻子匆忙地从一个房间走到另一个房间时，又是发出啧啧声，又是惊叫。

院长跟在她身后，绞扭着双手，一句话也说不出来。“谢谢您的关心，夫人——”

“哦，叫我埃斯梅吧。这时候了，就别客气了。”她从口袋里掏出卷尺，开始对双胞胎进行测量。“冬天快到了，他俩急需保暖的衣服。谁有铅笔和纸？我需要把尺码写下来。”她潦草地写下数字并开始列出清单，首先就是要看每个人的鞋子。

“我们感谢您——”

“想到你们一直都在受苦，镇上却没有人知道。这是多么丢人的事啊！

她检查了厨柜并将缺失的东西加入她的清单中。她惊恐地注意到塌陷的地板和破损的楼梯。她检查了食品储藏室，差点晕倒。“食物根本不够！”她喘着粗气，“食物远远不够，这些孩子正在长身体啊。”

孩子们看着她从这个房间赶到另一个房间——慌里慌张，咋咋呼呼。“不，”她喃喃地说，“这不行，这不行。”

“我想，”院长试图说一句，“需要的是——”

“志愿者？”鞋匠的妻子埃斯梅说道。“是的。我真心同意。我会尽快带着救兵回来。”她急忙跑到前门，重新整理了一下帽子和披肩。“这个小镇应该为自己感到羞耻，”她说到，抬头看着天花板上的裂缝、墙壁上的鼓包还有用木头修补的窗户。“真是惭愧。这些问题从今天开始必须解决，这是承诺。”说完，她匆匆离去，裙摆在风中飘扬。安西娅关上身后的门。

“也就是说，她还要回来？”迪尔德雷喃喃道，“我们可以换把锁吗？”以利亚满怀希望地说道。

“我的意思呢，她的丈夫正在外面寻找偷走卡斯的怪物，”院长说，“我们最好都要记住这一重点。”

迈伦呆呆地坐在沙发上，双手撑着头，而院长则坐不住了。她从客厅的窗户走到厨房的窗户，然后又回来，打开前门出去，在院子里踱步，走到客厅的窗前，然后又回到厨房。迈伦静静地哭泣，他问自己怎么会如此愚蠢，让妖怪进屋偷走了孩子。

但事实并非如此，安西娅对此深信不疑。卡斯把自己的私人物品都赠送了出去，一直表现得有点奇怪，一直在说再见。安西娅甚至提到过卡斯不对劲，但没人在意。她现在当然不能说。更糟糕的是，她曾告诉过卡斯她很害怕过生日。想到这些，内疚和羞愧压得她喘不过气来。

巴图比坐在最下面一级楼梯上，弓着背，抱着头，痛苦得连哭都哭不出来。幼儿们则在角落里抽泣，双胞胎仍带着古怪的表情盯着鸡舍。只有安西娅能让孤儿院运转下去。

安西娅拿出她的账本，开始列清单。

“第一步，”她写道，“找到卡斯。”她盯着那张纸，或许还需要先执行其他步骤，可她也没有想清楚，她需要保持逻辑思维。但在如此恐慌的情况下，逻辑怎么可能还存在？

“第二步，”她写道，“孤儿们解救危局。”她也不确定如何完成这一步。但以利亚告诉她大家能够做到，相信这件事让她感到了些许安慰。

“第三步，”她写道，“确保每个人都有饭吃。”好吧，这个她能做到，或许这应该是第一步。

她照顾婴儿，给他们换尿布，把他们放在背带里，背在背上。她让迪尔德雷和以利亚负责照顾蹒跚学步的孩子，把鞋匠妻子带来的汤给大家分食，虽然有点不情愿，但发现这汤很好喝。她看了看巴图比。他还是待在最下面一级楼梯上，仍用双手捂着脸。她递给他一碗汤。

“巴图比，”她蹲下来双臂搭在膝盖上，眼睛注视着巴图比，拒绝把视线转向别处。“你必须吃点东西。如果我们不关心自己，那我们也无法帮助他人。喝吧，这是命令！”

巴图比用手背擦了擦鼻子，天啊，他的身体因憋着啜泣而颤抖，说不出话。

那天下午的晚些时候，鞋匠带着女裁缝、屠夫、铁匠和治安官来了。“我和镇长谈过了”，鞋匠慢慢地说。

“哦，谢天谢地！”院长说着，双手高高举起，“他已经找到她了吗？真是个

好镇长！”

“呃，”鞋匠说着，将双手深深地插进口袋里。“不，还没有。但他打算发表一场演讲，就在两天后，他认为这会有所帮助。假设我们没有先找到孩子的话。”他低下头看向地面，好像很尴尬。

迈伦怔怔地看着他们。“一场……演讲？”他沉下脸，表情绝望，“这就是他能做的全部？”

“院长，我能说句话吗？”安西娅小心说道，但是鞋匠打断了她。

“我希望我们能同时找到她。我想组建一支搜寻队，我希望招募更多的人。而且我想尝试用一支有经验和专业知识的团队寻找孩子，所以我让治安官来这儿。”

治安官穿着帆布裤和羊毛大衣，翻领上别着一颗银星勋章。她扎了一条长长的辫子，头上戴着一顶漂亮的帽子。她向院长稍微地鞠了一躬。“看。我总能找到丢失的东西。我找到过丢失的驴、钥匙、猫，所以无一例外我也能找到丢失的孩子。”她用拇指抚摸着她的银星勋章，“治安官的工作远未结束，没关系！我们很快就会把她找回来。”

安西娅瞪大眼睛，张大了嘴。丢失的驴子？她是认真的吗？

治安官继续说道：“事情发生的当晚，呃，有什么东西被拆掉了吗？门、窗格、整面墙或者类似的东西？”

院长一脸疑惑。“啥？没有那回事。”她说。

当然没有，安西娅想。大家是不是脑子坏了？

“嗯”，治安官说。她拿出一张折叠的纸，开始潦草地记笔记。“有什么东西损坏了吗？花瓶、烟囱、楼梯、门道等等？”

安西娅翻了个白眼。

“没有。一样也没有。”院长说。

治安官记下了这一点。“嗯，这个孩子在事发前几周内有没有表现得很奇怪？”

院长正要回答，安西娅插嘴道：“是的，是的，她有。”

治安官望向院长。“嗯？”她说，就好像安西娅没有说话一样。

院长摇了摇头。“没有，就是她平常的样子：乐于助人、善良慷慨。我们的卡斯。”安西娅跺脚道：“不是的！她的行为很奇怪。她不时地哭泣，并送出她格外看重的个人物品，并打算……”安西娅哭了起来。“我不知道是什么，但卡斯心里有事，她……”她的声音嘶哑了。

院长抓住安西娅的肩膀，带她离开。“安西娅，亲爱的，你经历了可怕的打击。有人或者什么东西带走了你亲爱的卡斯。你为什么不去巴图比旁边坐一下。那是个乖孩子。但……”安西娅开始说道。

“好了，亲爱的。”院长把安西娅放开，然后回到大人们身边。安西娅把头靠在手掌上。这没有任何意义，这些都没有任何意义。安西娅相信事实，事实很重要，她一次又一次地告诉自己。尽管如此，她还是无法阻止一种令她毛骨悚然的想法，那就是她可能错了。也许事实并不重要。

治安官继续记笔记。“好吧，”她说，“这整件事只是时间问题。我们找到了一个大怪物——一个真正的大怪物——就住在小镇外。到底谁会允许这样的事情发生？如此危险的情况，我不是一直都这么说吗？告诉过镇长和所有人。你知道，那个大怪物可能会利用花言巧语迷惑镇长。可怜的家伙，我听说大怪物会做这种事。”

“花言巧语？”安西娅哼了一声。

治安官没有注意到。“不管怎样，我们会好好调查镇子里每一座废弃的建筑。孩子可能误入并困在那里。我们会检查每一口井，我们不应该忘记那个老磨坊，我们将搜索森林。而且不会忽视那个大怪物的房子。毕竟，证据确凿。”

“什么证据？”愤怒的安西娅大叫着。

“睡觉去，”院长说，“所有孩子都去睡觉，马上！”这时候天都还没黑。

那天晚上，孤儿们都挨在一起睡，除了婴儿睡在摇篮里。巴图比仍然没有说话。安西娅给他盖好被子，莉莉和贾斯蒂娜蜷缩起来，一边一个，凯伊蜷缩着脚。其余的孩子一个接一个地蜷缩起来，在房间中央堆成一大堆。猫大摇大摆地走进来寻找温暖的地方睡觉，躺在膝盖弯曲处、肘窝处又或某人的脸旁。没有人要求他们离开。

“谁知道呢?”安西娅说,“她今晚可能会回来。”

巴图比没有回应。他只是仰面躺着,盯着天花板。安西娅伸手握住他的手,紧紧握住。

“大家看,”以利亚打着哈欠说道,“你不用那么担心了。我已经知道这个故事的结局了——孤儿们解救危局。我不太确定细节,但我知道我们做到了。”

孩子们一个接一个地睡着了,之前巴图比都醒着。他盯着天花板看了很久。

“但是怎么做到的呢?”巴图比问道。但没有人听见他说话。

第 27 章

归途

睡在孩子怀里的哈罗德在烘焙的香味中醒来。大怪物已把孩子搬到了角落里的小床上。醒来后的哈罗德眨了眨眼看到大怪物把她的颜料和文件放在桌子上。她的面包卷已经摆在长桌上，窗台上放着正在冷却的馅饼。傍晚时分，霞光倾泻而入。通常情况下，大怪物会在闲暇时，用望远镜观察她深爱的小镇。现在她注视着这个在梦中喃喃自语的孩子。大怪物对哈罗德微笑。

“你醒了？”她说，“懒蛋！”

哈罗德表示同意，他确实醒了，且是他有史以来最清醒的时候。每一个细节都记得如此清晰——从孩子胸口一起一伏，甜甜睡着的样子，再到午后阳光下，大怪物在注视孩子时她那微微倾斜的脸庞。孩子身体的温度比前一天晚上凉了些，但仍旧温暖舒服，没有那么烫了。

“她还在生病吗？”哈罗德用乌鸦语问道。他说得很慢，好让大怪物听懂。

她点点头。“是的，但她恢复得很好，”她用自己的语言说，“她大约一小时前退了烧，短暂地清醒了一会，但依旧迷糊。我喂了她一些果汁和水，然后她又睡着了，她需要睡眠。我认为她还没有注意到我们，发烧会对一个人造成这种影响。”

哈罗德点点头。他依偎在孩子身旁，听着她的心跳。“呱——”他轻声说，心头隐隐作痛。“我们能留下她吗？”

他知道答案，大怪物也不必说。她亲切地拍了拍哈罗德的头，然后继续工作。哈罗德专注于这一刻，靠近孩子的快乐。很快他们就要说再见了，他们俩都是。

那天晚上，大怪物出发得比她预期的要晚。孩子睡得很香，大怪物不想

吵醒她。天知道这可怜的小东西在树林里游荡了多久，她需要睡眠才能痊愈。但最重要的是，大怪物喜欢有孩子在这。温柔的她安静地在这待着。如果孩子醒来，他们可以一起交谈、思考或是一起数星星。当她坐下来抱着孩子摇着她的时候……大怪物摇了摇头。这感觉就像归属感——没错，就是归属感。她只想要归属感。尽管如此，这个孩子还是属于她的家人。这点她很清楚，大怪物知道自己必须做点什么。

午夜时分，农场旁边很暖和——总是比其他地方暖和，小镇里会很冷。大怪物给孩子裹了一层又一层毯子。一想到要说再见，她的心就沉了下去。她不知道自己能不能忍受。

“呱——”哈罗德问道。“我们必须这样做吗？”

大怪物点点头，转过脸去。“是的，哈罗德，”她声音沙哑地说，“我们必须这样做。”

她装好手推车，为孤儿院额外多打包了一箱蔬菜，还有一块圆溜溜的奶酪。如果其他孩子也和这个孩子一样——瘦恹恹的手臂、瘦伶伶的脸颊、干瘪瘪的肚子——那就意味着孤儿院的所有孩子都需要多吃些东西。大怪物希望她能早点知道这一点。

时间在流逝。大怪物通常觉得她拥有世界上所有的时间，但现在她想要时间停止。等孩子醒来，然后吃饭、散步，或者只是和乌鸦、绵羊、狗一起坐在外面，不孤单的感觉真好啊！

最后一抹月光滑过天空。不管她喜不喜欢，风都在提醒她，早晨就要来了。她不能再耽搁了。她一手揽着孩子，另一只手推着推车朝孤儿院走去。

第 28 章

屠夫看到了什么

屠夫在他的店里踱步。他的切肉刀和小刀都挂在墙上，已经磨尖，清洗并原封不动地放在那里，一幅井井有条、诚信负责和公平交易的画面。他瞪着眼睛，好像它们在评判他。如果有一件事让他无法忍受，那就是妄加判断，他大哼一声转过身去。

屠夫不是坏人，但也不是绝对的好人。他想知道，是否有必要区分人是完全的好或完全的坏？当然，一个人可以既不是好人也不是坏人。

一壶酒放在柜台上，屠夫手里拿着个空罐子。已经很晚了——起床太晚了，很快就是早上了，但他整晚都睡不着觉。他的背痛得厉害，他太老了以至于无法重建破损的路段。多年来他一直要求镇长修好破损的路段，直到最后还是他自己修好的。这花了几天时间，而且他是免费修的。坏人会这样吗？不，他坚信。他们不会。

好吧，到目前为止是免费修的。事实上，屠夫向镇长办公室寄了一张账单，然后立即公开投诉账单尚未支付，因为他认为并不会收到钱。但他希望这件事情被公开——他，一个卑微的屠夫，为社区修路并不是希望得到认可或补偿，但他认为整个镇子应该知道这件事。

而现在，委屈的他很清醒，他在店里走来走去，以此来摆脱痛苦。鞋匠——他最好的朋友——也曾用那样的眼光看着他。

他认为我是个坏人，屠夫心想，暴躁、愤慨之情在他的内心翻腾着。他怎么敢！又一阵剧痛袭来让他变了脸色，这剧痛往腿上蔓延，让他感觉脚上好像插了一把刀。屠夫又灌了一罐酒。还有外面乌鸦的叫声响彻街道。“混蛋！”他想。“讨厌鬼”！这是他抱怨的另一件事，是镇长忽略的另一件事。在夜里他掀开帘子挥舞着拳头，然后他僵住了，在他的窗外，在月光下，站着一

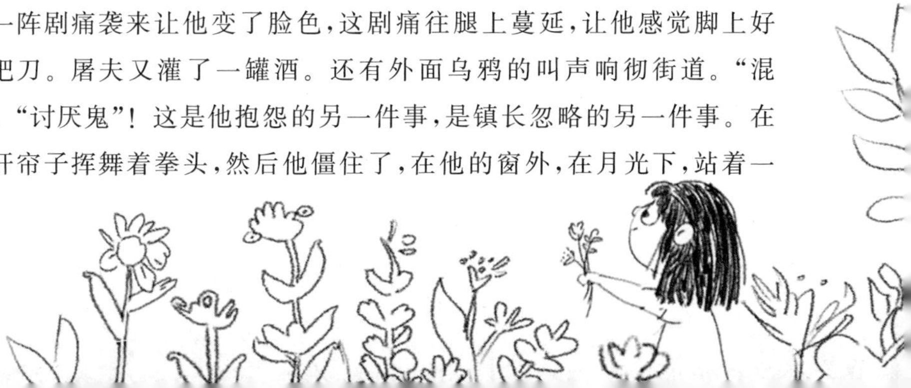

个大怪物。

大怪物！

他觉得自己的心脏好像停止了跳动。时间在他的身边晃动着，变慢着，周围的空间仿佛在急速膨胀，让他头晕目眩。他的耳朵响起铃声。她是——哦，天啊！他一看到她就发抖。她比他能想象的最高大的男人还大了一倍，却又那么安静。她沉重的脚步踩在鹅卵石路上，却听不见声音。如果不是乌鸦叫，她可以偷偷靠近任何人，据他所知，她经常这样做。

他用一只手捂住嘴以防自己叫出声来，同时另一只手按在那只手上面。她比他想象的要大得多，她的身体似乎是用石头做的，头发像灌木丛一样从头顶长出来。屠夫的胃一阵绞痛，膝盖开始发软，他用手肘稳住身子。

大怪物的头顶上方，乌鸦们盘旋而鸣，发出可怕的叫声。一只落在她的肩膀上，另一只落在她的头上。像乌鸦这种讨人厌的鸟跟大怪物待在一起也很正常，毕竟俗话说得好，“物以类聚，人以群分”。屠夫又喝了一口罐里的酒，皱起了眉头，随即一口气喝光了酒。酒精使他的大脑眩晕。

大怪物在身后拉着一辆手推车，一只手拿着什么东西。那东西好像有个脑袋耷拉着，胳膊和腿悬垂着。屠夫整理了一下自己的眼镜，眯起眼睛看。

这个头有张脸，一张年轻的脸。是死了，还是睡着了？他无从得知。那张脸打了个哈欠，然后又恢复原样。应该是睡着了，屠夫舒了一口气，至少是这样。

“好吧，我知道了”，他低声说。“是个孩子。”所以治安官是对的。也许鞋匠也是对的。屠夫做了个鬼脸。他不喜欢犯错误，尽管如此，信息量却大得离谱：大怪物在偷孩子，这就是证据！每个人都知道大怪物是邪恶的，而这个大怪物在做的事情就是他能想到的最恶毒的事情，且人赃俱获。屠夫朝他的工具奔去，抓起最大的切肉刀，走到了门口。他又突然停了下来，转身把切肉刀放回原处，站在房间中央，他不知道该往哪条路走。

屠夫不是坏人，但也不是一个勇敢的人。他的内心如潮水般涌动，感觉脑袋昏昏沉沉。必须有人救孩子！他勇敢地想，跑到门口想开门，但随即愣住了。打开门后，具体做什么？他问自己。他无法对抗大怪物！大怪物很危险！不管怎样，他只有她一半大啊！好吧，他最多四分之三。他挺起胸膛，挺直了脊梁，直到他认为自己的身高达到了极限。

尽管如此，他只是一个人，还受了委屈了。

罪恶感啃噬着他的骨头，他的肚子里燃起了一团火，他必须做点什么。毕竟，这是个孩子。他不是个男人吗？但是……他的脚固定在地上，双手被压在身侧，无法动弹。他理智地想："如果我被大怪物吞了，我能有什么好处呢？"不，他需要找邻居帮忙，需要整个小镇帮忙。而他们都睡着了，还把门和百叶窗锁了以防恶人进入。

屠夫的心狂跳起来，来来回回踱步。他回头看了看窗外：孩子蜷缩在大怪物的怀里，用手揉着睡脸。她还活着，这很重要，屠大想。乌鸦的叫声令他的头痛更加严重。他的手、呼吸都在颤抖。他走到远处的墙边，取回了他的大切肉刀，然后他又把它收起来了。他大汗淋漓，全身几乎湿透了。大怪物太大了，而他的切肉刀太小了。不管怎样，他真的不认为这对大怪物有效。他们的皮肤太硬了，刀子可能会被反弹。何况，他这辈子杀过的东西都是事先给绑起来的。

他绝对需要找邻居帮忙，而且需要很多。出去是不明智的，他告诉自己，他很聪明，不应贸然采取行动。镇长是他认识的最勇敢的人，他会在黎明时召集市民，那时他们都会成为英雄。如果连邻居都不能依赖，那住在镇上又有什么意义呢？

他坐在椅子上，把罐子倒满酒。他计划好要说的话。他已经开始享受邻居们知道事情后投向他的钦佩目光。他看着天空，耐心地等待着黎明的到来。

第 *29* 章

巴图比的奇妙之夜

孤儿们睡在院长和迈伦的身边，他们一起挤在厨房旁边的小卧室里，几乎无法忍受在没有卡斯的情况下又在宿舍里度过一个夜晚。

他们并不都适合躺在床上，主要是因为迈伦很虚弱，不能被压着。他们把婴儿的摇篮拿下来放在角落里。莉莉和莫德挤到老夫妇中间，迪尔德雷和以利亚像挡书板一样蜷缩在外侧。贾斯蒂娜、伊基和凯伊都在床底依偎在一起。幸运和思恩共用一张软坐垫椅，用胳膊互相搂着彼此，头靠在对方的肩膀上；而海勒姆则躺在写字台上，胳膊和腿从两边垂下来，张着嘴发出巨大的鼾声；巴图比和安西娅睡在地上。起初，巴图比假装睡着，安西娅见状，也假装睡着。就这样，两人终于陷入了断断续续、心神不安的睡眠中。

那天晚上，巴图比做了一个奇怪的梦。在梦里，他坐在院长和迈伦卧室的地板上。五只猫也像立正般坐着看着他，柔软的脑袋上耳朵高高地竖起，尾巴摇摆拍打着，眼睛在黑暗之中闪闪发光。巴图比站了起来，踮着脚尖走进厨房，上楼来到阅览室。猫咪们郑重其事地跟在后面。

《奥特鲁里亚》在地板上，其中一只猫坐在它旁边——耳朵上有疤痕的大花猫——正在清洁它的爪子。它的眼睛滑向一边，看着巴图比拿起书，打开书，开始大声朗读。

“好人是什么意思？”哲学家向脾气暴躁的松鸡提出这个问题。“我们怎么区分一个人是好人、是坏人还是不好也不坏？”

松鸡对这个问题皱起了眉头，说：“我怀疑是否有人会问这个问题。若此人未偷窃过毫无戒备的松鸡的蛋，那他就是好人！如果这人从未想这样做，且缺乏这样做的能力，那他亦是好人。所有的狐狸都偷得到我的蛋。因此，没有哪个狐狸是善良的。如果没有一只狐狸是善良的，那这只狐狸也不会是

什么好狐狸。”

“我不同意，”狐狸说，“你忘记了‘预期谬误’这个概念。你认为我是邪恶的，因此在你的判断中，我将永远是邪恶的。但如果我一生都在做善事，难道不意味着我也是善良的吗？如果不是，如果你坚持断言我就是恶人，那你必须承认恶人也会行善，反之，善人也可能会作恶。在这种情况下，断言一个人是好人还是坏人都是武断的。如果善与恶不是根据选择或行动来定义，那么将毫无意义。我的朋友，你必须做出选择：要么你的定义不正确，要么你的预期是建立在错误之上的。”

“喵——”大花猫叫了一声。巴图比盯着那只猫。猫又叫了一声“喵——”，但听起来很奇怪，好似在说“你应牢记此消息，别再问自己是不是好人。如果你想成为善人，那你就做好事”。一只猫竟然会说话，这是多奇怪的事。

巴图比放下书，他提醒自己这就是一场梦。他抬起头，注意到挂在书架上方的那幅画。他拉过一把椅子站上去想仔细看看。占据了整面墙的图书馆绘画比他记忆中的还要大。彩绘建筑上的乌鸦突然拍打着翅膀俯冲下来，图书馆本身——事实上是整幅画——似乎处于一个三维空间。

巴图比突然发现自己并非置身于画外在往里看，而是身处画中往四周看，他并不觉得这有什么奇怪的。在画中，他开始在图书馆里走来走去，抬头看着彩色玻璃窗。他向乌鸦挥手，乌鸦没有回头。他看见一只乌鸦的翅膀上掉下一根黑色羽毛，缓缓飘落在地。他弯腰捡起，在手指间转来转去，然后放进了口袋。

他把手放在那个宽大古老的石头上。当他把手拿开时，它们闻起来像烟味。巴图比赞叹画家对细节的关注。有什么柔软的小东西擦过他的脚踝，低头一看，发现猫咪们和他一起站在画中。一些猫咪偷偷接近他脚边的草坪，其他猫咪则爬上了古老的石阶，还有一些在窗台上晒太阳，享受着白天的暖阳。小猫咪菲利斯通过巴图比后面的裤子和毛衣爬了上去，好像他就是一棵树，然后紧紧地靠在他的肩膀上。她注视着这座建筑，舔了舔爪子。

“你应该留意那些彩色玻璃”，菲利斯一边擦脸一边说道。

巴图比吃了一惊。他知道他不会说猫语，他看着菲利斯。“等等，”他说，“你会说人类的语言，是吗？”

菲利斯轻咬着她的爪子。“很明显”，她说。

巴图比皱起眉头。“你一直都能说人类的语言吗？”他问道。他揉了揉脸，试图理清眼前的一切。

“这很明显”，菲利斯再次说道。

“老实说，我们以为你知道”，最靠近窗台上的一只橘猫说到，她懒懒地甩了甩尾巴。

巴图比摇了摇头：“很抱歉，我不知道。”

“好吧，”灰色的大公猫说，“你应该感到抱歉。但如果你愿意的话，可以用奶油和崇拜来补偿我们。”

“好吧”，巴图比说。他抬头看着彩色玻璃窗，这比他记忆里的还要精致。其中一扇窗户描绘了一个友善的大怪物村庄。他们互相微笑，互相捐赠，互相帮助完成任务。这看起来是个美好的地方——一个小镇应该有的样子。但有一条龙躲在角落里，他一只手拿着一个大怪物面具。

“在很久以前，建造图书馆的石头是从石头谷中心的石头上切割下来的。”大花猫说。

“现在的石头也是吗？”巴图比说。“那一定是一块很大的石头。”

“是的”，灰色大公猫说道。“你不知道”，他舔了舔爪子，“好吧，我们显然是这样做的。但我们是猫。”他说这话的时候，好像这件事解决了似的。

“横梁和木材都来自它附近的优质古树”，大花猫继续说道。

“真的吗？”巴图比说。“我曾经听说过一块石头爱上了一棵会讲故事的树。但我不记得我在哪里听到的。我还听说石头是有记忆的。”

“很明显，确实如此，”灰色大公猫说道，“为什么不呢？这彩色玻璃是由曾经作为石头的一部分——沙子制作而成。你应该注意到事情的来源，以及他们要说的话了。”

“我现在应该注意什么？”巴图比问道。

“当你看到它的时候你就会知道”，菲利斯说着，将她的尾巴缩到巴图比的脖子后面。

巴图比绕着图书馆的外围走了一圈。有一扇窗户描绘着一群人在一棵枯树前手拉着手低着头，还有一扇窗户描绘了一个男人睡在一堆金币上。另一扇窗户则是画着巨大的大怪物在照料花园，肩膀上还落着乌鸦，一群孩童在院子里玩耍，然后还有一个身穿短裤的短发少女骑在了乌鸦背上。

“卡斯？”他说。这个女孩看起来像卡斯，不过，不可能是卡斯，这幅画太旧了，画中的彩色玻璃就更古老了，但那女孩看起来就是卡斯。

巴图比不停地在图书馆里走来走去。他爬上大楼，站在窗台上以便看得更清楚。“那是——”他开口道。他眯起眼睛，照片中的每个人看起来都很熟悉。

“是你吗？”菲利斯说，“嗯，看起来确实挺像你。”

“我还以为你是个聪明人，”灰色大公猫吸了吸鼻子，“在我看来你有点迟钝。”

“他们可都挺迟钝的，”大花猫懒洋洋地说，“我已经在这待几个小时了，竟然没人抚摸过我一次。”她打了个哈欠，露出牙齿。

巴图比盯着这些彩色玻璃，好比从上空盘旋鸟儿的有利位置，俯视着玻璃中的场景。其中一个头顶确实看起来很像他自己的头顶——所有的人都悬挂着、弯曲着、奇怪地倾倒着。他旁边的人，握着他的手，看起来像是安西娅。幸运和思恩一如既往地用手臂抱着彼此。迈伦光着头摇摇晃晃，幸运的脸仰向天空。他们都站在敞开的大门前，聚集在一个裹着毯子蜷缩在地上的身影周围。

“卡斯，”他轻声说，他觉得心都要跳出来了，“是卡斯。”他转身，猫不见了。

“是她，对吗？”

“喵——”一只猫从很远的地方叫了起来。

巴图比眨了眨眼。猫去哪儿了？他看向左边，图书馆也不见了。这幅画也是如此。而且他根本不在草地上，不在阅览室，也不在院长和迈伦卧室的地板上。他在孤儿院外面的走道上，站在大门前，他摇摇头。安西娅握着他的手，他还在做梦吗？

“没关系，巴图比，”安西娅说，“我们今天会解决所有问题。我相信一定

会的。”

巴图比又摇摇头，他觉得自己的脑子里好像塞满了沙子。迈伦拍了拍他的肩膀。迈伦什么时候来的？他什么时候来的？迈伦打开了大门，头顶上空粉嫩嫩、金灿灿的。巴图比看见此景如同身在画里，又像是梦里，又或是梦中画、画中梦。

门锁咔嗒一声锁上，“卡斯”，巴图比应声说道。

安西娅握紧了他的手。“我知道的”，她说。小鸡啄着虫儿，山羊啃着青草。迈伦缓缓拉开沉重的大门，铁铰链发出哗啦哗啦的声音。

“卡斯”，巴图比喃喃地说。他的声音似乎从很远的地方传来。巴图比恍恍惚惚像并没有完全感知到自己的身体一般。他一定没有睡好，或者他根本就没睡，又或许他还在做梦。巴图比松开安西娅的手，帮迈伦打开大门。阳光从街对面房屋的缝隙中穿透过来，照耀着他们，这让他们很难睁开眼，于是又眯了起来。

“卡斯！”身体里面发出的声音把自己震醒，仿佛被猛地拉到空旷之地他跪了下来，他的妹妹躺在地上，身体蜷缩得像蜗牛壳一般，胳膊搭在一个装满蔬菜的箱子上，头发上带着几片树叶。

后来，巴图比回想起那一瞬间，整个世界仿佛都在呐喊着卡斯的名字，声音回响在云中、树林里、鹅卵石间，回荡在草坪上、灌木丛中、明亮的天空之下。

他记得那箱蔬菜是如何翻倒的。

他记得妹妹在他的怀里，而他又在院长的怀抱中，在安西娅、幸运、思恩、迪尔德雷和凯伊的怀抱中。他记得眼泪的味道、抽泣的声音还有家的气息。

还有一件事。巴图比花了好几天时间才想明白。在他的眼角，他看到有什么东西坐在他右边几英尺远的地方，一棵破烂的灌木上——更像树枝而不是树叶。一只乌鸦。它从这一丛灌木跳到另一丛灌木，眨了眨一只眼睛，又眨了眨另一只眼睛。然后它很清楚地发出叫声，“呱——”，意思是“她回来了，这样不就好了吗？”

至少巴图比认为这是他见到的和听到的，可当他再去看时，乌鸦不见了，又或许它一开始就不存在。

第 30 章

很多人都误解了

卡斯那天感受颇多。一方面是内疚，另一方面是困惑。

她咳了一声，又咳了一声，然后一直咳嗽。她感觉不太好。

院长焦急地照顾她，把卡斯放在沙发上，帮她盖好被子。院长烧开水，给她端来茶水和粥。“你生病了吗？”院长说，手按在卡斯的额头上。她查看卡斯的喉咙和下眼睑。“还好没有发烧。你要么是生病了，要么是正要生病，要么最近生过病，”院长不停地踱着步，“会是哪种情况呢？”

卡斯没有说话。全家人都挤在长榻上，在家人的重压下，在他们对她的爱意重压下，卡斯感觉要喘不过气来。没有人想离开客厅，没有人想让卡斯离开他们的视线。他们坐在她身边或身后，或依偎在她的腿上或脚上。双胞胎唱着歌，以利亚讲着故事，迪尔德雷给她画着肖像，海勒姆做着翻腾运动和力量练习，不知不觉，安西娅已经织了一双袜子。巴图比的双手一直按在肚子上，好像很痛苦，也许是吧。他淡褐色的眼睛和乳白色的眼睛一直盯着卡斯，仿佛在记住她的每一处细节和她的样子，这样他就可以永远在她身旁。他搂着她，不肯松手。卡斯闭上眼睛许久，终于说出了心里话。“对不起”，她设法说。“我很抱歉”，她又说了一遍。

巴图比挥手打断了她的话。“大可不必”，他说。

卡斯感到惊讶，因为没有人生她的气。她想说些什么，又不知道该说什么。或许在这种时候，什么都说不出来了。她闭上眼睛，试图弄清自己刚才去了哪里。她记得怀里抱着什么东西，被人抱在怀里，还有歌声和面包的香味。她记得翅膀的拍打声和尾巴的摇摆声，还有远处传来的悦耳的咩咩声。但这没有头绪。这只是一个狂热的梦，她告诉自己。

前门的门铃响了又响。“哦，天哪，”院长说，“他们回来了。”她微笑的目

光与安西娅和迈伦的目光相对。“好吧，我想我们应该把这好消息去告诉他们。我敢说他们今天下午就会把我们的这件事忘得一干二净。”院长转身去开门。跟在鞋匠的妻子身后摇摇晃晃地回来了，鞋匠妻子身边站着另外两个卡斯不认识的人。鞋匠的妻子端着一个热气腾腾的大锅，左边的高个男人提着一个装满面包的篮子，而右边的女人提着一个装满衣服和鞋子的大箱子。

“我们一会儿就好”，鞋匠的妻子从挤在客厅里的一家人身边走过时说道。她给大家一个飞吻，然后径直去了厨房。“我给你们做了一些鸡肉土豆汤。对于那些经历过冲击的人来说，这很有营养。”男人和女人努力跟上。院长紧随其后，她的双手扭在一起。

“谢谢你，埃斯梅，”院长说，“这太慷慨了。你应该知道——”

“我和几个农户谈过。尽管又是糟糕的一年，但他们都说他们可以送几袋小麦过来。磨坊主说他会帮你把小麦磨了——要是你自己动手做，一整天都得做这事情！你这个可怜的女人，怎么这么拼命努力！”

“太好了，”院长说，“真的，一点儿都不麻烦。但我想说的是，我们有优秀的——”

“伊莫金！”鞋匠的妻子对和她一起来的女人说道，两人似乎都没有注意到院长说过话。“你为什么不把衣服放在那个台子上，这样院长就可以看看孩子们可以穿什么。”她把锅放在炉子上（把迪尔德雷已经煮好的汤移到一边），然后往火堆里加柴。她叹了口气。“好吧，把这件事从清单上划掉。需要做的事情还很多！”

“是的”，院长同意道。她从未见过像这女人说话速度这么快的人，这让人迷失方向。“我想说的是——”

“我丈夫当然注意到孩子们鞋子的情况”，鞋匠的妻子说。“我只希望我们早点知道这一切。我真的很抱歉，我亲爱的孩子们，亲爱的夫人。我向你们保证，我会团结全镇的力量来弥补这一切。我们必须优先支持你在孤儿院所做的工作。孤儿院是一项社区责任。箱子里的鞋子是旧鞋子，肯定不够每一个孩子穿，但是很结实。孩子们长得真快。一旦我们把问题解决，你就可以让孩子们去修鞋店修补他们的鞋子。”

“听起来不错,”院长结结巴巴地说,“但是——”

“尤斯塔斯!”鞋匠妻子告诫道,“你到底在做什么? 你不应该用这种刀切东西啊! 说真的!”

那个男人——显然是尤斯塔斯——放下了用来切面包的刀。

“让我看看……”鞋匠的妻子开始翻找箱子和抽屉,“拿着,用这把刀,请大大方方地切,这些孩子在长身体!”她狠狠地瞪了尤斯塔斯一眼。

“一定,”尤斯塔斯说,他的脸颊涨红了,“我真是反应迟钝。”他把切得厚厚的面包片整整齐齐地堆放在盘子里。

鞋匠妻子没有放慢脚步,她把汤舀进碗里,一直在说话。“我不想吓唬你,亲爱的孩子们,亲爱的夫人,”她压低声音说,“但是昨晚屠夫看到了一件非常可怕的事情。在小镇经历了那么多事之后——我们经历了灾难和厄运,额,我的意思是说,我想说的是你不必做任何事情。小镇会帮助你。我们已经重整旗鼓,鼓足勇气。同时,你可以一边喝汤一边照顾那些孩子,这是项艰巨的任务。我们已经组建了多支搜寻队,今天下午我们将派代表团去听镇长的演讲,调动他的智慧和力量来做我们必须做的事情。一切都会好起来。我保证。”

“只是——”院长试图说点什么,但这没有用。

“嗯,这项任务完成了。午餐准备好了,孩子们随时可以开饭。尤斯塔斯! 伊莫金! 我们该走了! 我现在必须去为搜寻队做顿大餐。”她拥抱了院长。院长的嘴被鞋匠老婆厚厚的披肩堵着,一句话也说不出来。

“不用担心! 我们会解决这个问题——以及所有问题! 你们会看到的!”鞋匠妻子和跟她一起来的那一男一女从厨房门一拥而出,在客厅里旋了一圈,朝门口走去。

“她回来了,”巴图比说,在这三个人匆匆忙忙经过时跳了起来,“她回来了,我的妹妹! 不用找了,她没失踪!”

“我们不知道这个问题有多严重,”鞋匠妻子一边说一边整理帽子。她似乎没有注意到巴图比说话了,“但现在我们都走到了一起。作为一个团体,是不是很奇妙?”

“但是——”巴图比说。

“我一直都知道这是个特别的地方。我为我这些年的疏忽而感到羞愧。我为小镇感到羞耻。请原谅我，还有我们。我会尽我所能来弥补的！”围巾、飞吻、美好祝愿，应接不暇，鞋匠妻子和男男女女都迅速走向门口然后消失了。

院长和巴图比看着一堆切片面包和准备盛汤的碗，汤在炉子上冒着泡，巴图比耸耸肩。院长双手扭在一起，好像在拧海绵。她看着巴图比，“我认为她没有听到你说话”，她说。

午饭后，迈伦带着安西娅和巴图比去了修鞋店。他原本的计划是带上卡斯，告诉鞋匠夫妇卡斯回来了，一切安好，现在这个世界已经是它应有的样子了，但院长不同意。卡斯还在咳嗽，脸色苍白，她哪儿也不去。巴图比和安西娅需要一点说服力——他们也不想离开卡斯的身边——但他们记得迈伦是个胆小脆弱的人，他们不想让迈伦一个人去。他们沿着马路快步走向修鞋店，紧紧地握着彼此的手。

“哦，天哪”，当他们转过拐角看到那家修鞋店时，迈伦说道。里面挤满了人，其他人则从门外涌到街上。有些人爬到大楼边，透过门顶窗听里面发生的事情，迈伦严肃地把嘴唇抿成一条直线。“来吧，孩子们”，当他们准备挤进去时，他说道。这需要一些努力——主要是迈伦重复了几次“请原谅我们”“打扰一下”“哦，天哪，那是你的脚吗？”终于他们挤进了补鞋店。屠夫站在凳子上，脸色铁青，安西娅咽了一口唾沫。他来这里做什么？

只听那个屠夫说道：“她和房子一样大。我能在几英里外感觉到她落下的隆隆脚步声。我跑到窗前，看到她那高大丑陋的模样——大到挡住了月亮和星星。她的眼睛是红色的，锋利的牙齿比男人的脚还大。我独自站在那儿，害怕得发抖。我想过像老鼠一样逃跑和躲起来，但后来我在她爪子里看到个孩子！她抓走了孩子！那个孩子不是离家出走，一些不友善的小镇居民可能一直在喃喃自语——是的，我知道你是谁！不！好姑娘被邪恶的大怪物抓走了！”

所有人都倒吸一口冷气。一个女人泪流满面，一个人倒在地上，当场昏死过去。屠夫用手帕擦了擦脸，一脸严肃，但安西娅能看到他的眼睛在放光。

“我不是一直都这么说吗？”治安官补充道，她站在角落里做着笔记，“我告诉镇长多少次了，要处罚那个大怪物，以儆效尤，但他就是这么心软，祝福他吧！”

“所以，”屠夫继续说，狠狠地看了一眼治安官，“让我说完。在快速思考后，我抓起了我最大一把切肉刀！”他将右手高高举过头顶，一副要冲上战场的样子。

“对不起”，迈伦说。

屠夫吓了一跳，把手放下，然后怒视着迈伦。“为什么老是有人打断我说话？”他问道。

迈伦让孩子们待在身边，一只手放在安西娅的肩膀上，另一只手放在巴图比的肩膀上，他把两人贴在自己的左右两边，自己就像书挡一样夹在中间。迈伦对着屠夫紧张地笑了笑，这让安西娅更加焦急了。“真的，我非常抱歉，”迈伦说，“我不是有意无礼。你的故事真的很吸引人。我只想知道你指的是哪个孩子。那个落入魔掌的人……好吧，我想是落入怪物的魔掌的人。”

屠夫一脸难以置信。“你以为呢？”他嘲笑道，“你猜呢？大怪物除了是可怕的怪物外还能是什么？我问你，我们怎能让这种危险生物在我们曾经可爱的小镇外待了这么久？你这个老头子为什么一定要来这里，用一个愚蠢的问题来浪费我们的时间？”

“乔纳森！”鞋匠告诫道，他挤过拥挤的人群，将手保护性地放在迈伦的肩膀上，对屠夫说，“放尊重些！这一家人才遭受了沉重的打击！”

“哦，但是你看，这正是我们来这儿的原因”，迈伦说。但是屠夫打算说完他的故事。

“好吧，”他说，“大怪物，我的意思是。那个可怕的大怪物毁了我们这个可爱的小镇一代人！现在，现在她不再满足于破坏我们的繁荣，令我们的庄稼歉收，让我们的牛奶变酸，破坏我们的建筑，现在——就是现在——她正在偷孩子。她从孤儿院偷走了那个孩子，我亲眼看见了这一罪行，还有比这更可恶的事吗？”

房间里一阵阵低声私语。

“嗯，”迈伦说，“那一定很邪恶，但你看根本没有人偷过孩子。有人已经把我们的卡斯还给我们了。今天早上，我们在大门外找到了她。她在树林里迷路后有点害怕，还有些咳嗽，但没什么大碍。”

所有人都盯着迈伦。迈伦清了清嗓子，继续说道：“所以大家看，这是个好消息。这个故事愉快地结束了。这对石头谷来说是个好日子。”房间里静了下来。

过了一会儿。

大家同时说道。“嗯，”治安官说，“这不可能是真的。屠夫看到了大怪物，看得一清二楚。我的笔记就在这里。我签了字，这是正式记录，所以这故事一定是真的。这就是法律！”

“可怜的屠夫和大怪物交过手，”女裁缝说，“现在看看他，他受伤了！他的背部扭伤，双手被割伤。不然怎么会这样？”

“我可不想把我的骨头给磨成面粉”，铁匠说。

“还有，有没有人注意到她身边总是跟着一群乌鸦？”卖布老板说，“就在昨晚，我们难道没有听到窗外它们地狱般的叫声吗？我们不是因为它们阴险的呱呱声而在床上翻来覆去吗？”

“但是要等等”，巴图比说。

“大人在谈话，小孩别打岔！”屠夫说，“我原以为孤儿院一直在抚养那些孩子，好吧，看来我错了！”

“但是卡斯回到家了啊！”安西娅说，“她现在和院长在一起！我们为什么要告诉你虚假的事？没有合乎逻辑的理由。”

鞋匠举起双手。“好邻居们，听我说一句！”他站在房间中央，张开双臂，手掌向外张开。他不需要凳子——鞋匠个子很高。他让整间屋子安静下来。“一切都有答案，我的朋友们。就在今天下午，我们敬爱的镇长会在镇上发表讲话。届时我们会把我们的担忧告诉他，他会彻底地解决我们的担忧。”他转向巴图比。每个人都转向巴图比，巴图比觉得自己开始脸红了。“孩子，你说，你妹妹回到你身边了。好吧，她肯定已经告诉你她所经历的磨难，在夜里她被人抓走，之后勇敢逃脱了！

巴图比感受到在这个拥挤的房间里所有人都在盯着他看。他的皮肤汗涔涔的，嘴巴发干。“我……我的意思是，不，她——”

“还有其他人目击绑架吗？”治安官在远处的角落里说道，她正准备着记下她的流水账。

“什么？”巴图比说，“没有。我想说的是，在她失踪之前，妹妹一直的行为……我的意思是，安西娅注意到了。当时我没注意到。然后我们醒了，然后——”

“所以你是说你们当时都处于恍惚状态，”治安官说，“就像被施了魔咒一样，我听说过这个。大怪物有特殊能力——这本身并不是魔法，但差不多是这样。”她把这一点写了下来。

“不是的，”巴图比说，“你懂得……”但他不知道如何解释。他希望以利亚在这里。以利亚是会讲故事的人。拥挤的人群立刻开始窃窃私语。

“所以，”鞋匠说，“如果我没理解错的话，你的意思是说她可能被人偷走了，但她因为遭受创伤，无法说话。”

“这根本不是他要说的”，迈伦说。

“还有其他传递信息的方式，”安西娅说，“卡斯从不多说话，但她仍然经常和人交流。”

屠夫张开双臂。“你不明白这是什么意思吗？”他的声音已经亢奋到极点。“我们不知道这件事的严重程度。我们不知道大怪物做过多少次这种可怕的事情。有些家庭可能只是以为他们的孩子离家出走是为了寻找出路或者碰碰运气——为什么不呢？而大怪物已经毁掉了石头谷的繁荣——但事实并非如此！出走的孩子反而落入了有史以来最邪恶的大怪物的魔掌之中！”

“哎呀”，迈伦低声说。

“这完全不合逻辑，”安西娅试图说几句，“你没有任何证据证明这一点。”巴图比什么也没说，他觉得自己好像是木头做的。

“我的猫上个月失踪了！”药剂师说道，“在那之前的一个月，我最喜欢的山羊也不见了！”

“大家看到了吧？就是大怪物干的。我敢肯定！”屠夫拍了拍他的膝盖。

“我的妻子和孩子去年都失踪了，”一个靠在角落里的男人说，“当然，她确实告诉我她要离开，然后留下了一张纸条说她和孩子们要和她姐姐一起住在海边，但这可能是大怪物模仿笔迹而实施的邪恶诡计！”

“但这都说不通”，巴图比吼道，说出了自己的心声。

“不能再有孩子被抢走了，”屠夫大声回应道。“有关他们的事情我们听得太多了。他们应该待在室内做功课，附近有危险的大怪物，应该把所有的孩子锁在屋里！”

众人低声附和着，眯着眼睛看着孩子们。“走吧，”迈伦低声说，“我们都走吧。”

安西娅、巴图比和迈伦从人群中悄悄离开，高呼的人群几乎没有注意到。

“不要大怪物！”屠夫叫道。

“不要大怪物！”房间里的人大声叫道。

“不要大怪物！”外面的人喊道。

“不要大怪物了！”喊叫声一阵又一阵。

“哦，天哪，”迈伦咕哝道，“多么可怕的一群粗人和吹牛大王。他们确实喜欢自说自话，不是吗？”他握住巴图比和安西娅的手。当他们匆匆赶回家时，可怕的沉默笼罩着他们。

“迈伦，”巴图比最后说道，“我们要做什么？”

“我们要如何解决这个问题？”安西娅问道，她的声音微小而绝望。

迈伦良久没有说话，然后他满是皱纹的脸上露出坚定的笑容。“我亲爱的宝贝们，别再为这件事担心了。”他说，他的声音过于明快而理性，“一两天后，这一切都会过去的。过一阵儿，人们对无意义的事情就会失去兴趣。冷静的头脑总是会占上风！”

安西娅向后靠去，在迈伦背后与巴图比目光相对。他们短暂地对视了一眼，脸上传达着同样的信息：迈伦不相信自己说的话，他和我们一样害怕。

三人到了孤儿院门口，然后走了进去。迈伦在锁上大门时顿了顿，他检查了一遍、两遍、三遍，确保锁头已锁住，他们在里面是安全的。

第 *31* 章

我有没有提过大家都爱戴镇长？

镇长很生气。

他揉了揉肚子，疼得厉害。唉，他非常容易消化不良，烦恼、焦虑、激动会让情况更糟——自从他来到石头谷，他先是成为著名的猎龙人，然后又成为镇长，在这相当美好的生活中，他几乎已避免出现肚子疼这种情况了。

他走到阳台上。瓦蓝瓦蓝的天空，没有任何云朵挡住那四射的光芒。他抬起下巴，睁开眼睛，凝视着灿烂的阳光。他就这样享受了很久，就像猫在地板上享受阳光一样。就在这时，院子周围有一只猫正站着盯着镇长，发出嘶嘶声。

这本该是美妙的一天，无穷无尽的美妙日子中的一天。石头谷的每个人都爱戴镇长。这天经地义，毕竟，镇长也爱着这个小镇……不是吗？也许恰当的说法是，他真的很享受石头谷民众的爱戴。毕竟，这不就是当镇长的意义所在吗？

他花了一点时间欣赏窗外的光芒。片刻之前，他擦亮了他的金扣，他非常喜欢金子散发的深邃光芒，就像他喜欢精美厚重的靴子花纹。他整理了一下披风的褶皱，以一种绝对迷人的动作拂开眼前的金发。他的脸在发光——确切地说，光不是来自他的皮肤，而是来自内心——这是他非常特别的美容秘诀，一个永远不会透露的秘密，他只是说："对于大多数人来说，美丽只是表面的。但你大概也猜到了，我不是那大多数人中的一员。"然后他会眨眼。他让镇上的人头晕目眩。他多么喜欢让他们头晕目眩。

他戴上帽子，看起来棒极了——他当然知道。他调整了帽子角度，使其更加贴合，恰到好处，然后对着镜子里的自己咧嘴一笑。更奇妙的是，他把手按在肚子上，又一次止住了消化不良的叽里咕噜声。他朝远离房子的方向打

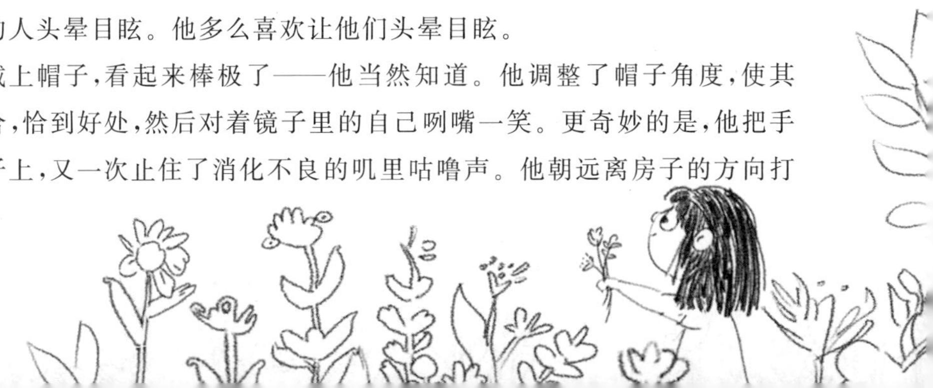

了一个非常短的嗝——以确保没有打嗝？他将手放在宅院的外墙上，静静地搁在那里，一股柔情如潮水般涌上心头。

这座宅院诞生过奇迹。早些时候，这所大宅子从日出到日落一直敞开着大门，任何居民都可以来见镇长，跟他表达担忧、提供想法、提出投诉或是简简单单地聊个天。以前的镇长会举办论坛、座谈会、音乐会和辩论会。曾经还有一整个画廊专门展示当地儿童艺术作品。

但这位镇长在上任第一天就停止了这些活动。“若我，你们敬爱的镇长，不和你们做得一样，那我又怎能指望我亲爱的公民们把自己的房子锁好、关好、守卫好？”人们从这句话中看到了智慧，镇长非常善于说服人们相信他的智慧。这是他的天赋之一。

它奏效了。一切都奏效了。但现在……

前几天鞋匠的来访，这让镇长耿耿于怀。鞋匠把脚放在门框上，以防镇长关门结束谈话。镇长不记得这个人到底问了什么。当一个人的思想被更多吸引人的事情占据时，便很难集中注意力。这个鞋匠连一次也没有提到镇长是多么了不起，或者说这个小镇是多么幸运。镇长皱了皱眉，他一点都不喜欢这个鞋匠。

但这就是为什么在镇上发表演讲是极其天才的想法。过去，镇长几乎每天都在中心广场发表演讲。这就是他说服石头谷市民爱戴他的方式。那个时候，人们经常能看到树林里潜伏着一条可怕的巨龙。差不多一个月一次，且总是在新月的前一天出现。然后他们目睹了他们的镇长——他们了不起的镇长——从树林凯旋，可连龙的影子都没见着。随着时间的推移，龙出没的踪迹逐渐减少。他们对镇长的爱……好吧，已经开始有所减少，但在最开始人们对镇长的爱还是非常多的，这是实话。他太漂亮了，太聪明了，也太博学了，他的光芒过于耀眼。事实上，如果目前这种情况持续下去，镇长的任期可能不会持续太久。

接着是那些火灾爆发出的“美丽”火焰，一个又一个。一想到这些，他的胃就隐隐作痛，但他的眼睛却闪闪发光。光芒把阴影遮盖！一口气释放出强大的力量。

那时人们多么需要他！多么地依赖他！然后他告诉他们，他一个人就能解决这个问题，从人们脸上绽放的光彩中和闪亮的目光里，他看到他们多么激动——深沉而深远的激动——他们完全相信他。那些日子是多么愉快，从一个院子到另一个院子，从一条小巷到另一条小巷，交谈，理解，原谅，说服。他们很容易被说服。他清了清嗓子，做了一些发声练习好让声音温暖柔和。

如果这次演讲没有奏效，那么……另一座建筑物可能会被烧，或是一整块区域，又或者整个小镇，如果需要的话。不过，它曾奏效过。

市政厅楼顶的钟声开始响起，意味着镇民们要开始聚集了。他穿过院子。在外墙周边的猫停了下来，它们正襟危坐，耳朵前倾，尾巴向上竖起，好似长矛。

“你好，猫咪，”他嘲弄地说，“我不确定你是否注意到了，但我还在这里。”他经过时，猫发出嘶嘶声。

中心广场，镇长走上讲台，面向聚集的人群，咽了咽口水。

他整理了一下外套的褶皱。下意识地把手放在喉咙上，调整一下皮囊的贴合度，以确保贴合得恰到好处。他向人群露出一个灿烂的笑容。当他这样做时，他看到人们眯起眼睛重新适应光线。奇怪的是，他的笑容并没有达到预期效果。发生了什么？他想知道。

台下的人群令他吃惊。虽然他忘记了究竟有多少人住在石头谷，但肯定不会这么多！他皱着眉头，满心希望着自己能回到那华丽的豪宅。他闭上眼睛想象着。

“先生，”一个声音说道，镇长猛地睁开眼睛，看到一个男人大步走上讲台。人们总是想要一些东西，镇长默默地抱怨道。这个人很高。他穿着羊毛裤，戴着一顶宽边帽，遮住了脸。镇长皱起眉头，他讨厌阴影。

“阳光不错，你不觉得吗？”镇长宽容地说。

“谢谢你这样做，先生，”男人说，“正如我们之前讨论过的——”

“之前？”镇长摇摇头。

“是的”，男人说，“我两天前来的时候。”

“啊”，镇长说。这个人就是混乱局面的始作俑者。他竭尽全力强迫自己

舒展眉头。“是的，早些时候，我很擅长识人的。最好的技能之一，”他兴奋地说，“但是，当然，你知道这一点。”

“我们，嗯……”男人顿了一下，“镇上有一些讨论。关于采取怎样的行动。关于社区的一些担忧。先生，如果您不介意的话，我们认为您最好直接听取选民的意见。”

“选民？”镇长说，困惑地皱起他的脸。

“是的。投票给您的人希望您能听听他们的声音。如果您不介意的话。您懂的，一场聆听会。”

好吧，镇长放松了下来。聆听比演讲要轻松得多，所要做的就是，在想其他事情的同时展现善意的表情！这很容易，他拍拍男人的后背。那人一侧身躲开去。“太棒了！”镇长说，“简直太棒了！开始吧，好吗？”男人简单地鞠了一躬，镇长面向人群。

“啊，我的朋友们！”他笑眯眯地看着广场上的每一个人，“亲爱的石头谷镇民们。很高兴今天与你们聚在一起。这有……好吧，你们比平时看到的人都要多。”他的声音，无须扩音器，轰隆隆地传遍整个广场，回荡在半个小镇中。他看着外面的人群，他们肩并肩地站着，期待地皱着眉头，交叉双臂，把嘴巴抿成线，这一切都很令人不安。他清了清嗓子：“也许你们中的一些人想坐下来？”

没有人这样做。

镇长停顿了整整一拍，又停了一拍。“很好。我要开始了。我已经注意到，我心爱的镇民们很不高兴。他们很担心。他们觉得没人倾听他们的声音。这令我很伤心——真的很让我伤心——这是真的。”他低下头，双手按在胸前，闭上眼睛，偷偷瞄了一眼。通常情况下，哪怕一个让镇长有点难过的想法，也会让石头谷的镇民们陷入恐慌，但今天没有。这多么令人费解。他直起身子，咔嗒一声把靴子合在一起，笔直地站在那。他露出胜利的笑容，但没有人露出轻松和崇拜的表情，毫无反应。

到底是怎么回事？镇长无法理解。他清了清嗓子，准备好发声。他把脸向太阳倾斜，欣赏着光线的角度。当然，这只需要片刻。“亲爱的镇民们，首先我想说——”

“对不起，镇长”，人群前的一位女士打断了他的话。他以前被打断过吗？他印象中没有发生过。他不知道自己是应该惊愕还是迷惑。“有一个大怪物——一个真正的大怪物——就住在小镇的另一头。她在那里住了很多年了。让她待在这里太危险了。你必须让她离开。”

镇长点点头。“倾听是我的责任，但消除恐惧也是我的责任。大怪物毕竟是低等生物，迟钝又缓慢，少言寡语，几乎不值一提。我从没想过大怪物的事。他们不像龙那样有趣。嗯，如你所知，我打败过一条龙。实际上是几条。”镇长让大家明白他的意思。他注视着人群，等待他们脸上露出奉承的表情，但没有人这样做。

他清了清嗓子：“我们生活的世界是危险可怕的。此时有这样一位强大的镇长站在你身边，来战胜这些危险。我很高兴我们在这个问题上意见一致。”

他对女人友善地笑了笑。她眯起眼睛。

一个站在后面的男人开口了。“我们因为恐惧而锁上大门。我们害怕在黑暗中出门。但一个孩子被带走了，我们担心我们的孩子，你必须让大怪物离开！”

人们低声附和。

“我再说一次，”镇长说，“到处都是危险。非常有趣的危险，你懂的。比大怪物有趣得多。我说过大怪物是低等生物吗？这样的笨蛋，让人难以想象——”

“还得有多少儿童失踪，我们才能采取行动？”中间一个女人喊道。镇长被惊得差点跌倒。女人举起拳头，以前从未有人向镇长举过拳头。“我们的小镇什么时候才能不再有大怪物？

“不要再有大怪物！”一群人坐在破旧的长凳上叫道，“不要再有大怪物！”聚集在右边的一群人附和道。

镇长双手按在胸前，密切注意着广场传来的呼吼声。在他稍感困惑之后，意识到每个人说话的方式都很激动。当然这很令人担忧，从个人经验看

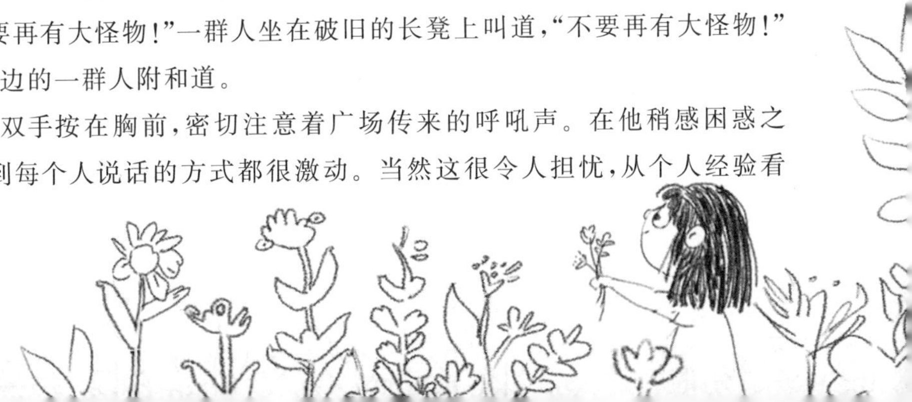

来，他知道当人们被激怒时，镇长的事情通常不会顺利进行。这些人被激怒了，他特别小心地在声音中……加了一些东西。确切地说，这不是魔法。但接近魔法。

“亲爱的镇民们，”镇长用安慰的语气说，“我感觉到有一种氛围。你们都有这种感觉吗？”他扬起下巴，脸上充满了光彩。

“有”，人们一起说。

“我必须说，我从来没有听说过偷孩子的大怪物，在来这之前，我走遍了整个世界，来到这个世界上最美妙的小镇。大怪物……好吧，他们是相当愚蠢的家伙。很容易——”他忍住笑意，“太容易被骗了。”他清了清嗓子。“我是说，我听说过。”

“大怪物不属于这里”，一个站在驴车上的女人吼道。

“没有人叫她来这里”，一个男人站在一个干涸的满是垃圾的喷泉边上喊道。

“我们的庄稼年年歉收，这是谁的错？”一个女人在人群中央喊道。

“那个大怪物”，石头谷的人们喊道。

“我们的孩子不安全！”

“我们的动物不安全！”

“树死了！”

“学校被烧毁了！”

“我们的图书馆成了废墟！”

“在她来这之前，这里曾经是一个可爱的小镇！”

一阵沉默。“不要再有大怪物！”一个男人反复喊道。“不要再有大怪物！不要再有大怪物！”一群人加入进来。

他们的声音变得更大了。中心广场周围的建筑物都被震动了。太阳继续下沉，最后一缕阳光照在石头谷小镇上，令这里闪闪发光，就像一个充满微型太阳的小镇。这是镇长见过的最美丽的东西。

这种场景但也令人担忧。不和与分裂可能是美好的事情——因为有利可图——但它们也可能难以控制，最好小心处理。镇长抬起右手，掌心向外，低下了头。喊声逐渐减弱，终于停止。人们满怀期待安静地看着镇长。他们松开双臂，双手合十放在心口。他觉得，这是一个充满希望的迹象。

“亲爱的，亲爱的”，他说，镇长仔细斟酌着用词。他放大声音，低沉而洪亮，在人群中隆隆作响。“第一要务，我们应说到做到。刚才那个高个子男人在哪里，那个戴帽子的？”

“这里，先生，”鞋匠说着挥了挥手，“我们见过很多次，您知道的。我的名字是亚瑟。记得那双靴子是我给您做的吗？”

“当然，当然，”镇长含糊地说，“你为什么不摘下……你那顶了不起的帽子，用来筹款呢？解决这个问题肯定需要钱。”那个男人摘下帽子，人们几乎立刻掏出口袋里的东西，把帽子装满。镇长的脸颊涨红了。好吧，他想，今天过得真好。

当帽子在人群中移动时，他微笑着，随后，帽子变得越来越沉。“在我看来，我们已经达成协议。没有人愿意让大怪物待在那里——是大怪物！——继续肆无忌惮地生活在我们美丽小镇外面，威胁着我们的安宁。这当然不行，这不公平：你们这么辛苦！大怪物努力工作了吗？我没见过。你们也没见过。你们整天辛勤工作，而她从日出到日落都坐在她歪歪扭扭的房子里——这听起来多么懒惰。我不能忍受懒惰！她正在偷走本应属于你们的闲暇日子，我不能容忍小偷！”

“不要再有大怪物！”人们高呼。“不要再有大怪物！”他们的声音在空荡荡的店面和破旧的建筑物中回荡。“不要再有大怪物！”他们的声音划过午后的天空。

镇长再次举起双手，让人们安静下来。“是的，是的，我们当然都同意。但我亲爱的镇民们，你们必须相信你们的镇长。相信我，一切都会好起来的！”

镇民们点头，他们的脸散发光芒。即使太阳从广场周围的建筑物边落下，阳光全部投射在阴影中，他们的脸仍像火焰一样发亮。镇长的心猛地一跳，他差点忘记了愤怒是多么“可爱”。

“我只是希望，”他笑着说，“没有人违法。”他在声音里夹杂着嘶嘶声，像掺有毒药的蜂蜜。“这很重要，我的朋友们，我的同胞们。我必须强调这一

点。我希望不会有人向她的房子扔鸡蛋，向她的窗户扔石头。真的，我——”哦！镇长想，这感觉真令人愉快！——“我希望不会有人在她的花园里张贴威胁性的标志，破坏她的墙壁。这些都很糟糕。”想到这里，他不寒而栗。“我希望不会有人试图偷走她可笑的羊，不会有人向她可憎的乌鸦扔石头。因为那是违法的，任何人都不应该违法。我再说一遍，任何人都不应该因为违法被抓。亲爱的镇民们，感谢你们今天的到来，我想我们都学到了很多东西。”

说完，镇长离开了讲台，木板在他脚下发出嘎吱声。他穿过人群，当他的手掠过他们的肩膀时，人们兴奋得战栗，当他经过镇民身旁时，人们激动而泣，人们伸手去触摸他的衣角。人们握紧了拳头，脖子上青筋暴起，脸颊通红，眯起的眼睛像刀锋一样闪闪发光，看向大怪物居住的地方。

作为石头谷的镇长，他从未如此自豪、如此骄傲。他迫不及待地想知道明天会发生什么。

第 32 章

事情还没结束

安西娅、巴图比和迈伦忧心忡忡地从修鞋店回来，但欣慰地发现镇上并不是每个人都加入了那里的人群——鞋匠的妻子信守诺言，并没有放弃改善孤儿院条件。一天之内，她带来了六个面包、两锅汤、四捆衣服、九双鞋子、一筐纱线和一盒药材。她进进出出，风风火火地向一队助手下达命令，助手们忙前忙后，气喘吁吁地跟在她身后。此刻，他们中的两个人正在梯子上爬上爬下，测量一个又一个窗户，并计划换掉一些已经破烂的。院长再次试图解释可以取消搜寻，因为已经找到了卡斯了，但又一次发现自己被对方的大量计划和善意关注打断了，她一句话也插不进去。

“她确实善于说服别人，”安西娅对院长说，“不过，她不擅长倾听。”

“我的意思是，”院长无奈地说，“她肯定会注意到的。不是吗？”

“这边走！”鞋匠的妻子向跟在她身后的两个老妇人发出命令。她从门口的卡斯身边走过，停了下来，捧着卡斯的脸，啧啧地说：“呀！太瘦了！请把黄油加到用品清单上！这些孩子需要更多的黄油！”

“但是，”安西娅说，“你没看见吗，夫人——”

“有这么多事要做，”鞋匠的妻子说，“明天有两个木匠过来修楼梯，我让兽医这周晚些时候过来仔细检查一下山羊。其中一只腿上有疮，我一点都不喜欢。我们不如顺便给鸡做一次检查，你觉得呢？大家都希望它们在春天都能成为母亲！”说着，他们就离开了房间。在外面，又有两名志愿者带着工具和物资抵达孤儿院，第三名志愿者承诺会把他的公鸡带过来，让母鸡在春天孵出更多的小鸡。

安西娅摇了摇头。毫无疑问，鞋匠的妻子做得很好，尽管她的倾听能力很差，而且越来越差。安西娅想，这是多么了不起，只需一个人决定做点什

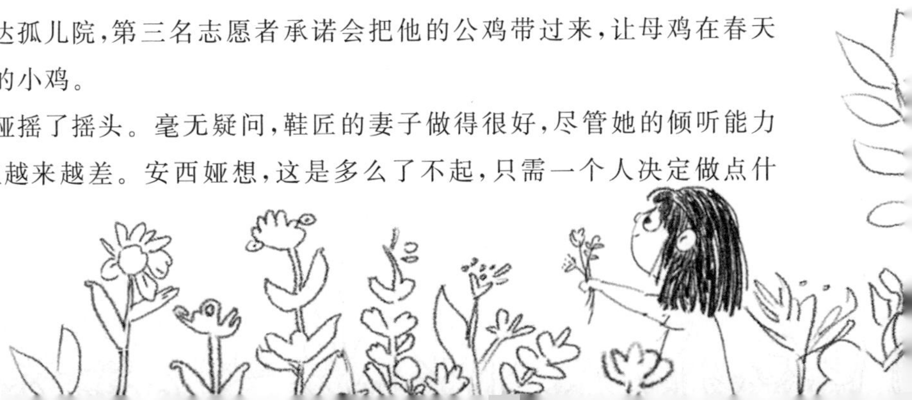

么，然后说服其他人加入，就能创造出一连串的善行，每一个都会影响周围人。试想一下，如果每个人都决定做好事，如果每个人都决定每天都这样做，或者，就算不是每个人都这样做，只要有人这样做，是不是就能影响更多人？这么一想，这些善行需要多久才能奏效？那时小镇会是什么样子？

在下午剩下的时间里，这些想法一直在安西娅的脑海中翻腾。

他们早早地吃了晚饭——一锅菜、一份沙拉，还有一些面包，这些面包是鞋匠妻子坚持让邻居带来的。院长开始抱怨冰箱里没有足够的空间了。她一定是在鞋匠妻子耳边说了这番话，因为鞋匠妻子不出一个小时就和当地的旧货商人和冰贩一起回来了，旧货商人带来了一个还可以使用的旧冰箱，而冰贩带来了一块用粗麻布和木屑包裹的冰块。他们把它放在地窖里。院长在送别他们时还送了几罐果酱、几瓶桂花糖浆和她出名的肥皂块，每个人都微笑着挥手告别。

吃完饭，洗完盘子后，院长和迈伦带着蹒跚学步的孩子和婴儿上楼去洗澡，而以利亚则给小孩子讲睡前故事，迪尔德雷和双胞胎把干净的床单铺在床上，因为轮到他们做家务。安西娅朝窗外望去，看到巴图比和卡斯站在外面听着什么。安西娅停了下来，她也听到了——声音被奇怪地放大了，似乎在地板上震动。

“到底怎么回事？”她喃喃自语。

她走到外面，与巴图比和卡斯并肩站在院子里，侧耳倾听。然后，三人二话不说，走到了离被烧毁的图书馆最近的墙边。巴图比从工具棚里抓起梯子撑在墙上，开始往上爬。

三人一起坐在墙顶，俯瞰图书馆废墟和中心广场。他们不能完全确定发生了什么，但他们确实看到有一大群人到场听镇长讲话。

他们听了好久。巴图比摇了摇头，说：“我不明白。他们为什么对大怪物如此生气？卡斯已经回到家里，她很安全。”

安西娅用拳头托着下巴：“我不知道，这一点意义都没有。”

不过卡斯知道，就像一堆干柴将成为篝火燃烧之前，这堆东西可能会堆放很多年，开头安然无恙，一层又一层，但只需要一个火花就可以让整个儿燃烧起来，一层一层地燃烧。她想到赶集日发生的事情——人们的愤怒、绝望和沮丧，他们希望举手之劳也有人付钱。每个人拥有的东西都不够，每个人拥有的越少，所有人拥有的就越少。直到这种匮乏的感觉无时无刻，无处不在。

广场上的人们在高呼口号。“他们说的和我想的一样吗？”巴图比皱起眉头问。

安西娅咽了咽口水。“不”，当“不再有大怪物”这几个字浮上心头时，安西娅说道，“他们不可能一样……哦，天啊！”

他们听到镇长洪亮的声音说：“我只希望没有人违法。”他们听到他话语里的嘲弄和不怀好意，他们知道肯定有人会违法，他们看到人们举起拳头。

巴图比握住他姐姐和安西娅的手又紧紧地抱着她们。“这是不对的，”他说，“她没有做错任何事。”

“大怪物有危险，”安西娅说，“需要有人提醒她。”

卡斯刚要开口回答，就被附近声音打断了。三人低头一看，一只狗正抬头看着他们。

“汪汪”，狗说。它有一双乳白色的眼睛，一副很有耐心的表情。他摇着尾巴。

一只漂亮的乌鸦停在狗的脑袋上。鸟嘴就那么一转一动的，一只明亮的眼睛直盯着卡斯。乌鸦微微鞠躬。“呱——”乌鸦说，意思是“你好，孩子。我相信我们见过面”。

卡斯也盯着乌鸦看了好一会儿，她的嘴巴张得大大的。然后她跳了起来，张开双臂保持平衡。然后“哦！”的一声，她哭了，用手捂住嘴，流下了泪水。“我想起来了。”她的声音在院子里回荡。巴图比跪了下来，关切地看着他妹妹，把手放在她的胳膊上。卡斯转向她的哥哥，她的脸湿漉漉的，眼睛闪闪发亮。“我都记得”，她说。

乌鸦从狗的脑袋上飞到卡斯的怀里。“呱——”乌鸦高兴地叫了起来，“呱呱呱！”

“是的，”卡斯对乌鸦低声说，“我也爱你。”

第 33 章

哈罗德和狗独自出走

大怪物和乌鸦把孩子放在门外后的第二天开始，哈罗德就一直陷入沉思。

孩子孤独怎么办？哈罗德焦急地想。

如果他们把她送错了地方怎么办？

万一她又迷路了怎么办？他受不了这个念头。夜晚越来越长了，到处都开始结霜，这意味着冬天很快就会来临，确保每个人的安全比以往任何时候都更加重要。哈罗德认为去看看孩子的情况也许是个好主意。

依偎在孩子身边，感受她的温暖和呼吸，将她特有的气味深深留在羽毛中，这对哈罗德来说是他一生中最珍贵的记忆。他观察狗，想看看狗是否和他有同样的感觉。只见狗闻了闻地，挠了挠下巴，仰望天空，咬咬跳蚤，清理了一下身体，然后开始觅食。

是的，哈罗德决定了，狗肯定也有同感。他和狗在大多数事情上都很合得来。就这样哈罗德和狗回到了他们留下孩子的地方。一路上，他们穿过中心广场，发现许多市民聚集在这里，于是停下来想看看发生了什么。狗坐在一块大石头旁边，石头被一堆垃圾和杂物略略遮住，哈罗德坐在狗的脑袋瓜上，认真地听着。

周围站着的人都没有注意到他们。这帮人正忙着看广场对面讲台上的那个人。哈罗德吸了吸鼻子，他看到大家都关注那个男人，但说真的，他们不应该更喜欢像他这样漂亮的乌鸦吗？

显然不是。没有人多看他一眼，哈罗德尽量不把这件事当回事。

哈罗德想知道，为什么站在台上的男人看起来如此眼熟？哈罗德相当确定自己以前从未见过这个人，但那件外套让哈罗德想起了什么。那些靴子上的扣子也是如此。他顿时觉得心神不定，但他不太清楚这是为什么。

那人对人们讲话。人们开始呼喊。

“呱——”哈罗德对狗小声说道，意思是“我不喜欢这种愤怒的声音，这对狗或乌鸦来说都不安全！”

“汪——”，狗说，这当然没什么意义。

亲爱的，亲爱的狗儿，哈罗德想。他将自己的额头紧贴在心爱的狗的两眼间的皮毛上。“呱——”哈罗德说，“你不理解我也没关系，我的朋友，不管怎样我都爱你。”

“汪——”狗说，这是他能发出的最接近“我爱你”的声音，哈罗德很感激。狗站起来开始走开，小心地走在人群后面而不是人群前面，就连它似乎也知道站在愤怒的人群前面是不行的。

（哈罗德他们走开时并没有注意到那块石头。真遗憾，如果他仔细观察，可能会看到一个小小的、几近破旧的符号，看起来就像一只乌鸦待在一只狗的脑袋上。他可能会注意到画上的乌鸦看起来有点像哈罗德，画上的狗也与这只狗有点像。我相信这会让他高兴。啊，好吧，就这样吧。）

狗把鼻子贴在地上，跟随着气味。终于，他在一堵很高的墙脚下停了下来，呜咽了一声，垂着尾巴，仰起脸叫道：“嗷——呜——”

哈罗德抬起头，然后看到了她。他感到自己的心在狂跳。

她在那里！坐在高高的墙上。孩子！哈罗德高兴得浑身颤抖。如果再也见不到她，不能再看到她的脸蛋，他不知道该怎么办。在哈罗德看来，现在因为这个孩子，整个世界都变得有意义了。他深吸一口气，让自己集中注意力，然后大叫了一声。

坐在墙上的孩子们吓了一跳。

哈罗德深深地鞠了一躬，然后对孩子说话，讲得很快。他又回到了她的怀里，他感到自己的心一下子振奋起来、疯狂跳动。那一刻持续了多久？一秒？一百年？当一个人爱得如此深，时间就会变得有趣。

但是当另一个孩子说话时，一切又突然改变了。这个人留着一头黑发，扎着两条辫子。“呱——”她用完美的乌鸦语气说道，“非常感谢你能来。”

哈罗德看了她一遍又一遍。

“呱——”女孩继续说道，“我想和你说话很久很久了。”哈罗德很高兴。所有的孩子都说乌鸦语吗？还是只有这些孩子？他有很多问题。

“呱——”男孩说，“是你送我妹妹回家的吗？”

“是乌鸦，”女孩叫道，“是谁给我们带来食物，是大怪物吗？”她停顿了一下。“无论如何，谢谢你”，她一本正经地补充道。

哈罗德跳到心爱的孩子的膝盖上，明亮的眼睛一只盯着女孩，一只盯着男孩。为了确保他们能理解，他仔细地组织语言。“我们的大怪物女士种植食物，烘烤食物，然后分发到镇上各处。我们以为你知道。”

扎辫子的女孩摇了摇头。“我们不知道，”她用乌鸦语说道，“而且不仅我们吧？嗯，应该说没有人知道，也没人谈论它。这已经成了个大谜团。”

哈罗德清了清嗓子，停顿了一下，以确保他的意思能被正确理解。“呱——”他继续说道，“我们乌鸦都有帮忙。我们这样做是因为我们是乌鸦，这意思就是棒极了。”他挺直身体，保持身姿，想要给别人留下好印象。男孩和女孩对视了一眼，点了点头。哈罗德高兴地竖起羽毛。

黑发少女举起了手。听到乌鸦所讲的美好事情后，她并没有表现出像哈罗德预想的那样热情。“你和大怪物住在一起吗？你的嘴里能夹住一张纸吗？因为我们需要马上给她递送消息，她有危险，需要有人提醒她。”

女孩转眼就不见了。哈罗德看着孩子，骨子里透露出焦虑担忧之感。“为什么要提醒大怪物？”他叫道。男孩和孩子看着广场上的人群，脸色十分阴沉。他立刻明白了他们的意思。“哦，亲爱的”，哈罗德喃喃地说。

第 34 章

大怪物不识字

大怪物感觉有些不对劲，但并不完全确定是为什么。她在多彩的夕阳下喂羊，抚摸它们的脸。她走到花园里，种下了一排排新的菠菜、欧芹和甜菜。她摇了摇桑树，熟透的果实掉落在草地上的床单上。她会把果实煮沸，直到它们变成浓稠的甜糖浆，她可以用这些来做许多美味佳肴。她给玉米去穗，重新调整南瓜的位置，捏捏罗勒香料，摘了一大束薰衣草，在一个篮子里装满了西红柿，又在另一个篮子里装满了豆子，然后靠在椅子上，看着第一颗星星开始在天空中闪烁。

乌鸦们大口大口地吃着晚餐，比平时安静。大怪物可以看到他们一直翘着头。他们的羽毛抖动。他们聆听。但是，为什么？她不知道。

“呱——”大怪物对乌鸦们说，“狗去哪儿了？”

乌鸦没有回答。大怪物双手合十。她抬起脸看向天空。更多的星星出现了。还有几颗行星。他们为什么不回答？

“哈罗德在哪儿？他从不错过任何一顿饭。”

乌鸦还是什么也没说，这完全不像他们。多么奇怪的夜晚！大怪物静静地看着她的乌鸦朋友们，然后环顾她的农场，聆听着即将到来的黑夜的声音。她朝邻居望去，通常情况下，隔壁的农场和马路对面的农场会有一些动静——有人把犁铧锁起来，或者把马牵进去，或者把奶牛哄进谷仓。可现在一点声音都没有。

“呱——”大怪物轻声说，“你们觉得今晚有什么不对劲吗？”

乌鸦没回答，大怪物放弃追问。她站起来往屋子走去，在门口停下来，不停地给羊和乌鸦飞吻，然后进了屋。烤箱里传来阵阵喳喳声，馅饼快做好了，还有一个蛋糕。她还需放入饼干，然后一边烤面包，一边去森林里采摘更多

的坚果和蘑菇。这么多东西都是为了款待她的邻居，用善意与爱填饱他们的胃。她是多么喜欢这样做啊！

片刻之后，哈罗德和狗到达了农场。哈罗德嘴里叼着什么，立正站着。有时哈罗德会和狗去执行秘密任务，乌鸦们发现这并不公平，而且哈罗德有一只狗跟班，其他乌鸦因此十分怨恨他。

大怪物给所有的乌鸦分别起了单独的名字，但没有一只乌鸦用它们来称呼自己或其他人，除了哈罗德。他自称“哈罗德”，其他乌鸦不由自主地也这么叫了。哈罗德让自己与众不同，因此，乌鸦们也任由哈罗德特立独行。他们狠狠地瞪了哈罗德一眼。

哈罗德小心翼翼地将嘴里的纸放在狗的头上，用脚压住。“我有镇上的消息，”哈罗德说，“石头谷的无情已经演变成丑陋与恐怖。现在它正针对大怪物。我们必须保护她，她不能回小镇。我和她喜欢的房子里的孩子们谈过，他们也这么认为。大怪物有危险！”

其他乌鸦盯着哈罗德看了很长时间，没有发出嗒嗒、咯咯或是咕咕声。唯一的声音是梧桐叶的沙沙声、青蛙的呱呱声，还有蟋蟀的吱吱声。

“你和孩子们说话了吗？”乌鸦们问。

“嗯，我们不信你。”有乌鸦说。

哈罗德盯着他的伙伴，“为什么不信我呢？”他说。

“孩子们不会说乌鸦语。”

“我们在树林里发现的孩子会说乌鸦语。很正常。”一想到她，哈罗德就心潮澎湃。

“这都是你的说法，”乌鸦们说，“我们没有听到她的声音。”

“嗯，她会说，”哈罗德坚持道，“其他孩子也一样。他们是受过良好教育的孩子，举止得体，对乌鸦很有礼貌，如果你们能理解我说的。”

乌鸦们交换了一个眼色。

哈罗德感到困惑。这正是乌鸦们一直担心的事。

“只是有时候你会编造一些东西，”其中一只乌鸦说，“装腔作势，这很烦人，我们对此感到厌倦。”其他乌鸦嗤之以鼻。

哈罗德鼓起勇气说道:“我没有!你们无视这件事只因为是我这么说?”

“你编得可真像。”一只乌鸦哼了一声。

一只非常大的乌鸦跳到哈罗德身边。“听着,”她说,“我们厌倦了你的荒唐故事。你很令人厌烦。坦率地说,我不喜欢你的语气。别用你的傻事惹恼大怪物。我会阻止这一切。”说完,乌鸦们转身背对着哈罗德,继续吃着晚餐。

狗汪汪地叫着,把尾巴重重地拍在地上。狗不喜欢吵架。

“呱——”,其中一只乌鸦叫道,“别担心,狗。看看我们在镇上的肉店后面为你找到了什么!”乌鸦飞到梧桐树上,叼着一根骨头回来,扔在狗面前,咚的一声。狗的所有担忧立刻都消失了,他为那根大骨头倾倒。

哈罗德尽量不把这当回事,这已不是他的乌鸦家族第一次不相信他了。他“咯咯”“嗒嗒”“咕咕”地叫,他甚至会吹口哨,但没有一只乌鸦转身。好吧,他想。他把那张纸收回嘴里,飞到窗边,敲了敲玻璃。大怪物微笑着打开窗框。

“朋友你好!”她用人类的语言说道。但她马上控制住自己的情绪,“我的意思是,呱——”她在乌鸦群里澄清说道,意思是“放松待家里”。

哈罗德扑向桌子。他把那张纸放下,转过头,这样他就能直视大怪物的眼睛。“呱——”他说,“我知道我不应该去,但我今天去小镇是为了看孩子。我想看看她好不好。”

大怪物认真地听着。哈罗德不确定她是否完全理解他的意思。他向前走近。“呱——”他说,意思是“我和孩子们说话了。他们很担心你。镇上的敌意愈演愈烈。他们说你不安全”。

大怪物皱起了眉毛,做了个鬼脸。她明白了吗?哈罗德不确定。

“呱——”他总结道,“看,他们想给你这个。这张纸上有其中一个孩子要告诉你的全部消息。”

哈罗德用一只爪子轻弹纸卷,让它滚向大怪物。她高兴地拍了拍手。“呱——”她说,“从孩子们那里来的?”哈罗德低头看。

大怪物把那张纸压压平。最上头是文字,底部是一幅精心绘制的图画,画着孤儿院里所有的孩子,还有那对年迈的夫妇和几只猫。在中央,大怪物

用双臂搂着孩子们。所有的人都在微笑。

大怪物很好奇文字说的是什么。但是文字怎么可能和这幅画同样重要呢？她感觉自己的心猛地胀了起来，几乎要从胸腔里蹦出来。从来没有人给过她任何东西，这张纸成为她收到过的最珍贵的东西。大怪物用手捂住眼睛，流下了幸福的泪水。她用双手抱起哈罗德，紧紧地抱住他。“呱——，谢谢！”

哈罗德很担心。“呱——”他说，“你明白了吗？”

大怪物高兴得发抖。这也许是她一生中最快乐的一天。“呱——”她说，“是的。哦，亲爱的哈罗德，我明白，我完全明白。”（听着，她不明白！）

那天晚上，大怪物推着她的手推车挨家挨户地送东西，她想起了孩子们给她的那幅画，现在醒目地挂在她的壁炉上方。不仅仅是因为孩子们画了她，而是他们把所有人都拉到了一起，她的胳膊搂着孩子们，孩子们的胳膊也搂着她。是归属感——当她把馅饼放在门口的台阶上时，这个词在她的脑海中不断重复。归属感，她一边想一边将一圈奶酪放在另一圈奶酪上。“我一直想要的就是一个归宿”，她一边想一边把烤饼送给一户人家，把面包送给另一户人家，还有指模饼、坚果串、手工馅饼和松饼。她送出的每份礼物都有新的用意、新的感受。她一边走，一边用手指抚摸着古老的石墙，惊叹于这些图案和纹理。“我属于这里”，她对自己说，“这也是我的家。”这个念头在她心头响起，犹如铃铛一般。

她在孤儿院停了下来。狗汪汪地叫着，重重地摆动着尾巴。乌鸦们比以往任何时候都更敢靠近房子。哈罗德径直走到窗边，屋子里很黑，但窗户开着。哈罗德把头探了进去，在那里待了很长时间，咯咯咕咕叫着。“多么棒的孩子”大怪物在外面低声说，她的手在大门上抬起又放下。

他们在夜色最深的时候来到了中心广场。月亮已经落下，星星如此明亮，看着它们会让人心痛。垃圾丢在石板上，堆在角落里。大怪物抬起头，离黎明还有几个小时，她还有时间，于是她开始捡起垃圾并将其放入手推车中。她想她可以把这些垃圾放进壁炉里烧了，让房子暖和起来。

她的目光望向了广场尽头的那栋大楼。大楼前面有一个大月台，上面立着一块很大的牌子。大怪物歪了歪头。牌子是鲜红色的，上面写着白色大字。这是一块有意义的牌子，这块牌子在呐喊，而不是说话。这是一块让人无法移开目光的牌子。这是一个意味着麻烦的牌子。

“呱——”她对乌鸦说，“好大的牌子啊，我想知道上面写了什么。”

“呱——”哈罗德绝望地说。“那无所谓，你在这里不安全。”

“别傻了，”大怪物说，“这是我的家，当然是安全的。”

“呱——”他恳求道，“孩子们很清楚。他们怎么会错呢？”

“安静点”，其他乌鸦告诫道，“别惹恼大怪物。”

因此，哈罗德变得很安静，在回家的路上他什么也没说。

当他们转身离开中心广场时，他没有回头看小镇。

他没有看到那间窗户昏暗的卖砖铺，里面有一个人拿着蜡烛在看着他们。

他没有看到那个男人出来目送着他们离开。他没有听到男人说：“等一下。”

第 35 章

石头谷

鞋匠的妻子醒来时,发现了一块惹人喜爱的面包和一大块奶酪放在她家门口。

"哦,"她说,"好善良的人啊。太太太亲切了。我就知道石头谷还有好人!我就知道这里还有可爱的地方,我不是一直都这么说吗?"奶酪旁边有一张小卡片,是一幅小画,画着一只狗,端坐着,狗的脑袋上有一只乌鸦。鞋匠的妻子不得不承认,这是一幅相当奇怪的小画,但有一种甜蜜的感觉,画得很可爱。她把它按在心口上,然后把卡片放在壁炉架上,旁边是她多年来收到的其他卡片。她坐在桌旁轻声哼着歌,切着面包和奶酪。她的丈夫需要营养,大怪物的事让他心烦意乱,几乎发狂了。他的眼睛疲惫不堪,脸颊几乎凹陷。

"再撑一天吧",她一边递给他一块三明治,一边对他说。他握住她的手,亲吻她的手指。

"谢谢你,我亲爱的老婆",他说着,感激地吃掉了三明治。

在小镇另一头,退休老师收到了装在糕点杯中的浆果奶油冻,每一个都带有枫糖,做成了蝴蝶的形状。

"哦,"她说,把脸抬向天空,"谢谢!"

铁匠收到一小盒坚果。虽然不多,但他的储藏室里什么也没有,所有的橱柜都空空如也时,这就成了他的孩子们的早餐。他什么也没说,只是用手捂住脸,生怕有人发现他在哭。

"谢谢!"他低声说道。

修理损坏设备的女士收到了一盘苹果馅饼。"谢谢,"她低声说,"谢谢,谢谢,谢谢!"

治安官收到了一块红薯蛋糕。她拿出一张纸，在上面写下谢谢，然后把它钉在门上，为了下次陌生人给她送东西时能看到。

药剂师收到鸟形饼干。她不忍心吃，因为它们太漂亮了。

“谢谢！”她一边说，一边惊叹着那双黄油般的翅膀。

那天早上镇长家门口也有一个馅饼，但他没时间停下来吃上一片。他确实停了一会儿，把馅饼凑到鼻子边，好好地闻了闻。梨配樱桃干，如果他没记错的话。还有蜂蜜和糖，美味！得等一会儿了。他胳膊下夹着一大卷纸。镇长豪宅的地下室有一个古老的印刷机和艺术工作室。早在他来到石头谷之前，甚至早在他成为镇长之前，就一直在那里了。

（多久？谁也说不清。除了我。但没有人问我。）

他又花了一晚上制作挂在中心广场周围的牌子。“不要再有大怪物！”一块牌子写着。“需要安全，大怪物离开！”另一块写着。“让我们的小镇变得可爱！”又一块上写着。每块牌子都有清晰的白色字母，而纸是红色的，就像火焰的中心。每块牌子都很好，他告诉自己。他是一位出色的镇长，世界一切都妥妥的。

第 36 章

安西娅的计划

卡斯一生中从未说过这么多话。首先，她向安西娅和巴图比解释了这件事。他们试了好几次才完全理解。“你之前为什么不告诉我们?”安西娅说。巴图比望向了安西娅，他是对的：安西娅的语气里有太多的责备。

卡斯耸耸肩。“这一切感觉就像一场梦。我不知道哪些部分是真实的，或者是否有任何真实的部分。”

“我们需要告诉院长和迈伦”，巴图比说，“他们会相信你的，我知道。

他们不会。

“你跟乌鸦说话了?”院长说，“不可能的，人不会说乌鸦语。”

“但我们会!”安西娅说，“我们很多人都会。阅览室里有几本关于乌鸦语的书。”

“我从没见过这样的书”，院长哼了一声。

“不过，这是真的，”巴图比说，“例如，如果我说‘呱——’，意思是‘很荣幸认识你’。”

迈伦看起来很怀疑。“你不能只说一个‘呱’字，就让它表达你想要的任何意思。”

“不是的，”安西娅说，“你刚才说的呱的意思是‘小心猫’。你看，这完全取决于语调。这个我们已经学得很好了，我保证!”

院长和迈伦交换了一下眼神，举起双手。“嗐，这些孩子!”院长惊呼道。

“我觉得你们每个人可能都有点过度疲劳了”，迈伦说道，试图安抚院长。

“不过，这是真的，”卡斯说，做了个鬼脸，“我在树林里迷了路，又冷又病。乌鸦找到了我，一直陪着我直到我睡着。后来，我在大怪物的家里——”

“大怪物!”院长的脸色变得苍白，“打消这个念头！小孩子不会随便闯入大怪物的地盘，他们被抓走很可能会被吃掉，大怪物非常危险！”

“我不这样认为，她不是这样的，”卡斯坚持说，“她照顾我，抱着我，摇晃着我。这是真的——我知道。然后她带我回家。我没有逃跑，也没有回头，我被抱着。你不好奇毯子是从哪里来的吗？”

院长和迈伦面面相觑。院长摇了摇头，她举起手，闭上眼睛。“不，”她说，“这是因为你发烧了，还受了外伤。你可能永远不知道到底发生了什么，也许这是最好的。被大怪物救了？多么荒谬的想法！”

院长让三个大孩子上床睡觉——没有“如果”和“但是”——因为她确定他们都发烧了。卡斯默默流泪，沮丧地攥起了拳头。巴图比试图进行哲学论证，喃喃自语，希望下一次对话会更有意义。

另一边，安西娅拿出她的账本开始做笔记。这个问题是有答案的，她只需要找到它。

那天晚上晚些时候，小不点们终于入睡后，安西娅与巴图比还有卡斯一起坐在地板上制定着计划。第二天是赶集日，这是个绝好的机会。

“我不确信，”巴图比说，“你为什么觉得会有人听我们的呢？”

安西娅愤怒地挥手打消了这种担忧。“你看到了那些人的样子。如果我们不能说服所有人，也许我们可以通知镇长。如果人们不听我们的话，那么也许会听他的，毕竟他有着镇上最响亮的声音。镇长是……很奇怪，但这个镇上的人如此糟糕并不是他的错。看看鞋匠的妻子做了多少好事，仅仅是因为她决定要行善，就带动了其他人一起。如果我们能说服镇长，也许他就能说服其他人。”

“我不信”，巴图比说，他的声音略微提高，脸有点红。

安西娅正要说些不该说的话，但随即她注意到卡斯用手指勾住了巴图比的胳膊。她向巴图比使眼色，明显让他保留意见。

巴图比盯着他妹妹，仔细地看着她。“你确定吗？”他说，“还记得上次吗？”他本能地抓住了安西娅和卡斯的手，将大家拉近了。“我不想让任何人再次受伤。”他的眼睛闪闪发亮，湿漉漉的。

卡斯点点头，她很确定。

费了一番工夫才说服院长和迈伦让他们去赶集。以防万一，他们说服了迪尔德雷和以利亚假装肚子痛。经过一番折腾和绞尽脑汁，事情终于解决了。安西娅、巴图比、卡斯陪迈伦一起穿过大门后，这才松了口气。当他们到达中心广场时，那种放松感消失了。他们停下来抬头看，广场上到处都是标语：

一个牌子上写着“我们没有地方接纳大怪物”。

肉店上写着“保护孩子，远离大怪物”。

市政厅墙上写着“让我们的小镇再次变得可爱”。

地上用粉笔字写着“下一个是谁的孩子？”

图书馆的乱石堆上写着“看到我们让大怪物进来的后果了吗？”

伫立在老喷泉中央的雕像上写着“它曾经是个可爱的小镇，但后来被大怪物占领了”。

一个又一个标语。

“这到底是怎么回事？”安西娅低声说。

“这很糟糕，安西娅，”巴图比叹了口气，他摇摇头，“我不确定你的计划是否可行。”

安西娅举起双手。“会有用的”，她说。好像说这是真的就会变成真的。

卡斯挽起袖子开始摆摊。他们的旁边立着一根废弃的灯柱。灯柱上面有一块牌子，写着“赶集日结束时集会，发表您的意见！”

卡斯一直等到没有人注意他们，她迅速地从柱子上一把取下牌子，迅速折好，塞进了后兜。她冷冷地点点头，然后继续布置摊位。

安西娅来回踱步，她抬头看了看讲台，没有人在那里。她看向通往镇长豪宅的道路，看到几个骑自行车的人，还有一个老人牵着一条更老的狗，但她没有看到镇长的踪迹。没关系，她告诉自己，还有时间。

她的目光掠向图书馆废墟，试图想象它原本的样子：宽大的门和窗户。乌鸦懒洋洋地躺在窗台上，倾听着喧嚣。为什么还是毁了？她问自己。他们为什么还不重建？为什么要放弃，什么都不做吗？这不合理。

屠夫从他的摊位那边走了过来，在迈伦面前停下。屠夫双臂交叉抱在肚子上向内压着，一副这让他很烦恼的样子。他的嘴角绷成了一条线，很不开心。“我很抱歉，迈伦，我为我前几天的冲动道歉。我应该更友善一些。对你的损失我感到抱歉。”

迈伦笑了。“哦，我的好先生，您误会了。没事，没有人走丢。我们曾经有一个孩子失踪了，但是你瞧，”他搂着卡斯，“她找到回家的路了！是不是很奇妙？一切都很好，谢谢您的关心！”

屠夫的手臂在他的小腹上压得更深，原本酸溜溜的脸色更黑了。“这可不是我听到的。那也不是我所看到的。据我所知，大怪物正在抓小孩。我们会阻止她，你等着吧。”他张大鼻孔，瞪着眼睛，像一头公牛。“我不知道你为什么要撒谎”，屠夫说。

迈伦双手缓缓抬起，将手掌摊在屠夫面前。他的语气平静温和，像在对危险动物说话。“没有人撒谎，我亲爱的朋友。我只想说，这就是失踪的孩子，这就是回来的孩子。我看得出来你很担心大怪物的所作所为。我也不知道她做了什么。但也许在浴缸中泡一个舒心放松的澡后你会感觉好些。要买肥皂吗？”

“哼！”屠夫愤怒地比画了几下，然后跺着脚走开了。他没有买肥皂。

迈伦和孩子们一动不动地站了很长时间。最后，安西娅说：“当人们拒绝相信可证实的事实时，真相又有什么用？”

“我不知道，亲爱的”，迈伦说。迈伦努力让自己的脸不带表情，但安西娅可以看出他眼中的担忧。她伸手握住他的手，轻轻捏了捏。

巴图比皱起眉头。“我们最喜欢的哲学家说愤怒是对恐惧的伪装。”当他们看着屠夫沿着一排摊位走过去，忽而又站住，皱着眉头大喊，向他遇到的人举手。“不知道那个男人到底在怕什么。”

卡斯清了清嗓子。她怒目圆睁。然后，她静静地嗫嚅道：“我想踢他。”若不是其他三人侧耳倾听，恐怕根本听不见这句话。

“我也是，卡斯，”巴图比说着，搂住了妹妹，“我也是。”

上午一晃而过，镇长还没有到。天太亮了，虽然风很大，很冷，但光线很灼人。巴图比大声赞美地吆喝他们的商品，卡斯负责收钱，而安西娅则一直

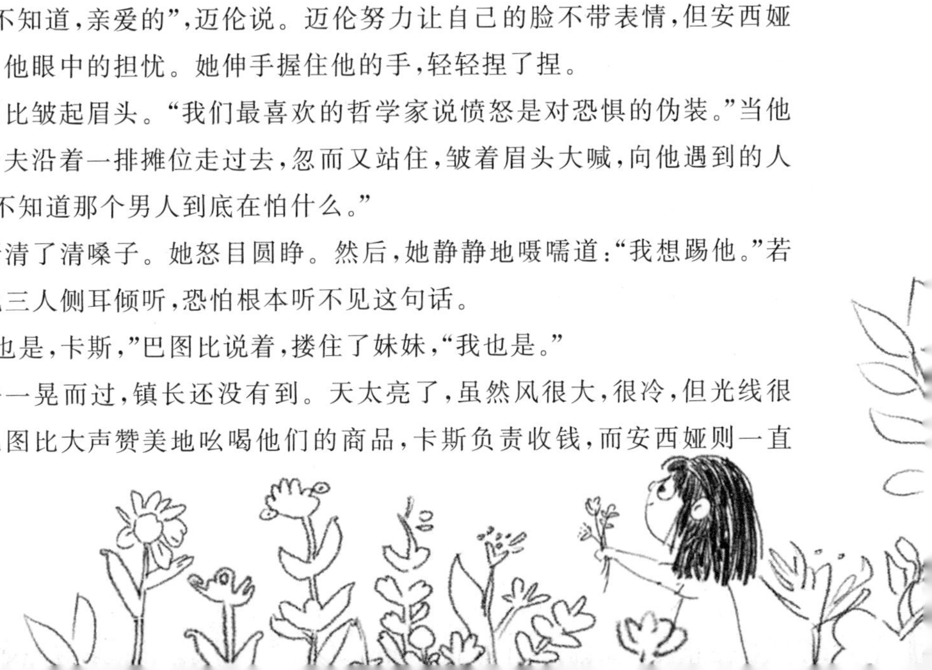

在为迈伦担心。迈伦脸色苍白，所以安西娅给他倒了些水；他咳嗽了，所以她给了他一些她用蜂蜜、香草和覆盆子制成的含片；迈伦看起来很冷的样子，安西娅坚持让他裹上他们带来的薄毯子；迈伦在强光下眯着眼睛，所以安西娅给他做了一把遮阳伞。她看到迈伦正将重心从一条腿转移到另一条腿上，并将拳头压在背上。

"迈伦，"安西娅说，突然明白迈伦生病了，"你需要找个东西坐着。"迈伦摆手让她去忙别的："不，亲爱的。我很好，我只是——"

"我马上回来！"安西娅抓起她的工具，跑过市场摊位，在刺眼的光线下眯着眼睛，穿过宽阔的中心广场。

在中心广场的中央，有一块没人注意的石头。多年来没有人注意到它，即使人们在它附近停下来或在旁边逗留，又或者把包放在上面，让肩膀休息一两分钟时，人们仍然没有真正注意过这块石头。毕竟，石头很单调，毫无特色，周围还散落着一堆旧木头。因为这里已经很乱了，所以人们没有注意到自己留下了一袋生锈的旧铰链，或是一根弯曲的金属棒，或是一张破桌子，或是一张古老课桌的碎片，或是很久以前推完最后一车货物的旧手推车。

随着时间的推移，垃圾堆越来越大，显得石头越来越小了。垃圾堆得太高了，安西娅走过去的时候，石头在阴凉处，这让人松了一口气。尽管在阴凉处，石头还是很暖和，就好像整个上午它都在阳光下一样。安西娅一只手放在石头上，然后再放上另一只手，惊叹于它宜人的热度。她想它一定已经被太阳晒了几个小时了。

（听着，事实并非如此。石头一直在阴凉处，而且一直是温热的。）

安西娅坐在石头上，观察着垃圾堆里有什么，评估着各种可能性。她开始在脑海中，设计她可能建造的东西，考虑着可用到的资源。地上散落着一些旧钉子——大部分是弯的，但也有一些是笔直的，这是良好第一印象。她双手压在温暖的石头上，上面块状的凹槽和缺口摸起来很舒服。她开始走神。如果她的手稍微往左移一点，她就会想起那个大怪物，再往左一点，她突然清晰地看到一幅画面：整个村子的大怪物都幸福地生活在一起，根本没有注意到附近潜伏着一条恶龙。

安西娅摇了摇头。她把手从石头上移开，脑海中的画面也消失了。“这是一件多么奇怪的事情啊”，她大声说。

她向后退了一步，看着自己的手，她的手碰到了什么东西。她一直在想些什么，但那是什么呢？她摇了摇头。“集中精神，安西娅!”她回过神来，开始做凳子。

她拿出了一些零碎的木头，还有一些不匹配但能用的支架。用一张旧桌板做成光滑的座位面板，她找了四块相当匀称结实的木材做凳腿。她靠在石头上，手掌平放在温暖的石头表面上，把支架装到替代座位面板上，准备好锤子。

她发现自己在幻想着一条龙，这条龙欺骗了一个大怪物村庄。龙穿着带金扣的鞋子，披着漂亮的斗篷，长着一张大怪物的脸，说话时带着灿烂的微笑。这个景象使她大吃一惊。她把手挪开，揉了揉脸，心想自己昨晚一定没睡好。她究竟为什么会这样神游呢？还有，龙怎么会长着大怪物的脸？几乎就在一瞬间，这个画面开始从她的脑海中消失。

发生了什么？她想，哦，想起来了，是凳子。她一直在想那张凳子。她重新调整坐面，测试凳子的稳定性。她把背靠在石头上，想起了那些有金扣的鞋，也可能是靴子。她在想，如果一条龙能长出大怪物的脸，它会不会也长出别的脸呢？然后，她在脑海中看到一条龙剥下了一个人的皮囊，开始做龙会做的那些事情，比如猎捕小动物，沿着庄严古老建筑的一侧爬行，松开它那又宽又亮的下颚，在宁静的夜晚释放出地狱般的火焰。

安西娅叫喊起来，她向后跳了跳，瑟瑟发抖。她的皮肤起了鸡皮疙瘩。自己在想什么呢？她不记得了。挤进她脑袋里的念头像烟雾一般消失了。她左右打量着广场，没有人来过这一片，垃圾太多了，人们已经忘记了它的存在。

她离开了石头，摇了摇头，以排除干扰。她今天怎么这么迷糊？她要把凳子带给迈伦。她走了，心里有一种挥之不去的不安感，觉得自己忘记了什么重要的东西。这个想法在她耳边嗡嗡作响，就像一只顽固的蚊子，挥之不去。

“我给你做了这个，”她回到摊位时说，“因为你背疼。”

迈伦拍了拍手：“哇，我的安西娅，多么聪明啊！但你究竟是从哪里找到这些材料的呢？”

安西娅皱起了眉头。她回头看了看，有什么东西在困扰着她，但她又说不清到底是什么。这是一个令人烦恼的问题，她试图忽略它。她回头看着迈伦。“哦，你知道，”她含糊地说，“在石头谷里总有一些被丢弃的废弃物。”

“的确。”迈伦点点头。

剩下的时间里，巴图比在招呼顾客，卡斯看管着钱盒，安西娅善意地提醒人们肥皂的正确使用方法，嗯，这种事经常发生。安西娅的眼睛一直盯着讲台，等待镇长的到来。她会告诉镇长真相，之后镇长会告诉其他人，然后事情就会好起来。安西娅对此很有把握。

“买肥皂啰！”巴图比喊道，“超级好用的肥皂！”

“还有接骨木花糖浆、覆盆子甜酒和果酱！”迈伦补充道。卡斯数了数钱，气哼哼地看着企图诓骗他们的人。

午后阳光刺眼。人们用手遮着眼睛，想要稍稍松一口气。他们眯着眼睛凝视着，视野越来越窄。安西娅用手捂住眼睛，这太晃眼了，让人难以思考。当她坐在垃圾堆旁边时，她的思绪开始游荡，游荡到奇怪的地方。

市政厅的钟声响起。镇长来了。

安西娅环顾四周。城里的人涌入中心广场。有些人带着自制的标语。一个个脸上都挂着愁容。“我想是时候走了”，迈伦说。于是他开始把未售出的商品装进箱子里。

镇长双手高高举过头顶。他的头发和笑容在阳光下闪闪发光，像火炬一样照耀着人群。“马上回来！”安西娅说着，迈伦还没来得及说什么，她就一个人小跑着从人群中穿了过去。

安西娅在人群的肘部、靴子和木牌的海洋中低头躲闪着穿行。有人高呼“不要再有大怪物”，而其他人则高呼“夺回我们的小镇”，声音越来越大。

镇长笑了。他一次又一次地向上举起双手，好像在鼓励人们提高嗓音。这个手势似乎奏效了，一些人举起了拳头。安西娅看到他们的嘴巴嘎巴作响，看到他们的眼睛开始放光。

当然，事实很重要。他们不知道吗？安西娅挤到前面。镇长站在她面前，他每走一步，讲台的木板就发出嘎吱嘎吱的颤抖声。镇长仰着脸迎着太阳，微微一笑，好似在享受这缕光线。他的头发闪闪发亮，皮肤闪闪发亮，就连他的眼睛似乎也在发光。他令人眼花缭乱。他那夸张的大衣在阳光下光彩熠熠，靴子上的金扣闪着光芒，刺得人眼睛疼。

金扣！安西娅发现自己在回想一段记忆，于是她摇摇头，好让自己清醒过来。

“镇长先生”，她喊道。

他没有听到她的话。“我亲爱的镇民们，”他对聚集的人群说，他的声音奇怪地放大了，“我很高兴看到你们这么多人来，不过我期待有更多人来，或许如果你们都能大声呼喊，那么更多的石头谷人都会来关注我——我的意思是，他们会关注这个严肃的事情。提高你们的声音吧，我的朋友们。”

“镇长先生！”安西娅喊道。她敲了敲讲台，挥了挥手。镇长没有低头看。“管住你的手！”右边的一个女人说道。

“现在的孩子没有礼貌。难怪大怪物要抓他们。笨蛋喜欢笨蛋。这是逻辑，就是这样。大怪物太没品位了！”

安西娅无视这一切。“镇长先生！”她朝镇长大喊道。

镇长皱着眉，扫视了一眼人群。安西娅敲了敲他脚边的木板，但他过了好一会儿才想到低头。他疑惑地看了安西娅一眼。“你是个孩子吗？”他温和地问道。

安西娅脸色煞白。这不是她期待的问题。“是的？”她说。

“啊”，镇长说，脸上露出宽宏大量的笑容。他夸张地张开双臂，大衣的布料在阳光下翩翩飞舞。“我以前见过孩子。这是我作为镇长的众多特质之一。”

安西娅旁边的一位女士惊呆了。当不远处拥挤的成年人中爆发出热烈的掌声时，安西娅转过身，怒目而视。“停止鼓掌！”她命令道，“你们怎么了？你们谁没见过小孩子啊！”

但是镇长没有在听，附近的人也没有在听。

“我想听到更多的欢呼声，我的好邻居！”镇长说道，人们高呼。

“不要再有大怪物！”众人连连说道。

安西娅敲打着木板。镇长左右看了看，再次缓缓垂下视线，看到了安西娅，微微一笑，露出了惊讶的表情。“哦，”他说，“你是孩子吗？”

“是的，”安西娅酸溜溜地说，“我们已经讨论过了，现在你需要听我说。”

“我以前见过孩子！”镇长很兴奋地说道。

“不要再有大怪物！”众人连连说道。他们靠近安西娅，他们身上有灰尘、工作和汗水的味道。镇长抬头欣赏着人群，灿烂地笑了笑。他自言自语，但安西娅听不见。从他的嘴形看，他好像在说，我的，我的，我的，但这没有任何意义。这一切都不合逻辑。她真想把头发连根拔起。

安西娅敲着木板。镇长略带惊讶地低下头。“你得听我说，”安西娅喊道，她的声音已经开始沙哑，“大怪物不会偷孩子。大家都搞错了。孤儿院的一个小孩跑了出去，在树林里迷了路。大怪物找到了她，并把她带回家了。”

镇长的脸色变得宽容。“小孩子们犯错非常有趣”，他说。

“我没有弄错，”安西娅尽可能大声地说，“你需要告诉所有人。人们被激怒时就会做傻事。就会相信虚假的事情，就会做些蠢事。他们会犯错误，然后后悔！有人可能会受伤。任由谣言传播是不合逻辑的！”

镇长看着人群。“这是谁的孩子？”他的声音传得很远，似乎震动了广场上的建筑物和石板。他在阳光下闪闪发光，金靴扣亮得让人无法直视。

安西娅遮住眼睛。“还有一件事！”她说，“大怪物一直在给孤儿院送食物。可能还送给其他人家。她多年来一直在这样做，这是乌鸦告诉我的！”

“傻孩子，”镇长说，“乌鸦不会说话。”他望向聚集的人群。“这不是给孩子待的地方”，镇长大声说道。人们崇敬地仰望他，很高兴有一位如此有领导力的镇长。“谁是她的监护人？请立即将她带走。”镇长说。

安西娅绝望地转向身边的大人们。“你们没明白！”她对右边的女人说。“请听我说”，她恳求身后的人。“大怪物没有带走任何人。”她对左边的男人说：“大怪物把我们的妹妹送回家了。”

镇长没有低头。“带走她”，他挥挥手说，把金色的头发向后抚平，人群沸腾了。

立刻，一个男人一把抱起安西娅的腰。“嘘，孩子，”鞋匠说，“你一直在大吵大闹。这不是小孩子待的地方，我们去个安全的地方好吗？”

安西娅拼命地念叨着。“先生，”她说，“您必须明白。大家都搞错了。大怪物很善良。她帮助孤儿院。当镇上没有其他人愿意帮助我们时，只有她一直在帮助我们。没有她，我们就活不下去了。她把卡斯带回了家。您必须听听。”

人群高声呐喊。镇长要求更多的欢呼声，每次都得以回应。

鞋匠把安西娅放在迈伦旁边。鞋匠长着一张和善的脸，安西娅知道他是好人，但他没有看安西娅、巴图比或卡斯。他只看着迈伦。“你现在需要带这些孩子离开这里”，鞋匠说。

“先生，”巴图比说，“你需要让镇长明白安西娅在说什么。”

“我完全同意，”迈伦对鞋匠说，“我从未见过人们如此激动。”

“卡斯跑了”，安西娅说，“大怪物把她带回来了。”

“你需要我帮忙拿东西吗？”鞋匠对迈伦说。

巴图比泪流满面。“善良是存在的！你看不到吗？这事引发了更多的善意！看看最近几天在孤儿院发生的事情。你怎么还不明白？”

“不对，不对，”迈伦告诉鞋匠，“我们都很好。我认为这里需要领导力。冷静的头脑必须占上风。”迈伦试图抬起一个箱子，但他的脸因疼痛而扭曲。

卡斯抢先一步抓住了箱子。她走到迈伦和鞋匠之间，试图让自己看起来更高一些。“这是我的错”，她说。她的声音洪亮而清晰，如同钟鸣一般。

鞋匠似乎动摇了一点。他是个大高个，比迈伦和卡斯高很多。他跪在地上，看着卡斯的眼睛。“不，亲爱的，永远不要那样说，”他把他的大手放在她的肩膀上，“这不是任何人的错。你在这里看到的是压抑多年的忧虑、沮丧和痛苦。回家好好吃饭，早点睡觉，不要为这一切责备自己。”说着，他站起身来，大步走向人群。

过了一会儿，他停顿了一下，回头喊道：“总之，这里唯一的罪魁祸首就是

那个大怪物。她不该来这里的。”然后他消失在喧嚣中。

回孤儿院的路并不算长，但安西娅却觉得好像走了一千年。

理性的解释怎么可以被推翻？

事实怎么可能没有意义呢？

她每迈出一步，空荡荡的街道上都回荡着脚步声，像是在说，你失败了，你失败了，你失败了……

第 *37* 章

哼

夕阳西下，大怪物打开门，面向五彩缤纷的天空。

“你好，我的朋友们！”她对乌鸦们说。

“你好，亲爱的！”她对羊说。

她的冷却架上堆满了烘焙食品：心形酥皮的馅饼，加了甜蜂蜜的面包，蛋黄馅的泡芙，坚果饼干，坚果馅派，水果馅派，还有用羊奶布丁和蜂蜜玫瑰花瓣做成的派。

她喂了羊，给花园浇了水，篮子里装满从树上摘下来的苹果。“呱——”乌鸦警告道，“有点不对劲！”

“呱——”他们说，“我们今晚别去石头谷了。”

哈罗德什么也没说。他知道无论如何她也不会听他的。相反，他走到大怪物身边，坐在她的肩膀上。

“怎么了，哈罗德？”她说着，把脸颊贴近他闪亮的羽毛上，“你能来真是太好了。你有什么事要告诉我吗？”

哈罗德知道其他乌鸦不想他吓到亲爱的大怪物。他知道他们认为这一切都是由他编造的。而现在，即使他们也能感觉到有些不对劲，他也知道，如果他现在说出来，他们是不会喜欢的。于是，他说“呱——”，意思是“没什么烦恼难过的，我只想让你知道我爱你”。

大怪物笑了。“哎呀，哈罗德，”她说，“我当然也爱你！”她深情地轻拍了一下他的头。“来吧，我的伙伴。让我们看看森林给我们带来了什么。”她朝大路走去，羊跟在她后面，乌鸦冲在前面。

她看见一群穿着满是灰尘的工作服和笨重靴子的男男女女向她走来。这很不寻常，石头谷的大多数人在日落之前都在室内，而且她从来没见过人

们结伴出行。她向人群挥手微笑。

那群人的脸色本来就很难看，现在更变得像从拳头扔出来的锋利石头一样。“哼”，一个男人说，并举起一块牌子。

“什么？”大怪物说。

“哼”，一个女人说。她也有一块大怪物看不懂的牌子。

“晚上好。”大怪物说。

另一组人从左边走过来，这么多人聚集在一个地方。大怪物突然感到有些头晕。

“怎么啦？”一个女人说，“你看不懂这个牌子吗？”她把牌子举过头顶。大怪物向后退了一步。羊群围着她，那些羊有一部分是野生的，它们的角向前倾斜，确保每个人都能看到它们有多锋利。“咩”，羊说。没有人知道是什么意思。

“呱——”乌鸦叫道，意思是“我们马上离开这里。”“呱——”哈罗德低声说。“未来还会有更多这样的事情发生，得做好准备。”

大怪物看着刚才说话的女人。她穿着素色的羊毛裤和高筒靴，还有一件对她来说太大的皮质工作服，女人的头发用一条黑头巾扎在脑后，她怒视着大怪物。

“对不起，我不懂。”大怪物说，不知道还能说什么，“我根本看不懂那个牌子。”

“别跟她说话”，一个脸皱成一团的男人说。“没人准你留在这里。”

乌鸦落在灌木丛和附近的树上，有的在头顶上方威胁地盘旋。羊露出犄角，狗低声咆哮。

“我很抱歉”，大怪物说。

“我们不希望你在这里”，一个男人喊道，举着一块牌子。

“你从哪里来就滚回哪里去”，一个女人说，举起拳头，往后退。

“可我住在这里，”大怪物说，感觉快要哭了，他们说的每一句话都像一记耳光打在她脸上，“我属于这里。”

“哼”，她身边的人说。“不要再有大怪物！”另一个说。

“可是……”大怪物说，努力喘着气，“可是为什么呢？”

“你永远不会属于这里。”一个男人吼道。他伸手捡起一块石头，仰起头，扔了出去，石头重重地落在大怪物的肩膀上。人类没有大怪物那么强大，石头无法像伤害人那样伤害她，但这仍然使她感到震惊。另一个人也扔了一块石头。还有另一个。

乌鸦们看不下去了。

“呱——”乌鸦们齐声喊道。这个词没有翻译。这是乌鸦语中最古老的词语。那是一种尖叫，一种呼喊，一种狂野而勇敢的呐喊。这是战争的呼唤，是正义的呼唤，是神圣之爱的呼唤。即使不会说乌鸦语的人也知道它的确切含义。路上的人看见乌鸦们扑腾着翅膀，鸟喙闪闪发光，还有迎面而来的无情利爪，人群立马开始尖叫着逃命。

大怪物在路上一动不动地站了很长时间，羊紧挨着她，狗也紧挨着她。乌鸦轻轻地落在附近的地上。哈罗德小心翼翼地从她的肩膀爬到她围裙上的口袋，偎依在她的胸口。

大怪物慢慢地跪了下来，用手捂住脸。她哭得那么厉害，在她面前形成了一个满是泪水的大水潭。她努力擦干了眼泪，以免她的泪水把整条路都冲走，那样大家就没有路走了。

大怪物抹去脸颊上的悲伤，看着乌鸦们，他们都立正站在地上看着她。他们一动也不动。羊也站着，没有动。只有狗动了，他嗅了嗅地面，朝大怪物走去。他躺下来，靠在她身上，把鼻子靠在她的膝盖上，发出一点点呜呜声。

乌鸦们什么也没说，他们太爱大怪物了。他们仔细察看道路，寻找危险的迹象。他们悄悄地决定，如果再发生这样的事情，他们就还击。

大怪物抬头看看乌鸦，似乎知道他们在想什么：“不，我的朋友们。乌鸦勇敢而高贵，但暴力并不是勇敢，报复也不是高尚的。”

乌鸦们表示抗议，但她还是举起了手。“我知道是他们挑起的，我不知道为什么。这不仅仅是愤怒——我见过愤怒。它更大，更锋利，更凶狠。愤怒的解药是温柔，不和的解药是和解。我比你们所有人都长寿，我可以告诉你们，这是唯一的办法。很长一段时间以来，我一直看到这个小镇的人们悄悄

地表现出善意和互助。我知道他们会比这更好，我会证明给他们看。我会让小镇的人们看到自己最好的样子。”

她站起来，把衣服弄平，朝家走去。她有满满一架子美食要送给镇上的人。她相信慷慨大方可以解决这一切。没人能阻止她。

回到那座歪歪扭扭的房子，大怪物停了一会儿，看了看天空。与乌鸦、羊、猫、狗或镇上的人相比，她是一个巨大的生物。她有一双大手、宽阔的额头和沉重的脚，但面对世界，面对宇宙的光芒，她仍然如此渺小。然而……

伟大的宇宙仍然喜欢微小的事物——她从骨子里就知道这一点。即使是一个小小的善良和慷慨的举动也很重要。

她推着装满礼物的手推车，在闪烁的星空下向石头谷走去。

第 *38* 章

够了

第二天早上，镇长收到了馅饼，鞋匠收到一块美味的奶酪，木匠收到了一盘黑莓松饼。屠夫收到了一篮子面包卷，他想这肯定会加重他的消化不良，所以他把它们扔进了垃圾桶。后来他想了又想，又把它们拿出来吃了，勉强承认很好吃。

的确，镇上的人都注意到，不知什么原因，今天早上所有东西都变多了。他们的礼物比平时更大、更甜、更美妙。退休老师对送来的苹果派、蛋挞和一盘奶酪卷饼感到惊奇。曾经的街道清洁工目不转睛地看着门前台阶上堆积如山的蛋糕。镇上的医生非常喜欢橡子面包——据她所知，橡子面包富含蛋白质和矿物质，对健康非常有益。全镇的人都得到了比平时更多的东西。

他们停下来惊叹。为什么会这么多呢？谁送来的呢？在他们停下来惊叹的时候，他们忘记了怀疑，忘了隐藏自己的好运。他们站在门廊上、台阶上、街道上，把礼物举在阳光下，闻着黄油、蜂蜜和融化的面包香味。

然后他们注意到彼此都很惊讶。“你也收到了吗？”医生问扫街工人。“不是只有我收到吗？”以前的看门人对过去点灯的女士说。

“但是是谁？这是谁做的？”药剂师问。

“不是我”，铁匠说。

“也不是我”，鞋匠说，嘴里塞满了东西。

鞋匠的妻子恼怒地耸了耸肩。“笨蛋！谁干的并不重要”，她对愿意听她说话的人说。“重要的是它发生了。重要的是，这种善良和慷慨的行为可以由任何人来做。任何人都可以！这个世界充满了美好，我们的回应不应该是沉默和怀疑，你有责任心怀感激！因此，你有责任做好事，做好人，行善事。这就是收获。”然后，她果断地点了点头，急急忙忙地往返于孤儿院，斥责那些

没有和她一起来帮忙的人。

安西娅、巴图比、卡斯和迈伦在外面，采摘完最后的西红柿，翻了翻土，把花园的一部分盖住，这时他们听到一群人从街上走过，就在墙的另一边，有些人说话含糊不清，欢呼雀跃。

“你真该看看她被石头击中的脸，”一个男人咆哮道，“她哭得像个婴儿。哇！哇！”

迈伦的脸皱了起来，眼神变得冷酷。孩子们停下手头的活听着。另一个人笑到咳嗽。“嗯，个头越大，摔得越重。就像森林里的一棵树！我想看看当时的情况。”

“你能相信这么大的怪物没有一点战斗力吗？”一个女人嘲笑道，“她就像一只大熊，站在一只更大的熊的肩膀上。她可能很大，但她很软弱。”

“你知道的，”另一个说，“那座房子就是个火药桶。一根火柴，噗！”

“她活该。血腥的大怪物。这是我们的小镇。她可以走了。”

“我在包里放了一些石头，以防万一。”

“我总是带着我的打火石和钢棒，机会不等人，”那人打了个嗝，“不等人。”他们笑着叫着，跌跌撞撞地走开，他们的声音在远处的建筑物上回响。

安西娅转向迈伦，她双臂交叉。“得有人去给大怪物提个醒，”她说，“她没做错什么。”

“你根本不知道自己在说什么，”迈伦说，“你只是个孩子。”

“大怪物在森林里发现了卡斯，把她带回了家。”巴图比说，“她是给我们送蔬菜的人。你还不明白吗？我们应该感激她。”

“卡斯神志不清，不知道自己到底看到了什么，”迈伦说，“更别提乌鸦了，你们这些孩子不会说乌鸦语！”

“阅览室里有一整区是讲乌鸦语的。”安西娅吼道。“迈伦，你怎么了？你怎么能什么都不做呢？你应该是最好的那个人！”

迈伦跪在潮湿的草地上，他握住安西娅的手：“你还不明白吗？”这不是一个友善的小镇。他们总是会做坏事。你太年轻了，你还没见过我所见过的，我们不能掺和进去。你听到那些人说的话了吗？想象一下，他们是这样谈论孤儿院的，我们会有太多的损失。我们所能做的就是锁好大门，保证自己的安全，用我们所拥有的一切去爱彼此。大怪物比我们大，比我们强，她能照顾好自己。”

“可是，迈伦”，巴图比开口说道。

“这个世界上有些生物能做出可怕的事情，甚至是不能说的事，”迈伦说着，强撑着站了起来，膝盖骨发出咯吱咯吱的声音，“你不可能知道。”迈伦的脸色变得阴沉起来，他把目光移开，不自觉地揉着手上和胳膊上的伤疤。“把这烂摊子收拾干净。我必须进去了。”他头也不回地匆匆走了进去。

风吹过树木，树叶刚刚开始换上新的颜色，空气中透着一股刺骨的寒意。

安西娅转向卡斯和巴图比：“我们得走了，我们得去警告大怪物。如果可以的话，今晚就去。”

那天晚上，石头谷里的人吃完晚饭，洗完盘子后，有些人把目光转向了大怪物那座歪歪扭扭的房子。

人们抱怨说，这里曾经是一个可爱的小镇。

但后来大怪物来了，他们愤怒地说。

她以为自己是谁？

风吹动梧桐树枝。即使在镇中心，人们也能听到那些树在微风中吱吱作响。即使在家里，他们也能听到乌鸦开始发出地狱般的叫声。有这么多乌鸦，一个人怎么能听到自己在想什么呢？有大怪物在身边，一个人怎么能有安全感？总得有人做点什么。

天色渐暗，石头谷里有几户人听到了敲门声。有人从锁眼里偷看，看到屠夫站在那里。“我们的小镇还有昔日的影子，”屠夫告诉他们，“我们心爱的建筑物成了废墟堆在地上，大火的烟雾仍在空中。看看我们变成了什么样子！你们还记得火灾之前的街道吗？你们还记得天坑出现前的公园吗？你们还记得我们美丽的图书馆吗？有人要为此负责，你们很清楚是谁。你不觉得是时候为自己挺身而出了吗？”

人们一个接一个地从家里出来。他们一个接一个地聚集在街上。“我们走吧”，屠夫说。

白天的最后一丝余晖斜穿过桑树，在花园里投下斑驳的光影。乌鸦在窝里打盹，沉浸在睡梦中。在屋里，大怪物从烤箱里拿出六个馅饼，放在面包和蜂蜜坚果面包旁的架子上冷却。她已经把蛋糕装饰好了，但还有最后一道工序，要做几十个饼干，在每个饼干上画一个镇民的笑脸，精心地涂上了糖霜，再用磨碎的花瓣上色。这是她迄今为止做的最丰盛的烘焙，一大堆令人愉悦、舒适的营养美食。这是小镇最需要的，有人关心他们，有人与他们分享，这样他们才能记起自己到底是谁。

她没有听到路上的脚步声，她没有看到人们沿着水沟和车辙爬行，避开了熟睡的乌鸦。

大怪物刚把治安官的脸画好，就有一块石头从窗户飞了进来，碎玻璃砸在馅饼上。当她转身时，狗把尾巴夹在两腿之间，躲在她的大靴子后面。

她跑到门口。有几个人影走近，在夕阳的映衬下露出轮廓。她眯起眼睛，退到阴凉处。她看不清有多少人。“你好？”她说。

一个鸡蛋砸在她敞开的门上，另一个击中了她的围裙。

六块石头砸在她站的地方旁边的墙上。

乌鸦成群地飞了起来。“呱——”他们尖声叫道。他们的意思是“危险”。

大怪物举起双手。“你们都退下。这肯定是个误会。”夕阳发出耀眼的光芒。她闭上眼。很难看清楚。“对不起？”她喊道。她笑得很开心，那只大手不由自主地捋了捋她草一样的头发。“你好！我想我们还没见过面。请进来吧。我有很多东西要分享。毕竟，我们付出的越多，我们——哦，请不要伤害我的植物！”

五个男人站在她的花园里，用脚踩南瓜，把植物连根拔起。他们毁了西红柿和豆子。他们打碎了甜瓜。

乌鸦在尖叫，狗在咆哮，皮毛都竖了起来。

大怪物站在走廊的阴凉处，不敢动。她眯着眼睛看得更清楚了。“求你们了，”她喊道，“我不明白，你们为什么要这么做？我们是邻居！”

“不，我们不是”，一名男子说。

“没人叫你来这里”，第二个人补充道，又扔了一块石头。

有人往潜望镜的顶部扔了一根绳子，把它从屋顶上拉了下来。有人在桑树间挂了一面旗帜，上面写着“大怪物，回家去吧”，但大怪物看不懂。

乌鸦们不愿再等一秒钟。他们飞起来，在头顶上方形成一大片乌云。“呱——”他们尖叫起来，“我们的人比你们多！”

人们开始散开。

“呱——”乌鸦一边叫，一边扑向人们的脸，他们的胳膊、背部、脖子。“我们不会仁慈的！”

“我们离开这吧！”一名男子护着眼睛喊道。

“他们叫‘杀人犯’是有原因的！”另一个人回答道，人们急忙往大路上跑去。乌鸦咬住人的脸颊、手臂和屁股，流出了血。“永远不要回来！”

屠夫从人群中溜走。他摇着灯笼，绕过被毁坏的花园的另一端，向谷仓冲去。

“不要伤害我的羊！”大怪物叫道。她跑进夕阳的余晖中，不顾皮肤上灼烧的感觉，狗紧跟在她后面。“请不要伤害我的羊！”

屠夫右臂挥出一条大弧线，灯笼从开着的窗户飞了进去，落在一堆干草上，立刻燃烧了起来。火焰包围了柱子，蔓延到墙上，窜到屋顶。

大怪物跑过院子，奔向起火的屋子。“里面还有小羊，”她喊道，“还有两只昨天刚生完孩子的母羊！你怎么能这样？”当她冲进烟雾中时，泪水顺着她那坚硬的脸颊流了下来。

屠夫脸色苍白。“小羊？”他喘着气说。

没有别的选择。他跟着她跑进了谷仓，大火咆哮着，羊尖叫起来。烟呛进了他的眼睛和嘴巴，使他的视线模糊，简直要窒息。他踉踉跄跄地走向围栏，用胳膊捂着脸，打开大门，抓住四只小羊，哄着它们的妈妈跟着他到了安全的地方。大怪物一次能聚集五六只成年羊。很快，所有的羊都找到了，安全了。屠夫跪了下来，检查每只羊的眼睛和牙龈，听他们的肺音，确保他们没有受伤。

大怪物倒在屠夫旁边的地上，看着大火吞噬着她建造的谷仓。火焰明亮而愤怒，看着这些真让人难受。屠夫把一只小羊抱在怀里，抚摸着它的头，像

哄婴儿一样哄它。太阳落山了，影子越来越长。大怪物转过身来，看着屠夫，他的个头还不到她的一半。他抬起脸，回头看了看她，然后又低头看了看怀里的小羊。他耸了耸肩。

“谢谢你，”大怪物说，“谢谢你救了他们，即使……”在那之后没什么可说的了。她把目光转向燃烧的谷仓。

小羊心满意足地躺在屠夫的怀里，开始打起鼾来。“我和羊一起长大，”他说，“我小时候养过一只小羊当宠物。我不忍心伤害它们。我不会在我的店里碰它们。羊是一种不可能伤害其它动物的动物。”他看了看谷仓。“火灾的事很抱歉。”屠夫看着大怪物，皱起了眉头。“我以为……”他开始说，然后把话咽了下去。

谷仓里，阁楼倒塌了，没有办法挽救这个建筑。屠夫看着他们身后被毁的花园，他把小羊抱得更紧一些。“我还以为你不能走到阳光下呢，”他说，“我原以为……你知道的。”

“杀了我？”大怪物说。她的声音里有一种无奈。屠夫低着头，揉着后颈。大怪物坚硬的嘴唇紧紧地抿在一起。“阳光的影响不大。”她目不转睛地盯着谷仓，搂着几只羊。“它会让我们起疹子，有时还会轻微烧伤，是会伤到我的。但一想到要失去我的羊我更痛苦。”她把脸歪向一边，这样他就看不见她在哭了。

羊群紧贴着大怪物，温柔地把脸靠在她的手臂和躯干上。屠夫怀里的小羊已经睡得很熟了，感到温暖、柔软、安全。屠夫清了清喉咙。“嗯”，他说。他把小羊放下，二话没说就转身走开了。

乌鸦们目送他离去，让他安然无恙地离开了。毕竟，他帮助拯救了小羊。乌鸦们聚集在羊背上、心爱的大怪物的肩膀和手上，紧紧地站在她身边。

大火熊熊燃烧，他们一起待在那里，看着谷仓被烧毁。

安西娅、巴图比和卡斯半夜刚过就从床上爬了起来，他们一起蹑手蹑脚地走下楼梯。他们走到院长的书桌前，放钥匙的抽屉是空的。但他们注意到通往院长和迈伦房间的门是开着的，他们俩都不在床上。

“到底是怎么回事？”巴图比说。

他们踮着脚尖走到前门，院长和迈伦睡在堵住出口的小床上。他们手里都拿着钥匙。迈伦在他的枕头旁边放了一个小牌子，上面写着“不错的尝试”。

在肉铺里，几个镇上的人正在清洗、包扎伤口。屠夫来得比其他人晚了一点，他没有解释原因。

乌鸦咬的伤口很深，需要缝合。没有人失去眼睛真是个奇迹。人们知道乌鸦是邪恶的，但他们不知道乌鸦有这么可怕。他们的衣服、头发和皮肤都散发着谷仓起火的烟味。他们想，如果运气好的话，房子也会被烧毁，那样大怪物就无处可去了。

“这足以让她离开吗？”一个人问道。

“够了”，屠夫说。

第 39 章

后果

大怪物跪在地上，默默地张大嘴巴看着眼前的恐怖景象。

他们待在一起——大怪物、乌鸦、羊和狗，直到太阳升起。大怪物一直待在那里，尽管她的手臂上冒出了疹子，脸颊被烧得通红也一直在忍耐，但最终她还是站了起来，走了进去。动物们听到她沉重的脚步声小心翼翼地穿过碎玻璃，他们听见她瘫倒在椅子上，他们听到她发出了一种声音——一种低沉的、带有喉音的、孤独的声音，这是他们听到过的最悲伤的声音。

你听过大怪物的哭声吗？

我希望你永远不会听到，这可能会让你心碎很久。

乌鸦在窗台上和屋顶上待了一整天。他们聚集在前门附近的树枝上，他们把翅膀紧贴在墙上。羊群把歪歪扭扭的房子围成一圈，脸朝里排列整齐。狗坐在前门边嚎叫。

他们一直等到夜幕降临。但即使这样，大怪物也没有出来。

那天晚上，星星重新出现在天空中，大怪物没有进入森林。她没有采集浆果、坚果或蘑菇；她没有看她的花园；她没有看冒烟的谷仓残骸；她没有烘焙；她没有去小镇；她没有给任何人留下一点礼物。她把架子和桌子上的所有东西都扔进了肥料堆里，整晚她都没出家门。

也许第二天、第三天也不会出来。

乌鸦们担心她再也不会出来了。

镇长心里唱着歌走到前门，集会进行得非常顺利。一天又一天。事实证明，原来他在制作标牌方面很有天赋！谁会知道呢？他不知道自己私下里还擅长哪些复杂的工作。他穿过他的房子，穿过一堆又一堆的宝藏——哦，不用与人分享的宝藏是多么珍贵啊！毕竟，你藏的越多，你拥有的就越多！这是最好的魔法，他想。每一枚硬币，每一件珠宝，每一件有价值的小东西都聚集在他的脚边打转。地板在重压下发出嘎吱声。

他已经有一段时间没有脱下美丽的镇长皮囊在森林里游荡了……用他的真身，他那美丽的龙身。有好几个月了，也许是几年。对于一个如此优秀的镇长来说，时间到底是什么？

（听着，他上一次脱下皮囊补充了力量是在五年多以前。很明显，我知道这一点，如果他问我的话，我也会告诉他的。但他从来没有问过。）

有件事每隔一段时间——应该是每次新月——就要做一次，这似乎太麻烦了。不过，他的魔力确实在逐渐消失，很难说到底还剩多少，因为他没有剥下皮囊，他也不知道自己的龙身变得有多小。穿上皮囊就会被无情地吸走魔力、力量和身材。他需要像龙一样在天空下漫步，才能让自己恢复正常。他过去经常这样做，有时会点一两堆火，只是为了纪念过去的时光，提醒自己成为伟大、强大、危险的人是多么美好的感觉。他还喜欢躺在镇长府的那堆财宝上，与自己心爱的鳞片接触，享受着皮肤的光泽、金子的光泽和爪子里金币的叮当声。但是把皮囊取下来是很费功夫的，他是一条懒惰的龙。

“快了，”他又一次对自己说，“下个新月就取。不管什么时候。”

自从他上次在门前台阶上发现馅饼，已经有一个星期了——整整一个星期！这种不公平的情况使他很恼火。今天肯定会有馅饼！

“我的，”他满心欢喜地想，“我的，我的，我的。”他走到前门，打开了门，从他的皮肤到另一层皮肤，他从骨子里肯定，会有馅饼在等着他。

我的，我的，我的。

他打开了门。那里什么也没有。

“没有馅饼”，他惊讶地叫道，一阵突如其来的悲伤压扁了他。第一天感觉像是侥幸，第二天感觉像是反常。没有馅饼的一个星期是如此漫长，他受不了了。

镇长感到他的悲伤和绝望像波浪一样膨胀起来。他想这可能会让他完全崩溃。馅饼就像一个朋友，他唯一的朋友。现在他什么都没有了。

在路的尽头，治安官打开了门，希望有馅饼可以吃。毕竟已经过去一个

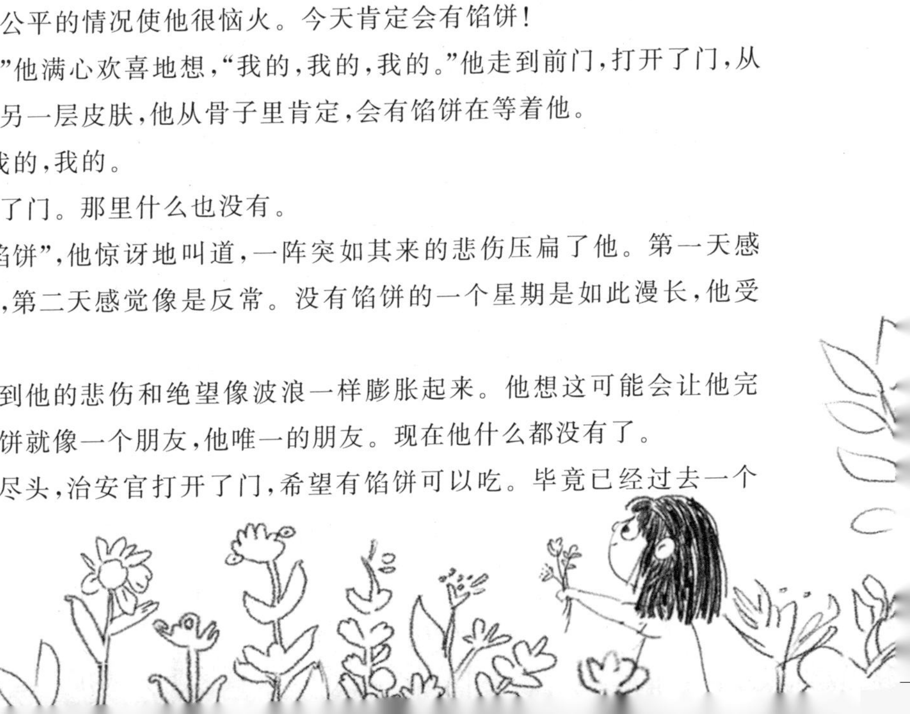

星期了。“没有馅饼”，治安官哀号道。

点灯人走到家门前，寻找面包。“没有面包”，她叫道。

扫马路的人急忙出去找饼干。“没有饼干”，他抽泣着说。

整个小镇的人都在呼喊。

“没有面包！”“没有面包卷！”

“没有羊角面包！”“没有布列塔尼酥！”

日子一天天过去，没有了这些慷慨善行，留下的空洞感觉更像一个深渊。在中心广场，铁匠拆下了“不要再有大怪物”的牌子。谁还在乎大怪物？铁匠想。

点心没了。

街道一片狼藉。学校停课了。

灯没亮，庄稼歉收。一切都已无关紧要。

在旧图书馆旁边的房子里，一个老头和老妇人打开了前门，发出很响的嘎吱声。他们向左右看了看，以确保没有危险。然后他们往下看。

没有箱子。

没有蔬菜。

没有给孩子们的东西。

“我们该怎么办呢？”老妇人说。

“希望我们能继续依靠这个小镇”，迈伦大胆地说。

院长嘲笑。“他们很快就会忘记我们，就像他们以前忘记我们一样。难道我们的资助人也把我们忘了吗？我们真的是孤独的吗？”

初秋的霜冻一天比一天深。院长和迈伦尽他们最大的努力把花园盖好，让植物继续生长，但他们知道，很快所有的植物都会停止生长。然后呢？

“一旦小镇抛下我们，我们怎么养活这些孩子？”他们互相问询，他们轻声低语，他们不想让孩子们听到。

但是孩子们坐在窗边，屏住呼吸。他们全都听到了。

第 40 章

绳索

十五个孤儿坐在宿舍里，垂头丧气。

“我以为他们肯定会听我们的”，巴图比说。

“我以为他们肯定会相信我们的。”安西娅说。

“孩子应该只看不说，但我不相信。”卡斯说，想找点事情做。她意识到，把事情大声说出来的感觉很开心。虽然并非总是如此，但有时是这样的。

“你知道去大怪物家的路吗？”以利亚突然问。“当然，”巴图比说，“我是说，理论上。”

沉默了很长时间。以利亚抿紧嘴唇。他眯起一只眼睛，好像在听什么。

“所以，”以利亚慢慢地说，“我们可以，你知道……去那里吧，和大怪物谈谈，我们所有人一起。”

“你是说溜出去？”安西娅说。他是在开玩笑吗？他似乎不是。“即使院长和迈伦盯上了我们？你不觉得我们会被抓住吗？”

以利亚耸耸肩。“我的意思是，也许吧，但故事里总有另一种方式，一扇秘密的门，或者另一条路线。”他皱起了眉头。“难道今晚院长和迈伦不会睡在门边吗？”

卡斯耸耸肩。“我对此表示怀疑”，她说。

几只猫在孤儿中间悄悄走动。那只叫菲利斯的小猫蜷缩在巴图比的腿上。

“阅览室里有这么多书……”幸运说道，“这些书中肯定有安眠药的配方。”

安西娅抱起双臂，摇了摇头。“我们绝不能给他们喝这种可能有毒的安眠药。”她摆出一副恼怒的表情，“我的意思是，他们已经成为我们的父母。如果他们出了什么事，我们该怎么办？”

伊基哭了起来："我不希望人们对大怪物那么刻薄。"

贾斯蒂娜也哭了起来："晚上偷偷在外面玩，听起来很有趣，如果我们不能这样做，我会很难过。"

巴图比摇了摇头。"这是行不通的。我是说，如果我们有绳子，那就不错了。他们从不锁宿舍的窗户。你知道院长想呼吸新鲜空气。"

海勒姆抓着拐杖站了起来。"哦！"他说，"我有绳子，等一下！"

他一转眼就走了，几分钟后带着绳子回来。绳子是用一块块织物手工编织而成的，编得很紧，有巴图比的上臂那么粗。

"你从哪儿弄来的？"安西娅问。

海勒姆耸耸肩。"我做的。卡斯走后。我想我应该出去找她。"

"一个人？"迪尔德雷告诫道。

"没有我吗？"贾斯蒂娜、伊基和凯伊质问道。

"你胆子真大！"伊基说。

海勒姆张开手掌，比了一个问号。"对不起？"他说。巴图比和迪尔德雷检查了绳子，似乎很牢固。

"你是怎么做到的？"安西娅说，"我的意思是，人们不知道如何制作绳子。""我在一本书里找到了说明，"海勒姆说，"在阅览室。但后来我不再需要它了，因为卡斯回家了。""那好吧，"安西娅说，"就用这根绳子。"

孤儿院的孩子们都很乖，他们努力工作，乐于助人，遵守规则。那天晚上，以利亚挤羊奶，迪尔德雷把鸡关在一起，巴图比和海勒姆、伊基一起打扫了厨房。安西娅给蹒跚学步的孩子们讲故事，卡斯哄孩子们睡觉，贾斯蒂娜抱着院长和迈伦，幸运和思恩唱着二重唱。

这是孤儿院里一个普通的夜晚，或者说基本平常的夜晚。

巴图比又给院长和迈伦倒了一杯洋甘菊茶。"这可以安神"，巴图比说。

安西娅让蹒跚学步的孩子们保持安静，卡斯则确保孩子们不会发出任何声音。双胞胎的歌声像夜莺一样甜美，他们的声音柔和而高亢。院长打了个哈欠，迈伦揉了揉眼睛。

"我想是时候睡觉了，亲爱的"，院长说着，走向门边的小床，瘫倒在上面。

“我也这么想。”安西娅说。

他们把婴儿和蹒跚学步的孩子哄上床睡觉。他们扫了地板，亲吻了迈伦和院长，道了句晚安，然后他们上了楼。

孤儿们没有穿睡衣。他们没洗脸，也没刷牙。

他们把窗户开到最大，让夜晚的空气进来。他们用毯子堵住了宿舍门周围的缝隙，防止风吹进屋子里。他们知道他们必须带上婴儿和幼儿。天气太冷了，不能把他们留在宿舍里。窗户开着，他们会哭，把院长和迈伦吵醒，然后每个人都会陷入困境。安西娅设计并缝制了安全的托架，把最小的孩子绑在最大的孩子身上。迪尔德雷把奥菲斯绑在自己身上，卡斯把纳内特绑在身上。巴图比带着莫德，安西娅带着莉莉。托架的带子可以交叉、打环、扣紧。小家伙们很安全。

幸运和思恩照着阅览室里打结书上的方法，在固定在墙上的晾衣架上打了一个复杂的结。他们把剩下的绳子扔出了窗外。孤儿们向外张望，大口呼吸。

“我希望这会有用”，巴图比说，他突然希望自己是在书中读到这些，而不是亲身经历。

“这很容易”，海勒姆说，毫不犹豫地把拐杖扔出窗外。他一手抓住绳子，开始像老鼠一样飞快地顺着外墙往下爬。

孤儿们目瞪口呆地看着他。

“你怎么知道要这么做的？”巴图比说。

海勒姆耸耸肩，“书上学的”，他说，好像这是显而易见的。

贾斯蒂娜接着下去，然后是安西娅，然后是以利亚，接着是卡斯。巴图比犹豫了，他看着门。“我只是想确保我们不会被抓住”，他说。

凯伊爬了下来，然后是幸运和思恩，然后是迪尔德雷，巴图比看了看莫德，她睡得正香。“好吧，”他说着，吻了吻她的头顶，“我们走吧！”然后他就消失在黑暗中。

海勒姆又做了一根绳子，放在鸡舍旁边的棚子里，还做了一个临时梯子，藏在茶树后面。

“你到底是怎么学会做这些东西的？”安西娅好奇。海勒姆又耸了耸肩：“我已经告诉过你了，书上学的。”

“那你为什么上阅读课那么不愉快？”安西娅喃喃自语，但她说得很小声，而且她很肯定海勒姆没听见。

海勒姆把梯子靠在墙上，爬了上去，用一只腿从一个横档跳到另一个横档，同时用手稳住自己。贾斯蒂娜扶着海勒姆的拐杖，在他爬到梯顶时把拐杖递了上去。海勒姆把绳子绑在金属棒上，把绳子扔到一边，然后把拐杖扔了出去，挥了挥手跳了过去。

“看到了吗？”他喊道，“很容易！”

安西娅不太确定，但她还是照做了。

最终，十五个孤儿都站在了墙的另一边。天还没有完全黑下来，附近有人，但不在他们的街区。驴的蹄声和自行车的铃铛声在街道上回响，尽管他们看不见驴或骑自行车的人。

“很容易迷路，”卡斯说，“让我们手拉手，团结在一起！”

他们就这样做了，似乎没有人注意到他们。其他路人的眼睛一直盯着地面，脸上带着忧虑的表情。

安西娅也低下了头。鹅卵石上散落着上周反对大怪物集会的破旧肮脏的传单。

孩子们挤成一团，互相牵着手。

“我真不敢相信我们出来了。”伊基说着，跳了一下。

“我们自己做到了”，贾斯蒂娜说，几乎无法抑制她的兴奋。

海勒姆轻蔑地说：“我们不是孤身一人，我们在一起——这是孤独的反义词。”

他们沿着大路往前走，经过中心广场，兜兜转转，起起伏伏，那里有更好的房子。最后，他们在一所房子前停了下来，房子里没有草，也没有植物，只有一个院子，里面有几座雕像。院子边上有一排猫，猫们注视着房子，它们的眼睛在渐弱的光线中闪烁。

“嗨，猫咪！”巴图比说着，把手伸了下去。猫不理他。猫望着房子，肚子里发出低沉的吼声。

“我们的猫不会那样做”，迪尔德雷说。

“那是因为我们的猫更好”，以利亚说。其中一只猫发出嘶嘶声，好像听明白了，以利亚立刻感到羞愧。“对不起”，他低声对猫说。

现在到处都是各种大小、各种颜色的牌子。镇长院子周围的篱笆上挂满了牌子，门廊上也有牌子装饰。有些挂在树上，在黑暗中慢慢旋转。离外围最近的牌子上布满污渍，那是猫随意在上面撒尿留下的。孩子们懒得读——反正都是胡说八道。

卡斯停下来指了指，“镇长”，她说，他们可以透过窗帘看到他在走动。

“来吧”，卡斯说，然后她跑到房子后面，从窗户往里偷看。安西娅和巴图比面面相觑。他们耸耸肩。

“嗯，”巴图比说，“趁现在，为什么不呢？”其他的孤儿也跟着卡斯去了。

孤儿们不仅用一根临时绳子从窗户爬了出去，而且很明显，他们是要非法侵入和偷看。好忙的一天啊！他们蹑手蹑脚地走到窗前，把脚撑在地上，往里看。

镇长坐在办公桌旁，椅子在他的重压下弯曲。金币堆在桌子上，堆在地板上，把沙发和椅子都盖住了。书架上没有书，只有金子。边桌上有金子，角落里有金子，壁炉里堆满了金子。硬币、珠宝、王冠和项链。房间里没有灯笼，也没有蜡烛——然而，房间里灯火通明，金子闪闪发光！镇长容光焕发，他让金币从指缝间流过，他在脸颊上擦了擦金子。听到硬币的叮当声，他闭上了眼睛，高兴地叹了口气。

孤儿们又溜回了阴影里，他们皱起了眉头。

“我还以为没有钱给孤儿院呢。”安西娅生气地说。

“我还以为镇上的人不慷慨，”巴图比说，“在我看来，他们非常慷慨。”

“我真想踢他一脚”，海勒姆说，贾斯蒂娜、伊基和凯伊都同意了。“我们可以吗？他问。“现在不行。”安西娅说。

“以后再说吧。”卡斯很平静地说，但并不是每个人都听见了。

“我们继续走吧”，巴图比说。

在月光和星光的照耀下，孩子们向小镇的边缘走去，那里的道路蜿蜒曲折，灌木丛纠结在一起，梧桐树沉重的树枝在风中吱吱作响。

他们跟着乌鸦的叫声，顺着烟味走。最终，他们找到了大怪物的家。

第 41 章

乌鸦发现孩子们很好

大怪物已经有一个多星期没离开过家了。每隔一段时间，乌鸦们就会听到她发出的声音——低沉悲伤的隆隆声——他们感到自己的心都要裂开了。有时，她哭起来的眼泪就像河水一样流出门外，滔滔不绝地翻滚着，直到毫无征兆地突然停止。

事实上，当大怪物悲伤得什么都感觉不到的时候，她却没有哭泣，这比哭泣更令人担忧。这时乌鸦们会轻轻地啄着房子的墙壁；羊儿们在咩咩叫；狗则会吠两声。

值得赞扬的是，哈罗德从来没说过"我早就说过会这样的"。他从不沾沾自喜。他简直担心得要发疯了。他坐在破窗户旁边的窗台上，小心翼翼地看着玻璃碎片，眼睛一直盯着伏在冰冷壁炉旁的大怪物的身影。哈罗德咕咕地叫着——在他小时候，他妈妈就为他发出同样的声音。然而，并没有什么作用。大怪物都没动一下。

门半开着。只有狗在屋子里进进出出——主要是为了去水沟里解手，或者是在肥料堆里捡些被丢弃的食物吃。乌鸦们尽力在当地农场偷东西来喂狗。（我说过，乌鸦是很有道德的动物，从不偷东西。或者，他们几乎从不偷东西。然而，这次他们破例了，一方面是为了照料狗的需要，另一方面也是为了报复镇上的人。的确，他们偷东西的时候心里还唱着歌。）

狗那乳白色的眼睛什么也看不见，但他那颗宽广的心却看到很多东西。每天，他向每只羊和每只乌鸦问好。每天，他都坐在大怪物身旁的地板上，整个身子都靠在她的腿上，尾巴轻轻地拍打着地面。

当月亮从东边的树梢上升起时，一缕寒冷而微弱的光芒照在毁坏的花园上，让其像银币一样闪闪发光。通常情况下，当寒流袭击附近的农场后，大怪

物会悉心照料花园，让土壤保持温暖，使植物长得茂盛。确切地说，这不是魔法，但很接近了。可是现在，大怪物的悲伤已经让温暖渐渐枯竭，以至于花园，或者说其中的残垣断壁都结了霜。压碎的南瓜和甜瓜上有刚形成的晶体闪闪发光。豆子撒了一地，樱桃也被完全摧毁了，而西红柿——哦，漂亮的西红柿——已经变成了一团酸涩的果肉、果汁和碎藤蔓。

乌鸦们从来没有见过这样的废墟！可怜的花园！可怜的大怪物！他们悲痛欲绝。

“呱——！”他们对着窗户喊道。“呱——！”他们对着门口喊道。

“呱——呱——呱——”，他们对着烟囱低声哼唱。

他们依偎在屋顶和茅草上，偎依在屋檐上。每叫一声，他们就说：

“我们爱你！”

“我们在这里陪着你！”

“我们永远不会背叛你！”

羊和乌鸦一起叫着。乌鸦不知道羊在说什么，只知道每一声咩咩叫都充满了爱。乌鸦们能从骨子里感觉到。

到了第八天，下午渐渐变成了晚上，晚上又变成了深夜。大怪物还是没有从房子里走出来。羊咩咩地叫着，乌鸦咕咕地喊着。月亮爬上了天空，月光洒在蜿蜒的道路上。狗翘起鼻子，对着沙沙作响的树林嚎叫着，声音尖锐、微弱且孤独。

几个小时过去了。

突然，乌鸦们立正站着，他们准备飞起来。长长的、奇怪的影子沿着大路移动着。几只乌鸦嘀咕着，不知道那是不是一只怪物。哈罗德飞离窗台上的栖木，落在地上，离其他乌鸦有一段距离。他歪着头。他辨别出了那种气味——至少是其中的一部分。狗抬起鼻子嗅了嗅。然后，他的尾巴在地上砰砰作响。

其他乌鸦叽叽喳喳地叫着，他们还不敢大声叫唤，他们不知道到底是什么在逼近。羊和乌鸦肩并肩站在一起，低下头，垂下了羊角。

最后，从路上奇怪的影子中，传来一个声音，响亮、清晰、甜美，像钟声一样。

“呱——!”影子招呼道。“我们是来帮忙的。”

哈罗德转过身,面对乌鸦家族的其他成员。虽然他没说“我早就说过会这样的”,但他心里是这么想的。

其余的乌鸦斜着嘴,眯着眼。他们不知道影子竟会说乌鸦语。他们不知道除了大怪物之外,还有别的生物会说乌鸦语,即使她说得不太好。哈罗德会胡言乱语,但他们已经习惯了无视哈罗德。

哈罗德先说话了。“呱——! 他说,“你好,我的朋友们!”他又瞟了一眼他的家人。

影子越来越近了。十五个孩子走近桑树,望向乌鸦。他们的皮肤在月光下闪闪发光。乌鸦们从来没有见过这么多孩子,或者说这么近距离看到过,他们几乎不知道从哪里看起。一个梳着黑色辫子的孩子站了出来。

她深深地鞠了一躬——她的头顶几乎碰到地面。她示意其他的孤儿也这样做。她在喉咙深处发出柔和响亮的叫声,意思是“你们好,亲爱的朋友们”。

乌鸦们盯着那个女孩,说乌鸦语的女孩。在他们的记忆中,第一次,每只乌鸦都沉默了。他们不知道孩子们是否意识到这奇怪之处。

“呱——”女孩继续说,“我们知道你们爱着大怪物。她也爱你们,因为你们是很棒的乌鸦。我们愿意和你们成为朋友,我们希望像她帮助我们一样帮助她。”

乌鸦们被深深地打动了,他们从未见过这么有礼貌、有教养的孩子。

他们根本不知道会有这样的事。

“呱——”哈罗德说,意思是“大家看到了吗? 孩子们很好”。他就此打住。哈罗德扑腾着翅膀飞向另一个孩子,扑进她的怀里。

这是其他乌鸦所需要的。他们轻轻地落在地上,立刻开始说话。

“呱——呱——呱——呱——”他们的声音像波浪般翻滚着。

“看那花园!”

“你不会相信他们对谷仓做了什么!”

“可怜的羊！”

“看那可怜的狗！他疯了！”

“我们必须把他们赶走！”哦，镇上的人背信弃义！“还有，哦，我们可怜的，可怜的大怪物！”“还有，噢，她那破碎的心！”

扎辫子的女孩跪在乌鸦的身旁，乌鸦安静了下来。其他孩子和她一起跪了下来。夜色深沉而寂静，只有蟋蟀在叫。羊儿们肩并肩站在附近，鼻孔张开，嗅着孩子们的气味。哈罗德继续一言不发。孩子们的行为深深打动了其他乌鸦。哈罗德完全有理由沾沾自喜，不过，他放松地躺在孩子的怀里，一直咯咯叫、咂咂嘴。

“呱——”一个长着两只不同颜色眼睛的男孩说。他的乌鸦语不如那位姑娘好。在犹豫了几次之后，他解释说镇上有一个人——一个金色头发、靴子上有金扣的大个子男人（面对一段不愿记起的往事，乌鸦颤抖着身体）——一直在骗人。可能好几年了。他拿走了不该拿走的东西，让人们减少需求，所以镇上的人开始找替罪羊。

“这个人，”乌鸦们叫道，“他会不会脱下他的皮囊呢？”他们重复了好几遍，巴图比才明白他们在说什么。

“他的皮囊？”巴图比说道。“什么？不。或者我没见过。这种事情通常不会发生在人们身上。”

“噢！”以利亚说着，眼睛突然睁得大大的。“有一个故事。听着——”

“没人想听，以利亚，”安西娅说，“不是现在。专心点！”她翻了个白眼。“呱——”抱着哈罗德的孩子说。“从小大人就告诉我们，坏人比好人多。但我不相信。我们最近在孤儿院看到，只有一些人先做好事，才能鼓励更多的人做好事。一个好人可以激励其他人去做好事。好不是一个数字，好不止于此，有了善心，你付出的越多，你得到的也就越多。这是最好的魔法。”

乌鸦们点点头。他们以前听过这种逻辑。

“呱——”扎辫子的女孩问道，“大家允许我们去看看大怪物吗？”“我们认为我们可以提供帮助。”

乌鸦们注视着孤儿们，他们和乌鸦们预料的不一样。他们没有对乌鸦大喊大叫，没有嘲笑乌鸦，也没有朝乌鸦扔石头，他们不称乌鸦为“害虫”。

夜风窃窃私语，桑枝吱吱作响。乌鸦闻到了孩子们的气味——小麦、玉米、绿叶，还有玩耍、关怀和团结的味道。还有其他的气味，比如担忧，还有古老的心碎，但这些气味更微妙。乌鸦昂起了头，他们窃窃私语，乌鸦喜欢这些孩子的样子，他们有着和善的面孔。淡淡的月光使他们的头发柔顺整齐，眼里充满了星星。

过了一会儿，最年长的乌鸦说话了。“呱——”她说，“大怪物就在房子里。如果你们愿意，可以去看看她，也许你们能帮忙。”

就这样，在月光下，在星光下，孤儿们站了起来。他们再次向乌鸦鞠躬，乌鸦们也向他们鞠躬。然后他们敲了敲歪歪扭扭的房门。“亲爱的大怪物，”扎辫子的女孩说，“我们可以进来吗？”

第 42 章

第一印象

大怪物的房子虽然歪歪扭扭，但门很大。为了够得着把手，安西娅不得不把手举过头顶。他们推开门往里瞧，大怪物就坐在壁炉边的椅子上，双手捂着脸。她非常巨大——巨大到令人惊讶，身形大约是狗熊的两倍大。

尽管屋子里的所有东西都是特大号的——椅子、壁炉、工作台还有装满工具的架子——但大怪物在这样的空间里还是看起来很大。即使坐在椅子上，她的头顶也离天花板很近，而且如果她把长长的手臂伸展开，就会碰到房子的各个地方。

安西娅清了清嗓子。“对不起，亲爱的大怪物，”她说，“请原谅我们打扰你，我们想看看你是否还好。”

孤儿们站得很近，抬头看着大怪物。他们立刻就喜欢上了她。他们喜欢她又大又硬的手，喜欢她透着铜色光泽的明亮眼睛，喜欢她青草般的头发上长出的花朵。他们喜欢挂在墙上数不胜数的照片，那些飘挂在房间天花板的晾衣绳上的照片。他们喜欢她的脸，喜欢那只狗，它乳白色的眼睛不会盯着你看，但它的尾巴却在地上快乐地扑腾着。狗会用鼻子、用耳朵、用心看他们。孩子们知道这一点。

大怪物也很喜欢这些孤儿，当然，她知道她会的。她已经观察他们很久了。她知道他们心地善良、乐于助人、欢欣鼓舞。现在，当她看着他们，一个接一个地进屋，最大的孩子把最小的孩子抱在怀里，她感到自己的心在怦怦狂跳。

哦！她想到了。有一个表情严肃的女孩是梳着长辫子的，偶尔会躲在棚子里，工作比别人都努力，她的脸上最近总是出现忧心忡忡的神情。

而且，哦！有一个男孩的眼睛是两种不同的颜色，虽然思维深邃、语速极快，但感觉他的思维跟不上他的语速，所以需要在说话时不停调整面部表情来准确表达自己的意思。

看！那个短发大眼睛的女孩，总是安安静静地打扫卫生、安慰他人，或者时常出神发呆。还有那个被她抱在怀里送回孤儿院的女孩，尽管把女孩送回去让她万分心碎。看到这里，大怪物用手捂住嘴，叹了口气。

还有一个眼睛明亮、笑容灿烂的女孩，总是画啊画啊画啊，另一个男孩则是嘴巴大、嗓门大，大怪物从未听到过他说话，但即使透过潜望镜，她也能听出他的声音很大，而且总是说个不停。

这对双胞胎长得一点都不像，但却不太好区分。

拄着拐杖的男孩动作敏捷，小孩子们跟着他到处走，去往没有他的帮助他们就无法到达的地方。

还有蹒跚学步的孩子，在他们的背带里睡着了，还有在睡梦中叹息的婴儿。他们都在这里，石头谷里她最喜欢的一家人。

她什么也没说，至少一开始没说话。现在她太害怕了，最近发生了很多可怕的事情。她抓住椅子的扶手，屏住呼吸，她不敢眨眼，生怕眼前只是幻觉，她不想让孩子们消失。

哈罗德完全知道该怎么做。

他在孩子的怀里做好准备，在每个人的头顶上飞出一条弧线，在椽子上简短单脚旋转了几圈，然后优雅地落在了桌子上，抖了抖羽毛，向大怪物鞠躬。

他清了清嗓子。“呱——”他殷勤地说，“我亲爱的大怪物女士。我想把您介绍给您的朋友们。”他向房间里的所有人鞠躬。

孩子们也鞠了一躬。

安西娅笑了。“我希望我们来拜访是对的，我觉得我们早就该来了。”

大怪物双手合十，一开始说不出话来。她的眼睛是干的，但孤儿们可以看出她一直在哭泣。他们可以看到她石头般的脸颊布满泪痕，他们可以看到地面上的“泪水池”。

“我们不知道一直是您”，巴图比说。他背包里蹒跚学步的小孩子呜咽了一声，于是他开始蹦来跳去，前后摇晃。他吻了吻孩子的头顶。“如果我们早

知道的话，一定会感谢您。我们很抱歉。您给了我们食物，没有您，我们早就饿死了。”

其余孩子点点头。他们可以看出大怪物很害怕。他们保持柔和的声音，动作缓慢。他们不想吓到她，他们是乐于助人的孩子。他们环顾四周，看到这座房子因小镇人们的残忍行为导致的一片狼藉：碎玻璃在地板和柜台上闪闪发光；岩石砸穿了茅草屋顶的两处角落，留下了成堆的碎片；稀碎的西红柿、洋葱和南瓜沿着后墙渗出。虽然乱糟糟一片，但孩子们知道如何处理这乱七八糟的东西。

“这里有点冷”，以利亚说，他注意到壁炉里即将熄灭的余烬。“让我来。”他蹲在炉火旁，堆煤，堆木屑，搭起引火物。有些圆木太大搬不动，壁炉旁的铁制工具有点笨重(他觉得自己有点像骑马比武的骑士)，但他也凑合着用了。不一会儿，一团明亮的火苗熊熊燃烧起来，使房间里充满了欢乐。“要我讲个故事吗？”他问。

“以后再说吧”，海勒姆打着哈欠说。太晚了，他累了。

“地板上的玻璃很危险”，迪尔德雷说。她抓起一把扫帚——长度和宽度大约是她的两倍，沉重的手柄必须靠在她肩膀上作为支点上才能挥动——开始扫地。幸运和思恩站在凳子上，用抹布把桌上的玻璃碎片捡起来，小心翼翼地放在桶里。

凯伊和贾斯蒂娜帮忙拿簸箕——这需要他们俩一起才能提起，即便如此，这仍很费力。海勒姆抚摸着狗。安西娅的目光飘向了工作台，有缝纫的地方，造纸的地方，建筑的地方，绘画的地方，每个工具都各就各位。这是她见过最完美的工作台。

巴图比只能将目光从手工精制的望远镜上移开，转而审视大怪物绘制的天空图。

卡斯背着一个熟睡的婴儿，怀里抱着乌鸦。她走近大怪物并伸出手，大怪物将她的大手放在卡斯的小手上以示回应，手掌对着手掌。卡斯终于开口了。“我以为我梦见了您”，她说，“那个可怕的夜晚。我只知道我在树林里睡着了，醒来时就和家人在一起。谢谢您带我回家。”

然后卡斯爬上大怪物的椅子，俯身拥抱了她。

大怪物从未被拥抱过，没有被孩子拥抱过，没有被其他大怪物拥抱过，没有被任何人拥抱过。她感觉好像把整个世界都抱在怀里，她的心感到无限轻快。她闭上眼睛，直接将孩子抱在怀里。

异瞳男孩把手放在大怪物的前臂上；辫子女孩把手放在大怪物的膝盖上；拄着拐杖的小男孩把自己挤进了拥抱的中间位置，总是跟着他的小孩子也这样做；嗓音洪亮的男孩加入了进来。还有笑容灿烂的女孩，还有哈罗德，还有其他几只乌鸦，还有狗。拥抱都是这样的吗？大怪物不可能知道。但她把这一刻印在了脑海中，她会一直记得这一刻。

随后，安西娅站在工作台前冥思苦想。自小她就学会如何利用废弃用品，从看似毫无意义的事物中寻找意义。她看着那叠手工纸、用于造纸的网筛和盆，颜料和刷子，整理好的结实刺针及颜色鲜艳的粗线。她注意到还有各种各样有用的东西：闪亮的装置和精巧的工具，一把银汤匙，一个古老的挂坠盒，一个用非常柔软的石头制成的雕刻哨子，一个破茶杯，一副双筒望远镜，开信刀，指南针，一把形状奇特的剪刀。一块小压纸板和几张邮票，以及一个卷轴别针，一个定纸框，几把刷子和一个带骨雕手柄的缝纫锥。

她转身看着大怪物。

“对不起，女士，”安西娅说，“请不要认为我无礼。我很欣赏您的工作台。您从哪里弄来这些东西？”她无法想象大怪物的家好似一家商店。

大怪物笑了。“主要是乌鸦们弄回来的。我在森林里的垃圾堆里到处找东西，但通常是乌鸦们注意到我喜欢什么，然后就把东西带回来。”她明亮的眼睛变得更加明亮，“但那些东西都是被人扔掉的，你懂的。”

安西娅点点头。“我很高兴知道乌鸦们和我想象的一样聪明。”她停顿了一下。“如果他们能收集东西，那他们也能送货吗？不会太大，您明白的。只是给别人送一些小东西。”

大怪物看了看坐在窗台上的两只乌鸦，给了他们一个飞吻。“当然。他们一直都会这样做。”

巴图比眯起眼睛看着安西娅，问：“你在想什么，安西娅？有别的想法吗？”

安西娅用手摸着这叠纸，她估计了一下需要的钢笔尖、羽毛笔和墨水桶，考虑到了折叠、缝合和装订的工具。她摇了摇头："不完全是，更像是一个解决方案。我一直在想着图书馆。图书馆烧毁时，一切都出了问题。是图书馆将整个小镇的人凝聚在一起。也许人们必须记住那种感觉。"

她看向以利亚。"我认为我们需要一个故事，以利亚。事实上，我认为我们可能需要一些故事。"

第 43 章

新计划

第二天，镇上的人们醒来后发现有人小心翼翼地把一个东西放在了他们的门阶上，或放在了他们的厨房桌子上。而且，在少数情况下，在他们睡觉的时候，还会直接放在他们手中——是一本手工缝制的小书。每一本书都是用小刷子精心上墨的，里面有细心绘制的详细插图，展示了茂密的森林、宏伟的城堡或暴风雨中翻腾的海浪。每一本书都令人惊奇——都是一个小小的、可爱的小奇迹。

听着——

我应该澄清一下。

这并不是说石头谷的人们以前没见过书。他们当然见过！许多人家里都有书架或成堆的旧书。但图书馆在很久以前就烧毁了，赶集日已经很多年没有书商摆摊位了，他们已经很久没有读过任何新的东西了。他们甚至已经很久没有和别人讨论过他们正在读的东西。

送到不同房子的书也不尽相同。例如，治安官读到一个故事，讲的是一只小狗只想爱他的主人，但他的主人用一根又大又可怕的棍子把它赶走了，小狗被打成重伤，以至于失明了。她为这件事的不公正而哭泣。

“哦！”她一边吃早饭一边读着这个故事，哭泣道，“可怜的小狗！多么可怕的主人！任何伤害手无寸铁的动物的人都必须立即受到惩罚！”她继续读下去，接下来这只小狗虽失去感官，但靠着敏锐的智慧成长为一只大狗，它翻山越岭，历经磨难，最终在一位友好的大怪物的怀抱中找到了一个家，这位大怪物永远爱着它，故事结束。

“嗯，”她说，把这个故事记在心里，“这是我很久以来读过的最美好的故事。多么了不起的礼物啊！是谁给我的呢？”

鞋匠的妻子在丈夫开始工作时大声读书给他听——故事讲的是一个年轻人为他心爱的女孩把自己心的一部分放进一只机械蝴蝶。不管他们离得有多远，蝴蝶总是不停地拍打着翅膀，直到有一天，年轻人年纪很大了，蝴蝶最后一次拍打翅膀，然后就死了。

“哦，天哪！”鞋匠的妻子哭了起来。鞋匠把她抱在怀里。“这是我读过的最悲伤的故事！”她擤了擤鼻子。

“你没事吧，亲爱的埃斯梅？”鞋匠问，“如果你愿意，我可以把书扔掉。”

“胡闹，”她说，“大哭一场是开始新的一天的极佳方法。毕竟，情感很重要。爱，即使以悲剧收场，仍然很重要。我迫不及待地想再读一遍。”说完，她走了出去，径直走到她看到的第一个邻居面前，给了他们一个拥抱。她的烤箱里有六盘菜——两盘送给孤儿院，一盘送给另一家人，那家人的孩子脸颊很瘦，三盘分给几位上了年纪的邻居，让他们享用一顿不用自己做的美食。“要做的事太多了，”鞋匠的妻子上气不接下气地说，“这个破碎的世界终究不会自我修复。”

屠夫读到一个故事，讲的是一位无辜的年轻大怪物和两个卑鄙的巨魔住在一起，她通过学习建造、发明和观测星空来对付他们的卑鄙。

“嗯，”他会意地点点头说，“巨魔很可怕，我一直都是这么说的。”

铁匠读到的故事讲的是一个邪恶的国王，他囤积了许多本应用于为国家和人民服务的宝藏，但他把宝藏留给了自己。他的贪婪慢慢地使他发疯。“嗯，”他说，目光飘向镇长的豪宅，“有趣！”

第二天，书更多了。人们在自家门前台阶上、花园里、甚至在舒适的椅子上发现了书，窗台上和屋檐上都有书。

退休老师读到一个故事，讲的是在小镇的尽头，有一个人开垦了一片菜园来帮助有需要的人，为了不让人发现她的身份，她在夜幕的掩护下把成堆的蔬菜分享给他人。她给予，而不求他人认可，她为了给予而给予。

“是的，”老师边说边擦了擦眼睛，“本来就应该是这样的。”

女裁缝读到的一个关于乌鸦给人们留下礼物后被杀的故事。她马上开始做一件连衣裙，连衣裙上装饰着一个乌鸦贴花。“你不觉得乌鸦很神奇吗?”她问每一个她看到的人。

面包师读到一个故事,讲的是一群野羊在世间流浪,最后在一个意想不到的地方找到了善良。“哦!”她说,“多么快乐的羊啊!”

第三天,更多的书出现了,堆在花园的墙头上,堆在没人用过的鸟盆里。整个路边都变成了书架。

鞋匠读到一个故事,讲的是一座心爱的图书馆被大火夷为平地,小镇的人们齐心协力,尽其所能抢救生命的英勇事迹——这是他们最后一次体现睦邻友好的伟大举动。最后,镇上的人们虽感到疲惫而悲伤,但是他们仍在冒着烟的废墟旁手牵着手,宣布他们将重建图书馆。

“发生了什么事?”他问所有愿意倾听的人,“我们怎么了?”

鞋匠的妻子环顾四周,需要做的事情太多了。她看着邻居们隔着栅栏聊天,给对方看他们刚刚读到的东西。她看到人们在谈论故事时脸上露出喜色,他们多么温柔地把书捧在手里啊!

这可能蛮好的,她发现自己在想。

然后鞋匠的妻子继续想。她想到,从前,在图书馆被烧毁之前,我们都是这样做的。我们聚集在长廊和公园的阴凉处,讨论文学、哲学、诗歌或艺术。我们已经很久没有这样了。由于某种原因,人们不再交谈,不再信任彼此。她几乎不记得为什么了。每次她试着想想的时候,她的思维就模糊了。

“嗯,”她大声说,“那都是过去的事了。我现在知道该怎么办了。”她开始敲人们的门。“我们换书阅读吧,”她高兴地说,“就在今天下午,就在我们家门前,带点东西来分享,或者你自己来也可以。我们很想听听你在读什么故事,告诉大家吧!”

他们做到了,他们都来了。鞋匠的妻子做了饼干,分给每个人一块,不管他们想不想要。人们分享他们收到的书,听别人分享自己的书。他们发现自己在回忆图书馆,就连那些年纪太小不记得图书馆的人也开始回忆起来。他们记得,在读者的心中,故事就像音乐。在不同的思想和心灵之间讨论着不同的故事,感觉就像一首交响乐。他们记起了思想如何产生自己的光芒,文字如何有自己的分量和生命。

更多的人走出屋外，他们做了些简易的长凳，铺上毯子，他们眯起眼睛，遮住眼睛。没有树，街上没有阴凉处，所以他们就坐在伞下。他们拥抱未曾拥抱过的邻居……嗯，很久都没有过这种场景了。

然后，他们开始交谈。

一旦开始，就很难停止。

在豪宅里，镇长来回踱步，地板在他脚下嘎吱作响。他的金币因他不停移动被拂到一边，发出叮当的响声。

那天早晨，他怀着像他这样身材和气度的人（但他真的是个人吗?）应有的希望和信念，推开了房门，满心期待着，前几天的一切只不过是偶然，门阶上一定会有一个馅饼等着他。

一个馅饼。

他为这个小镇做了那么多，难道他就不配得到这样的待遇吗？不。他没有。他理应得到一个馅饼，就像他理应得到金子一样。他理应得到脚上的金扣，头上那绺令人愉快的金色头发。曾经令他厌恶的皮囊，如今已开始像其他东西一样成为他的一部分。他可能永远也脱不掉了，他想。他可能会永远是镇长，毕竟他不能回去和龙生活在一起。当他和那些可恶的大怪物生活在一起时，他犯了几次错误，为了自救，他不得不烧毁大怪物村庄。

但在这里，嗯，石头谷是他的家。自从他处理掉图书馆后，木梁一直压在他身上。他把那块可笑的石头盖起来，是为了以防万一。镇长知道，人类是一种有趣的生物，很容易动摇。如果一个聪明人告诉他们不要相信眼前的东西，他们就不会相信。镇长喜欢和人类生活在一起。

他应该得到一个馅饼。

他已经等得够久了。他打开前门，环顾四周。猫像往常一样潜伏在院子的边缘。它们没有接近，它们不敢，只是想看他自怨自艾。如果你仔细想想，这是很粗鲁的。镇长认为猫很粗鲁。他低头看了看门口的台阶，还是没有馅饼。

没有馅饼，但有别的东西。他拿起书，走到院子里。当然，他那看起来高贵可敬的雕像定能安抚他那凌乱的心境。

但事实并非如此。

这本新书讲述了一位疯狂的国王，每天都在清点他的财富。镇长在看第一遍时感到好奇，在看第二遍时一脸困惑，在看第三遍时火冒三丈。这幅精心绘制的国王插图描绘了一个英俊的小伙子，有着一头浓密的金发，身披一件精致的大衣，脚穿一双带金扣的高档靴子。

“这是谁干的？”镇长吼道。

他决定在镇里散散步，镇上的人们那谄媚的目光定会抚平他不安的思绪。看到他灿烂的笑容，他们眼中的光芒定会让他的灵魂充满喜悦。当他经过时，猫发出嘶嘶声，但他并没有让这件事影响他的好心情。

他走到中心广场，惊讶地发现到处都是雨伞。他皱起眉头，抬头望着天空，万里晴空，没有一片云。谢天谢地。但是也没有下雨的迹象。那么，为什么这么多人都挤在雨伞下呢？他走近前去看个究竟。

在药店门前的简易长凳上，人们互相倚靠着彼此，阅读着手工制作的书籍。他们一边靠着铁匠家温暖的墙壁上休息，一边读书。在鞋匠店里，三个人坐在那块可恶的石头上，手里拿着书，懒洋洋地躺在图书馆遗址旁边那堵几乎坍塌的墙上。在一辆闲置的驴车里，每个人都在读书。

镇长走回家去制作了更多的标语。那天下午晚些时候，他移除了几个关于大怪物的标语（“谁还会在乎那个大怪物？”他任性地问自己），然后把它们换成了“书籍是危险的”“不要相信你所读的一切”“也许应该烤个馅饼”。他用柔和、诱人的字体写下最后两个字“馅饼”。他为自己感到骄傲。

他把标语挂起来，走回家，确信他终于解决了问题。他关上并锁上前门，开始数钱，清点每一枚硬币。

第 44 章

老年夫妇

院长醒了过来，感到有什么东西在她手里跳动。

动了两下，又动了两下。

动了一下，不动了，又动了两下。

动了一下，不动了，还是没动，又动了一下。

她睁开眼睛，笑了。有人把蝴蝶放在她的左手上，是迈伦送给她的那只蝴蝶……哦，那是很久以前的事了。她凑近看着这只蝴蝶，为它精巧的构造感到高兴。它在晨光中闪闪发光，过了这么多年，它仍是一个美丽的艺术奇迹。她从来不用给它上发条，也不用管它，它自己就会跳动。

迈伦告诉她，蝴蝶的中心有一片他的心。

但院长是一位现实主义者，当然认为愚蠢的人才会相信这种说法。然而，在他们漫长的婚姻生活中，她有多少次一手捧着蝴蝶，另一只手放在丈夫的心口上，感觉它们在一起跳动？最近……她几乎不忍去想……最近，蝴蝶的翅膀比以前跳动得更不规律了。她不敢去检查丈夫的心脏。迈伦身体好着呢，她告诉自己。蝴蝶只是老了，仅此而已。有时候，玩具会摔坏。院长会尽力把烦恼赶走。

院长把蝴蝶放到唇边，迅速地吻了一下。振翅的声音更大了。迈伦转过身来，对着她笑了。

“早上好，亲爱的老婆”，他甜蜜地说道。

“早上好，亲爱的迈伦”，她喃喃地回答道。然后她注意到她的另一只手，她皱起了眉头，“看来我又收到了一本书，你也是吗？”

迈伦给她看了一本手工制作的小书，书的封面上是一只精心绘制的乌鸦，乌鸦嘴里叼着一枚金币。

院长从床上坐了起来，迈伦也从床上坐了起来。夜里没睡好，导致早晨不舒服。毕竟，他们的骨头都老得吱吱作响，如果他们都睡在自己的床上，那就更好了。但是孩子们最近一直举止怪异，在卡斯发生了那件事之后，他们觉得不应该让门无人看管。

他们前一天早上收到了第一本书。迈伦书中的故事讲的是一个小女孩在森林里迷了路，后来一只乌鸦、一条狗和一个大怪物救了她。这似乎是一个不可能的故事，然而，他发现自己读到结尾时哭了起来。

院长书中的故事讲的是一个疯狂的国王，他拿走了他不该拿走的东西，让他的人民受苦挨饿，直到人民团结起来——乐于分享、相互配合、众志成城——才推翻了国王的统治。

这个故事，也感觉……不太可能，而且很奇怪。然而，读了这个故事，院长感觉心情舒畅、思绪漫游。这个故事使她想起了从前这个小镇的样子，那时每个人的门都像他们的心一样敞开，邻居们整天都在聊天，分享想法，分享菜园收获，分享晚餐。她想到了巴图比——他说的是对的吗？他们把门锁上，把小镇封闭，难道是错的吗？他们认为坏人比好人多，难道是错的吗？

院长看着迈伦。他静静地坐着，全神贯注地看他的新故事。有一幅画，画的是一只乳白色眼睛的小狗，一只乌鸦栖息在它的头上。迈伦抽了一下鼻子，用手背擦了擦鼻子。他的眼角噙满了泪水。院长拍了拍他的膝盖。“来吧，你这个心软的老头子。我们去叫孩子们起床吧！”

和前一天一样，婴儿和蹒跚学步的孩子们坐在床上，眼睛炯炯有神，充满了渴望。其余的孩子无精打采的，像刚醒来的死人一样摇摇晃晃地走着。

“你们这些孩子怎么了？”院长问道。“生病了吗？”迈伦担心地问道。

“没什么。”安西娅一边忙活着，一边嘟囔着，好像还在睡觉。“没什么”，巴图比打了个哈欠，和卡斯一起去院子里捡鸡蛋。“没什么”，双胞胎喃喃地说。

“没什么”，迪尔德雷说。

“我有一个故事，”以利亚说，“让我坐在这儿整理一下思路，然后告诉你。”他一坐下就睡着了。

院长摇了摇头，说谎可不像是孩子们的作风。他们都是好孩子，他们很守规矩，不是吗？然而，有些事情却不合理。“来吧，亲爱的，”她对迈伦说道，“我们去看看前门有没有东西。”

他们走到阳光下，遮住眼睛，以便看得清楚。天空一片蔚蓝。偶尔有巨大笨重的云，每一朵都像一团奶油，掠过太阳，提供阴凉。院长和迈伦在大门上转动钥匙，走到街上。还是没有蔬菜。不过，他们看到了更令人惊讶的东西。

他们的邻居都出门了。一些人搭起了简易的长凳。其他人则把椅子从家里拖到街上。一人拿着一壶咖啡和一叠纸，递给路人喝。两个女人用活泼的语调说话，她们的手掌发出的声音比嘴巴发出的声音还要响。他们拿着书，把书放于胸前。他们彼此交换书籍，大声朗读。

“好吧，”院长自言自语道，“好吧，我也会这样做的。”

鞋匠的妻子忙忙活活地走过来。“噢，院长，见到你真高兴！今天一定要把大门打开。几位邻居很快就会给孩子们送早餐和午餐。看！我们又收集了一些衣服。我希望至少有一部分会合身。”她递给院长一个装满孩子衣服的篮子。院长必须用嘴咬着书才能接过篮子。她用牙咬着书页，试着说声谢谢。

“哦，”鞋匠的妻子叫道，“你也收到了书！太棒了！我希望你和孩子们一起分享。今天天气好，适合讲故事！我希望今天或明天在中心广场组织一次朗读活动。我一定会通知你的！”然后她就走了，裙摆在风中飘动。

院长看着迈伦。他和她一样困惑。他们朝街上一个方向望去。看到有人坐在路边，或靠在墙上，或懒洋洋地靠在一个古老的树桩上阅读。他们在另一个方向看到了同样的景象。

在他们的头顶上，是悬挂在窗户上或匆忙地贴在墙上的标语——颜色鲜艳，白色，字迹清晰，上面写着“不要相信你所读的一切”或“不要问镇长能为你做什么，要问你能为镇长做什么”或“有工作要做谁还看书”，但似乎没有人把这些标语放在心上，他们的注意力一直集中在手中的书上。

“到底发生了什么事？”迈伦嘟囔着。院长也不知道。

第 45 章

石头

安西娅在大怪物家的第一个晚上就注意到了时间变得……有趣、黏糊且有弹性。不像一座要爬的山，而更像一根橡皮筋，可拉拽，可折断，也可以打结。它很像阅览室，非常像。孩子们有时间完成本应花费数小时或数天的任务，而且他们回家的时候还有充裕的时间足以小睡一会儿。当然睡眠还是不足的，但是小睡一会儿还是很有帮助的。

第二天晚上，他们书里的故事更长了，插图更详细、更精确了。大怪物在外面摆了张桌子，这样他们就可以在星空下忙活，小孩子们也可以睡在火炉旁的垫子和毯子上。安西娅学过天文学，她知道星星东升西落，而且它们的时间和位置都很准确，可以在地平线上预测，因此水手们靠星星来确定航线，避免在广阔的大海中迷失方向。

天上的星星不应该速度这么慢。然而，它们似乎确实如此。

这是魔法吗？安西娅很好奇，可又无从知晓。于是，她继续忙活，对这段放松的时间心怀感激。

大怪物没法帮忙写字，但她是个有天赋的艺术家。她能够理解事物是如何运作的。她很快确定了大规模制书的机制和流程。她帮助简化每个人的工作，把每个任务分开，这样就能准时完工。第三天晚上，他们写的文字更多了，画的插图更多了，完成的任务也更多了。这些书看起来不太像是孩子们的项目，而更像是……书籍。每个人都为自己完成的任务感到自豪。乌鸦们把书送出去，孤儿们跌跌撞撞地回家了。

用海勒姆的绳子爬回房子可比爬出去要困难得多，但他们还是做到了，没有受伤，倒在了床上。

早晨，又一次，来得太快太快。这一天剩下的时间，孤儿们就像在做梦一

样度过。

“你们最近都怎么了?”院长说,完全不知所措。

“生病了吗?”迈伦说着,伸手抚摸着大家的额头。

“呃——”以利亚慢慢地说。“是吗?”他揉了揉眼睛,打了个哈欠,“是的。病得很重。我们都应该去躺下。”他又打了个哈欠。“你知道的,这样子我们才能康复。”孤儿们回到宿舍,倒在床上。

第四天晚上,大怪物准备了一顿盛宴,是孤儿们吃过的最美味的食物,还给他们缝了夹克、拖鞋和睡帽。她在靠垫上绣上孩子们的脸,在毯子上绣上稀奇古怪的动物,并教他们如何用望远镜观察行星、小行星和恒星。她给他们烤了乌鸦形状的饼干和绵羊形状的蛋糕。她从树上摘下苹果、梨和坚果,把它们堆在碗里,让孩子们晚上吃。乌鸦们找到了几页金箔,孩子们用它来装饰书籍的边缘和开头的大字。

安西娅摇了摇头。事实很重要,她知道,而这些事实似乎没有任何意义。乌鸦在哪里找到金箔的?“这是魔法吗?”她问大怪物。

“哪一部分?”大怪物问。

安西娅眉头紧皱,试图把自己的想法拼凑起来。“我想是时间吧。时间会对你产生魔法吗?我觉得我们到这儿来的时间好像多了几分钟。或者说,每一分钟都更长。我以前也注意过这种情况。例如,在我们的阅览室。这也是魔法吗?”

“魔法?”大怪物笑了,她说。“没有。不是真的。不过我认为差不多。”

这让安西娅想起了什么。“大怪物女士,”她说道,因为乌鸦都这么称呼她,“中心广场旁有一块大石头。您以前注意过吗?”

大怪物皱起了眉头。“我没见过。但这并不意味着它不存在。石头在这方面很有趣。有时候,除非它们想让你注意,否则你不会注意到它们。也许我应该停下来打个招呼。”

“这当然说不通啊。”安西娅继续说下去,“当我坐在那块石头上时,发生了一件有趣的事。我……看到了不存在的东西。不是用眼睛看到的,而是在我的脑子里看到的。”

大怪物点点头。“嗯，这当然是最好的想象方式。我们的眼睛总是欺骗我们！如果我们想知道什么是真的，我们需要用我们的思想去看。然后，如果我们想知道什么是至关重要的，我们需要用心灵去看。”

安西娅用手揉了揉脸。“您确定吗？”她说。

“如果那块石头有什么要说的，我想最好还是听一听。你知道，石头是非常古老的。它们的记忆很长。我曾经遇到过一块石头，它很古老，能记住未来。”

以利亚说：“你知道，这是有故事的。”

“当然有，”巴图比用安慰的声音说，“写下来。我们还有很多工作要做。”

安西娅拍了拍大怪物的手。她认识她才几天，就已经爱上了她——尽管她说的一些话听起来并不完全合乎逻辑。

当孤儿们完成工作的时候，半月已落，夜色深沉。一堆堆装帧精美的书堆满了桌子，乌鸦们开始艰难地把每一本书运到目的地。

安西娅摇了摇头。这一切怎么可能呢？她的思绪又回到了石头上。她到底看到了什么？其他孩子会看到同样的事情吗？

当乌鸦们把每一本书都投到收件人的家里时，孤儿们在中心广场的中央停了下来，他们的脸看向闪闪发光的星星和翱翔的鸟儿。小镇里比在大怪物的院子里还要冷。寒风刮得更厉害了。他们把外套紧紧地裹在肩上。

“我累了”，贾斯蒂娜说，开始哭了起来。

“我知道，亲爱的，”巴图比一边说，一边把她抱起来，他已经把一个蹒跚学步的孩子背在了背上，“安西娅，我不知道我们还能坚持多久。”

安西娅转向她的家人。“我知道大家都累坏了，但是请你们再跟我来做一件事好吗？有件事我想确认一下。”她把他们带到石头那里。

巴图比盯着石头。“这是从哪儿来的？”他眯起了双眼，“这东西一直在这儿吗？”

“看，”安西娅说，“我们得向院长和迈伦解释这是怎么回事。我们不能一直偷偷溜出去，我们不能单凭一己之力，我们确实需要一些大人帮忙。院长和迈伦爱我们，他们信任我们，但我们必须以他们能理解的方式告诉他们。

我有个主意。上次赶集日，当我去给麦伦做凳子时，我坐在这块石头上，然后……嗯，我脑子里一片混乱。我看到了不该看到的东西，记起了不该记起的东西。然后我忘记了我看到的东西。就这样，我的大脑一片空白。但是一些零碎的东西又回来了，我觉得它们很重要。也许我需要别人帮我解决这一切。也许如果你们摸了石头，你们会看到我看到的东西，也许我们就会弄明白了。院长和迈伦也会明白的。”

以利亚说：“哦！你是说像孤儿院里有时发生的那种事？”他仔细地看着石头。

安西娅看向他。“孤儿院？你是什么意思？”

以利亚耸耸肩。“木梁会讲故事，特别是橡木。至少对我来说是这样，从我记事起就是这样。”他的面颊涨得通红。“我的意思是，”他补充说道，“不是每天，只是有时。”

石头似乎在微微颤动。巴图比和迪尔德雷凑近。“看，”迪尔德雷眯起眼睛说，“石头上的那个小雕刻物看起来像孤儿院。”

“看，”巴图比说，“那个看起来像龙在烧图书馆。”以利亚说：“你看那一个。”“看起来像是大怪物。”

大家都跪在石头旁。尽管夜里很冷，但感觉出奇地温暖。“把手放在上面，”安西娅说，“闭上眼睛。”孤儿们也照做了。所有人一起闭上了眼睛。

他们看见了，披着人皮的龙。整个小镇都被骗了。一连串阴险的破坏行为。耳边的窃窃私语使人眯起眼睛，扭起嘴巴，疏远邻居。一条披着人皮的龙每晚都睡在一堆金子上，而镇上的其他人都在挨饿。

“哦，”卡斯说，“哦！”

他们明白了。孩子们匆匆赶回家。是时候叫醒院长和迈伦了，他们需要马上过来。

第 46 章

引见

天还没亮，就听到一阵敲门声。院长睡在前门通道的小床上，醒了过来，惊慌失措。她以为迈伦的心脏会停止跳动。她也以为她的心脏会停止跳动。“快跑，亲爱的！”她喊道，伸手去找她的丈夫，“快逃命吧！”

“停下，”迈伦抓住她的手说，“是孩子们的声音！”

这讲不通啊，孩子们在床上睡着呢。当然，孩子们很守规矩的。跑了出去？还是晚上？所有人？那是不可能的。

她打开了门，准备好要勃然大怒。相反，孩子们脸上的表情却让她突然没了脾气。

“我们知道您可能很生气，”安西娅说，“但我们需要您听我们说。”

院长感到晕眩。孩子们——她的好孩子们——居然晚上偷偷溜了出去。这根本说不通。仿佛话语突然失去了意义。这种事怎么可能是真的？

“求您了”，迪尔德雷恳求道。

“求您了，求求您！”巴图比很努力地把眼睛睁得大大的。

“反正我们也不累”，海勒姆坚持说道。

“为了我，”卡斯平静地说道，“请为了我，来吧！”

院长看着迈伦，他俩一脸迷惑。院长把手放在安西娅的脸颊上，看着她的眼睛。而迈伦则紧紧抓住卡斯的手。院长和迈伦面面相觑，点了点头。“我去拿外套”，迈伦说。

大怪物坐在火炉旁，给孩子们织袜子。接下来，她会织很多连指手套、帽子和围巾。她知道，冬天迟早会来的，耳朵温暖才更能抵御严寒。一想到孩子们受冻，她就受不了。她高兴地哼着歌，织针在她的手中咔嗒作响，翩然起舞。

她听到了桑树上乌鸦们的叫声，感到了一种熟悉而又不安的恐惧，但只是一瞬间的感觉。她从刺耳的乌鸦叫声中辨认出了“朋友”和“孩子”两个词。有人来敲门，她笑了。

在大怪物歪歪扭扭的房子外面，站着她深爱的孩子们，以及一对老年夫妇。她站了起来，突然觉得难为情。她比其他人高大得多，她注意到自己占据太多空间，有些不安。她那沉重的双脚静静地踏过地板，来到门槛上。她把那双大手插进围裙口袋里，不让别人看见。她走出门去，站在宽阔的夜空下。落叶沙沙地散落在草坪上。大怪物当然认出了这对夫妇，但她也认出了那些对她的房子做出可怕事情的人们。现在的她还能相信谁呢？

老妇人把手按在胸前，鞠了一躬。“您好”，她说。她的脸向上倾斜，在月光下闪闪发光，“我亲爱的，亲爱的邻居。我有很多事要感谢你。我很荣幸终于与您相识。”说完，老妇人冒险靠近大怪物，伸出了手。大怪物跪在结霜的草地上，草地在她膝下嘎吱作响。

乌鸦们屏住了呼吸。老妇人的眼睛周围布满了柔和的皱纹，它们在晨星的光芒下熠熠发光。大怪物张开她粗壮的双臂，温柔地给院长一个大大的拥抱，仿佛她俩是很久没有见面的老朋友。

第 47 章

安西娅制定另一个计划

在最初的喜悦和团聚之后(当然,还有大量的零食和甜品,因为大怪物不愿看到任何人挨饿);在大家填饱肚子,对各种各样的装置产生了浓厚的兴趣之后;对孩子们和大怪物已经完成的辛勤工作表示了极大的赞扬之后;还有很多事情要决定。

院长说:“别再偷偷溜出去了。既不安全,也不健康。你们是孩子,需要白天醒晚上睡。就是这样。”

迈伦说:“我们需要的是一个计划表。孤儿院的人来来往往,我们需要确保我们中有一些人会一直在孤儿院,负责管理孤儿院。我觉得人们还没准备好理解我们和大怪物在做什么。但我们也需要确保这项工作继续做下去。我们可以帮忙打扫花园,最后我们需要为可怜的羊儿们做点什么。冬天快到了。”他看了看那一堆堆的纸张、颜料和铅笔,还有一张又长又窄的纸片的顶部上面写着“以利亚的奇妙故事创意清单”。

“当然,还有很多书,镇上的每个人都在看。不管孩子们在做什么,肯定对人们产生了影响。”

“但我们喜欢晚上偷偷溜出去!”贾斯蒂娜说道。

“您就不能假装不知道吗?这样我们就可以继续拿着绳子,打开窗户,狂欢作乐了。”海勒姆问道。“这些事情我都很擅长,其他人也完全没问题。”

“绳子很有趣!”凯伊说。

但院长还是坚持,大怪物也同意了,因此安西娅准备自己制定计划表,她会尽可能地做到公正合理,确保在鞋匠妻子埃斯梅带着一大堆日常用品、让人困惑的志愿者和毫无表情的帮助者进入孤儿院后,没有人需要花太多时间来应付她。这并不是说孤儿院里的每个人都不懂感激——他们是懂感激

的——只是埃斯梅进屋后大家很难有插话的机会。

在接下来的几天里，院长、迈伦和孩子们轮流在孤儿院和大怪物的小屋之间奔走。回到孤儿院后，他们帮志愿者更换屋顶上的瓦片，修复破损的楼梯，并加固下垂的托梁，以更好地把地板支撑起来。他们参加了鞋匠妻子组织的大型罐头派对，很快，食品储藏室里就堆满了番茄酱、炖牛肉、苹果酱和煮好的豆子，全都装在密封的大罐子里。

在大怪物的小屋里，他们写故事，给故事配插图，然后装订成书。时间又一次拉长、拆解、展开。他们花费的时间越多，他们拥有的就越多。

院长把旧床单缝在一起，迈伦做了一套支撑帐篷的竿子。于是，他们造出了一个巨大的、遮挡阳光的、东拼西凑的门廊，这样，大怪物就可以在白天走出家门，和她的新朋友们坐在一起，保护她的皮肤免受阳光照射。花园修理好了，又种上了新的植物，耐寒的冬季绿色植物早已向着天空茁壮成长，甚至有一堆南瓜也被救活了。土豆安全地种于地下，长势甚好，随时可以挖出来。大怪物的农场又变得暖和起来——比镇上的其他地方都要暖和得多——而且生产活动充满了热情。

乌鸦也发现了坐在孩子的腿上紧紧依偎在一起的奇妙和乐趣，他们经常争论该轮到谁这样做了。他们认为，孩子的腿上比世界上最好的鸟巢都还要好。（当然，哈罗德从不争论。哈罗德总是在卡斯腿上占有一席之地。这是理所当然的。）每天晚上，乌鸦们都给石头谷的人们送书。

孩子们在大怪物家的时候，和羊儿、狗还有乌鸦们玩耍，而在孤儿院的时候，孩子们和小鸡、山羊、猫咪嬉戏。他们不停地来回移动着，反反复复。

但是他们要这样持续多久呢？这就是问题所在。似乎没有人知道答案。当然，孩子们望向安西娅，但安西娅却奇怪地变沉默了。她经常在她的账簿上记笔记。她没有给任何人看过。

一天，孩子们坐在临时搭建的门廊阴影下，为以利亚的一个故事画着插图，巴图比抬起头来。“什么是邻居？”他问道。

“我也不知道。”安西娅说。这问题听起来像是哲学，使她立刻烦恼起来。而且，她正忙着画一棵树。

“谁能递给我一支新画笔吗？这支笔坏了”，以利亚说，他把故事滔滔不绝地写在纸上。他没有抬头，只是等着画笔出现，然后继续画下去。

他写字，卡斯也在写字，迪尔德雷和大怪物画画，院长帮忙做针线活，迈伦照看小孩子。

许多分钟过去了。安西娅以为巴图比忘了他的问题。“不，说真的，”他坚持问道，“什么是邻居？”

“查字典吧。”安西娅尖刻地说道。她开始写故事，莫名其妙地发现自己陷入了各种冗长的描述中。她摇了摇头，纳闷为什么以利亚就写得那么轻松。

巴图比没有被吓倒。“没有。我说的不是字典上的定义。定义存在于表面。要像哲学家一样思考——从内部看事物。睦邻友好的本质是什么？成为邻居意味着什么？”

安西娅放下笔，皱起了眉头。“我不知道你在说什么”，她说道。

巴图比叹了口气。“我们给人们讲述这些故事，他们正在产生变化。但他们需要更多，更有影响力的东西。最终，人们只会通过思想上的重大改变来改变他们的行为和坏想法。思考始于问题，哲学就是这样运作的。那么，我们如何让人们开始提问呢？这个小镇上的人不仅没有成为大怪物的邻居，他们也没能成为彼此的邻居，也许是时候问问自己，做邻居到底意味着什么了。”

安西娅耸了耸肩，继续干她的活。“我怀疑你的假设”，她说道。“我怀疑你的脸”，巴图比回答道，然后他就不再提这件事了。

但安西娅一直在思考。

当她和巴图比、卡斯一起走回家的时候，孩子们在背带里打着盹儿（哈罗德在卡斯的肩膀上），安西娅密切关注着她在路上看到的一切。巴图比是对的，这些书很有帮助，她看得出来。她向四处望去，门窗都打开了，人们把书拿出来读。铁匠摆了几把椅子，以便即兴讨论，结果，他收了两个年轻人做他的新学徒。因为经常有人进进出出，治安官拿出了几壶苹果酒或茶，并提供了一个谈话的地方。

孩子们穿过中心广场。镇长的牌子还挂着，但大多数人已经不再注意它

们了。他的传单成堆地放在角落里。如果有人注意到那些传单，也只是为了帮助清理杂物和把垃圾扔进垃圾桶里。在广场的另一边，一个年轻人和一群孩子安排了一个讲故事的时间。他们都撑着伞遮阴。年轻人讲了这样一个故事：一只善良的狐狸，一只脾气暴躁的松鸡，还有一个总是不明白事情真相并且总是犯愚蠢错误的哲学家。孩子们笑个不停。

安西娅停了一会儿，打量着眼前的情景。她歪着头。“嗯”，她说道。

后来，安西娅独自坐在孤儿院敞开的大门前石阶上，看着人们走过。她在账簿上记着笔记。人们挥手致意，互相称呼对方的名字。他们甚至知道她的名字。她害羞地挥了挥手。

安西娅思考着自这些书问世以来她所观察到的其他变化。聊天变成了讨论，讨论变成了聚会，聚会变成了聚餐。人们不再匆匆忙忙。他们相互微笑，彼此握手，或碰着对方的胳膊，甚至拥抱。鞋匠的妻子组织了一次全镇范围内的菜园交易活动，这样人们就可以用几袋绿西红柿换几盒灯泡或一袋额外的南瓜。

孤儿院也开始发生变化。有人建了一个小栅栏把山羊和鸡关在里面，这样院长和迈伦就可以在早上打开大门，让大门大开一整天。迈伦决定向社区开放阅览室，并设置了一个借阅登记单。现在人们带着要借的书或要还的书来来去去。架子自行调整，似乎从来没有空过，但没有人质疑这一点。镇上的人们忙着带着做好的菜和额外的鞋子进来，带着自制的肥皂、果酱或树莓甜酒作为临别礼物离开。但是孩子们并没有告诉他们的邻居们，他们一直在去大怪物的房子。他们认为镇上的人们还没有准备好理解这件事。

过了一会儿，巴图比和卡斯坐在安西娅的两边，她不停地在账簿上写着东西。他们那样坐了很长时间。最后，安西娅停住了，抬起头来。两个带着工具腰带和绳子的女人来检查烟囱了。院子里，一个男人站在梯子上修着窗户，邻居家的两个和妈妈一起来的孩子和小孩子们玩着，他们正在用手喂鸡食物，高兴地叫着。

安西娅转向巴图比。“说真的，什么是邻居？”她问道。

巴图比咧嘴一笑。“你看到了什么？一旦你掌握了哲学的窍门，它就不

是那么糟糕了。我们组织一次讨论会好吗?”

“不。”安西娅平静地说,她回头看了看街道。一群邻居在街区尽头把椅子摆成一圈,坐着聊天,交换着书和零食。他们都相视而笑。

“也许吧,”安西娅补充道,“差不多吧。你看,我有个计划。”

“和哲学有关吗?”巴图比问道。卡斯翻了个白眼。她把纳内特和奥菲斯从背带上取下来,带着他们和哈罗德一起去看望喂鸡的孩子们。

“我想可能吧。”安西娅说道。她在账簿上写了最后一句话。“总的来说,我很确定你是对的。如果人们想要做出重大改变,他们确实需要提出重大问题。我们需要让每个人都问同样的重大问题。”她在笔记上圈了一些东西,并在下面画了几条线。

“我们该怎么做呢?”巴图比问道。

安西娅笑了。“我们要做一条巨幅标语。”

第 48 章

可能的解决方案

那些该死的书不停出现。镇长感到焦躁不安。

它们是从哪里来的？

为什么人们会无视我美丽的标语？

有标语说“镇长知道什么才对你们最有利”，也有标语说“大怪物很危险”，还有标语说“也许我们应该建一堵墙把她挡在外面”。标语贴满了整个小镇。它们挂在晒衣绳上，或是在旗杆上飘扬。

然而……它们似乎一点用处都没有。

镇长还记得很久以前的那些日子，那时他刚到石头谷，石头谷的人们经常在树荫下悠闲地看书和讨论。他一想到这件事就做了个鬼脸。那时，诗人们站在苹果树那斑驳的树影下，吟诵着史诗和颂歌。哲学家们来到广场论坛上演讲和辩论。图书管理员们坐在宏伟的前门台阶上，和一大群脏兮兮的孩子一起讲故事。太可怕了！光是记起这些事情都令人反感。烧毁图书馆是他能为这个镇做的最好的事。有人感谢过他吗？没有，他们没有！

哦，镇长猛然意识到。这是个秘密，不是吗？很好。还好我没大声说出来。

有秘密和没秘密之间的区别，他有时有点迷糊。他责怪时间。这是他活得太长就会遇到的问题之一——时间是一种循环、扭曲和摇摆的趋势。这使得真相和谎言的区别比在正常情况下更加模糊。镇长觉得这不是他的错。他说什么是真的，什么就是真的，不是吗？他当然觉得应该是这样。毕竟，当镇长是一项繁重的工作，而他要求的却很少。

他穿过小镇，穿着整洁的大衣和漂亮的靴子，头发蓬松，显得光彩夺目。他对所有经过的人都露出灿烂的微笑。石头谷的居民却没有注意到。真奇怪，镇长想。到底发生了什么？

他又试了一次。他咔嗒一声把两只漂亮的靴子合在一起，向一群腋下夹着书匆匆走过的妇女殷勤地鞠了一躬。他笑得那么灿烂，简直像要打碎了玻璃。那些女人不停地走过，就像他根本不存在一样。她们都说得很快很急，她们的脸颊因各种复杂的想法而涨得通红。

这些想法都与镇长无关。他看得出来。镇长感到自己充斥着一种很久很久都没有过的感觉。毫无疑问，镇长感到闷闷不乐。他郁闷地继续朝着小镇中心走去。

人们在大街上和广场上架起了遮阳篷，拿出了毯子、躺椅和可以坐的地毯，一起讨论、阅读和辩论。他们无处不在。人们聚集在泥泞池塘的杂草边缘，那里曾经是公园的天坑。他们坐在图书馆废墟中摇摇欲坠的石头上。他们在建筑物之间的阴凉处或突然热闹起来的商店门口闲聊着。有人在石板上用粉笔写了首诗。镇长讨厌诗歌。

“你好，”他热情地向走过的人打招呼，“你好，你好。是我，你们亲爱的镇长。”这是一个多么可爱的词。镇长，这是世界上最美妙的词。通常他对人们说这些话时，他们会用纵容和崇拜的目光看着他，这是他最喜欢的。但是现在呢？他们忙于读书。他们根本没有注意到他。

市政大厅的钟声响了，又到了演讲的时间。他会让每个人都有机会表达他们对那个可笑的大怪物的不满，他们会忘记他们的书和问题，一切又会恢复正常。怒气会增强，怨恨会加深。他会做更多的标语！人们会高呼！辉煌的呐喊声将响彻整个小镇！

他在心中唱着歌走向讲台。他的靴子咔嗒作响，头发闪闪发光，金扣在阳光下金光闪闪。他等待着掌声，但没人鼓掌。广场上的人们都在埋头读书。他们成群结队地喃喃自语，几乎没有注意到他的到来。

“嗯哼，”镇长殷勤地说，但还是什么都没有，“好了，我亲爱的，亲爱的居民，今天我为你们准备了什么演讲呢？听着！大家都听着！毕竟，表达不满是很重要的。特别是如果不满是针对。”他眨了眨眼睛，“某些人，你知道的，谁住在小镇的尽头？”

一个女人走近讲台。镇长放松了，他想，事情终于有所进展了。“镇长先生，我很感激，”她说，“老实说，我真的很感激。我很感激你……突然愿意倾听小镇的声音。这是一个很好的变化。与其说我有什么不满要说，倒不如说我想提出一个解决办法。”

他向着人群微笑，并用一个华丽的手势示意那个女人。“你看到了吧？”他说，“这就是我喜欢石头谷的原因。我们是解决问题的一群人。好样的！告诉我你的解决办法吧，亲爱的！”

“嗯，您懂的，先生，在失去了繁荣之后，我们以前的许多镇民干脆永远离开了这里，石头谷有几所废弃的房子，也有一些有能力的人失业了。我建议我们一起努力，至少让镇里的一件事变得更好。我们为什么不从废弃的房子里抢救出有用的东西来建一所新学校呢？孩子们非常需要它。”那女人斜着下巴，期待地望着镇长。

镇长盯着那个女人，嘴巴微微张着。“对不起，你说什么来着？”他说道。她说的根本不是大怪物。到底发生了什么事？更糟糕的是，这时有几个人围在她身边不停地点头。那些埋头看书的人，那些根本没有注意听讲的人，突然站了起来。他们互相拍了拍后背，握了握手，有几个人开始疯狂地欢呼。刚才说话的那个女人显然是个爱管闲事的，她拿着一张登记表开始走来走去。镇长很困惑。什么时候开始有人拿着登记表走来走去了？这在以前从未发生过。

事情进展得并不顺利。镇长必须迅速思考。“是的，是的，这一切都很好。其他人有什么想要分享的吗？比如说，我一个人就能解决的问题？”

一个男人走近讲台。“您知道，”他说，“天坑问题是可以解决的。”

“什么？”镇长哈哈大笑，“不，当然不是！”要是石头谷的人能更慷慨地为小镇捐款就好了！但他们没有！这太悲哀了！”

“不是的，先生，”那人坚持说道，“我家里有几本关于土木工程的书。就在图书馆烧毁之前，我父亲把这些书从图书馆借了出来，从那以后我们就一直保存着它们，想着等图书馆最终重建时，再把它们还回去。我敢肯定，只要稍微安排一下，然后——”

“还有谁想说话吗？”镇长吼道。

“嗯哼”，一个瘦小的女人说。她手里拿着一本打开的账簿，里面全是数字。

哦，不，镇长想。别是会计啊！

“在我看来，”她说，“石头谷的问题不在于缺少慷慨，而在于分配不当。如果我们都付了税，那钱去哪儿了？我真的相信，如果我们用一些基本算数法，我们就能开始解决我们的问题。您能详细说明一下小镇的财政状况吗？”

镇长气急败坏地咒骂着。“好吧！”他生气地说。“财政！就是这个主意！我不喜欢你的语气！我的意思是，看看这些漂亮的标语！”他指着头顶，才发现其中一条标语遭破坏了。上面写的是“不再贪婪”，而不是“不要再有大怪物”。大家都怎么了？“而且——”镇长接着说，“今天发生了多少起大怪物袭击事件了？没错，没有！你感谢过你的镇长吗？你给他送过什么好东西吗？比如，一个馅饼，附上一张纸条写着‘做得好，镇长！’。没有，你没有！”

有几组人走过来。他们看起来并不高兴。一个系着围裙的男人走上前来说：“我想指出，镇里的街道是——”

“很好！镇长打断了他的话，他重重地跺着脚，把脚下的木平台踩裂了。“街上很好，”他吼道，“这几天镇上的每个人都变得这么挑剔！”

一个头发上扎着编织针的女人说话了。“在我看来，有太多的居民在挨饿。让我们搭一个盈余产品架子，人们就可以在上面分享他们的多余的东西。”她笑道。

“真是岂有此理”，镇长喃喃地说道。

“有了这么多额外的书，我们需要一个社区机构来容纳它们，这样我们就可以彼此分享故事和想法，”一名男子说，“你知道的。一座新图书馆。”

“嗯，那只不过是——”这时镇长被打断了。

“当我还是个小女孩的时候，有社区野餐。我认为是时候重新组织这些活动了。”

镇长抬起眼睛看着那些漂亮的标语。他在这上面花了很多工夫。标语在整个广场排成一行。他的目光在他们中间游走，但最后一个标语让他停住

了脚步。他没有做过那条标语。他眯起了双眼。

他读道:"什么是邻居?"镇长皱起眉头。他转过身来怒视着人群。"什么是邻居?"他说。"谁把那条标语挂在那儿的? 肯定不是我。这都算不上是个问题。每个人都知道邻居是什么。"他又看了看那些字。"什么是邻居?"谁敢用一个未经批准的标语毁了他的作品?

乌云滚滚而来,下起了小雨。镇长讨厌下雨。这会使他的皮肤起泡并发痒。石头谷的居民似乎一点也不介意下雨。他们仰面朝天。

"好了,今天就到这里吧!"镇长说。没有人迎合他。当他大步走下楼梯时,没有人鼓掌。他默默地离开,一个人走回家,思绪万千。他会把叛逆者的标语盖起来。他会做更多的标语。他会禁止读书。他会结束他们的提问。他会让人们憎恨大怪物。尽一切可能,每个人都会重新爱上他。

一切都会如他所愿。

即使他要把整个小镇烧为平地。

第 49 章

什么是邻居？

第二天，当石头谷的人们醒来时，他们又一次发现了一本全新的书。这一次，每个人都收到了一模一样的东西，一本最漂亮的书——有精心绘制的插画和手写字，在一些书页上还印了花，闻起来像割过的草，新鲜空气，还有泥土和辛勤劳动的味道。这本书的书名是《邻居》。

“什么是邻居？”这句话写在学校老师的插图下面。“人们一直在问这个问题。”石头谷的居民嘟囔着。

“邻居仅仅是因为在一个偶然的地点——我离你很近，因此我们是邻居吗？”书中问道。

人们一边欣赏着精心绘制的石头谷街道插图，一边思考着这个问题——不是现在的街道，而是曾经的街道，那时小镇还很可爱。

“还是其他原因？”书上继续写道。我可以说住在镇上的人或者住在我街区的人是我的邻居。难道住在我隔壁房子的人比睡在我门外鹅卵石上无家可归的人更像我的邻居吗？谁是我的邻居？

石头谷的人们继续阅读。尽管大家都知道这两个人已经有十年没说过话了，但人们还是在那张药剂师和治安官坐在一起吃饭的插图前流连不去。人们对着鞋匠和他妻子的照片笑了笑，他俩张开的手掌上各有一只乌鸦。人们不吃早饭，走到外面，坐在路边，目不转睛地盯着书页。

“什么是邻居？”书又问道。这一页展示了一个年轻人的照片，他住在桥下一个手工搭建的小屋里，靠打零工为生。

“你的邻居住在巷子那头的房子里，”书里接着说道，“或在一个废弃院子里的棚屋里。你的邻居住在森林和小镇之间的农场里。你的邻居住在公园附近，或住在公园里。你的邻居住在孤儿院。你的邻居住在道路蜿蜒崎岖、

满是灌木丛的地方，梧桐树沉重的枝干在风中吱吱作响。你看，你的邻居是任何人。是一个人，一个会思考，会呼吸，会担心，会爱的人。那个人是你的邻居。”

鞋匠和他的妻子并肩坐在他们房子旁边的遮阳伞下。鞋匠把书紧紧贴在心上，埃斯梅伸手握住他的手。铁匠跑到外面，向看到的每个人打招呼，而治安官径直走到药剂师跟前，拥抱了她。

“什么是邻居？”书又问了一次。邻居和你很相似，或者和你不一样，他们有相同的部分，也有不同的部分。邻居和你有相同的价值观，或者部分相同，或者完全不同。邻居是你关心的人，邻居是那些毫无理由帮助你的人。他们帮助你是因为你是一个人，也因为他们是一个人，所以人们互相帮助。邻居就是出现在你面前的人。

这一页的插图是大怪物微笑着与她的乌鸦、狗和羊在一起。石头谷的人们想起了那座歪歪扭扭的房子，他们不自在地在座位上挪动身子，因为她是邻居。她当然是。

石头谷的人们知道，曾经有一段时间，邻居们会互相帮助。为什么这消失了？他们想知道。为什么睦邻关系停止了？然后，一个更小更尖锐的问题在他们的脑海中闪现：我欠邻居什么？

“什么是邻居？”书问道。有一幅点灯人的画。接着是一幅屠夫的画。接着是经营孤儿院的老夫妇的画像。邻居是无条件存在的——如果我宣布这个人是我的邻居而那个人不是，那么邻里关系上失败的是我，而不是他们。只有宣称所有的人都是你的邻居，并表现得好像所有人都是你的邻居，我们自己才能成为好邻里。做一个好邻居必须从我们自己做起。

石头谷的人们想起了他们多次经过大怪物的房子却没有打招呼的情景。当她到达时，他们没有表示欢迎。他们想到“不要再有大怪物了”的标语，感到十分羞愧。他们也想到了“书是危险的”标语，于是他们开始怀疑起来。

石头谷的人们一个个抬起头来，他们互相看着对方的眼睛。他们挥手，第一次注意到镇中心附近有一点喧闹。孩子们互相欢笑的声音。乌鸦在叽叽喳喳地叫。石头谷的人们一个接一个地随着声音站了起来。

“什么是邻居?”书中问道。邻居是给你送汤或是面包的人,或是张开双臂的人。邻居随时准备好帮助你清理坍塌的屋顶,帮助你清理需要打扫的花园,或者在可怕的夜晚为你提供安全的住所。邻居关心你、担心你,和你一起笑,支持你。听起来是不是很可爱?

石头谷的人们发现自己站在中心广场上,目瞪口呆,惊讶不已。他们本来没打算来的,然而女裁缝却向前任教师挥了挥手,教师又向垃圾清运员挥了挥手,垃圾清运员又向蔬菜水果商挥了挥手,蔬菜水果商再向殡仪员挥手过去,殡仪员又向屠夫挥手,屠夫又向鞋匠夫妇挥手。

“很高兴见到你们”,他们的邻居说道。

一群羊走来走去。多好的羊啊!他们肌肉发达,敏捷而狡猾,他们的羊毛是所有人摸过的最柔软的。一群乌鸦在头顶飞来飞去,喃喃地叫着,他们似乎在和孩子们和那只明显失明的狗玩耍。甚至一些羊也加入了进来。孩子们笑着,乌鸦叫着,然后乌鸦在笑,孩子们在叫。他们跑着、飞舞着、跳跃着、旋转着,好像世界上没有比这更有趣的事了。乌鸦通常和孩子们一起玩吗?石头谷的镇民挠着头,感到纳闷。也许吧。谁知道呢?

那里有孤儿院的院长和她的丈夫迈伦,他们都是社区里正直的人,他们备受尊敬。他们就站在那儿——和大怪物站在一起。院长和大怪物虽然体型不同,但他们的手却紧紧地搂在一起。大怪物和迈伦在一起大笑。大怪物穿着长袖和长手套,她把伞撑在头上,遮住脸。她没有变成石头或灰尘,所以有两个关于大怪物的故事显然不是真的,还有什么不是真的?

“什么是邻居?”书里问道。邻居是一个有工具、有技能、有诀窍的女人,她会过来帮你修理坏了的东西。邻居就是讲故事到深夜的人。邻居就是看你从街角走来,不断挥手的人。

孤儿院的孩子们像工蜂一样行动起来。他们用那块旧石头旁垃圾堆里的废木料做了一张桌子。他们一个个从手推车里拉出点心,馅饼、蛋糕、面包卷和奶酪。小孩子们抱着向日葵、百日菊和菊花,把它们撒得到处都是。

其中一个孤儿,一个高大严肃的女孩,扎着黑色的长辫子,在临时搭建的桌子上绑了一个标语。上面写着“今天是野餐日,邻居们的奉献,邻居们共

享，欢迎大家来这里”。桌上堆满了刚烤好的面包，还有精心制作的饼干、厚馅饼，还有闪亮的面包卷。

镇上的人在广场上走来走去，仿佛在做梦。他们向院长打招呼，向迈伦打招呼，他们也向大怪物打招呼。他们伸长脖子直视她的脸，惊叹于她头发上的花朵。每当她微笑的时候，他们看到她那光滑的皮肤在闪亮的新硬币般的眼睛周围皱起了皱纹，都咧嘴笑了。他们握着她的大手，惊讶地发现那双手是多么柔软和温暖。他们喜欢她，和她打招呼的感觉很好，和她握手的感觉真好。

“大家饿了吗？”大怪物说。是的，他们很饿。

“谢谢你！”他们说。

第 *50* 章

再次成为邻居

她认得他们所有人的脸，她认识他们所有人的脸已经很久很久了，她一直在通过潜望镜观察他们。

看！大怪物想。那位女士，她为燕子建造鸟舍，这些燕子住在沼泽里，这些沼泽填满了公园原来的天坑。每个鸟舍都很小，很精致，很完美。每一个里面都用旧的柔软的织物垫着。因为每个人都应该有一个可爱的住处——即使这位女士自己已经好几年没有屋顶了，每天晚上都睡在小镇另一边的一个旧谷仓里。

看！那位男士，他的面包店倒闭了。他曾经被面包切片机切掉了两根手指。他把手捂在脸上，好像还在疼。

看！前风琴手在为他逝去的妻子哀悼。

看！有药剂师，还有那个疲惫的医生。

还有鞋匠和他能言善辩的妻子。

但是，近距离观察一个人与从远处观察一个人是完全不同的。近距离观察，他们的脸上讲述了各种各样的故事。大怪物看到了爱和失落，还有伤疤。她能看到失望、担心和悲伤。大怪物马上就能分辨出哪些人擅长讲笑话，哪些人擅长算术，哪些人总是带着一箱工具和一脑袋的诀窍。

随着时间的流逝，石头谷的人们注意到桌上的盘子已经用完了。“我马上回来”，修自行车的女人说。

“我想我有东西要分享——请给我一分钟”，铁匠说。

他们带来了几罐苹果酱和几碗李子果盘。他们从自己的葡萄园带了酒来。连屠夫都带来了一个小火腿，只是不大情愿。还有人送来了一壶咖啡，装满杯子的托盘，一罐牛奶，一碗炒蛋，一碗沙拉，一篮子树莓，一大桶汤。

没有食物可以分享的人们带着其他东西来到广场。遮阳篷，椅子，一群大一点的孩子拖过来一张古老的沙发，放在石头旁边。

“对不起，”一个邻居对大怪物说，“为我所做的一切。我不知道我们是怎么了。你能原谅我们吗？”她给羊带来了铃铛，这样它们就不会迷路了，还给狗带来了一根骨头。

“我一会儿去修窗户。”另一个邻居说。

“我们一群人可以帮忙打理花园”，另一个人说。“人多好干活。”

“你是怎么把饼干做成鸟的样子的？”一个邻居问。

“你做坚果蛋糕的食谱是什么？”另一个人问道。

大怪物回答了他们关于食物的问题，并讲述了她的经历——她和鲸鱼一起游泳的时光，和巨魔一起在城堡里的时光，她在沼泽里的时光，以及在大怪物村庄的时光。她告诉他们她是如何来到石头谷的，因为她对这里的遭遇略知一二。

“事实上，”大怪物说，“看那里，在那块石头上。”她歪着头，眯起眼睛。“如果你看得到，它看起来就像我以前的村庄。”她皱起了眉头。“据我所知，一条龙乔装而来，欺骗了所有人，然后把整个地方烧为平地。但一条龙怎么能在大怪物村庄里伪装自己呢？这说不通。”

“噢！”以利亚说，“我知道！我读了关于那条龙的一切。”

以利亚就把龙的事告诉了全镇居民，还有皮囊的事情。

安西娅没有打断他的话，一次都没有，他把故事从头到尾讲了一遍。

第 51 章

野餐

镇长一走出他的豪宅就立刻注意到有些不对劲。

他皱起了眉头。

他的房子看起来很正常，他的院子也没有人动过，他那豪华的雕像在阳光下依然闪闪发亮。那么是什么改变了呢？

他的魔法快要耗尽了，这可能解释了为什么他最近很难说服镇上的人们。他意识到，自己在镇长的皮囊里待了这么久是愚蠢的。在他的记忆中，他从来没有在一副皮囊里待过这么长时间。事实上，任何龙都不可能做到。他上次脱下镇长的皮囊是什么时候？他不确定。但工作太多了，他又太懒了。他会是第一条承认这件事的龙。

那么，他的处境变成这样就不足为奇了。当人们惊叹于他美妙的嗓音时，没有人感到头晕。没有人在他面前发光。难怪——没有了这个小魔法。没关系，他决定。新月就要来了，在其到来之前，他会径直走进树林，享受他那不可思议的龙身。曾几何时，他每个月都会这样做，就像时钟一样准时。但那是很久以前的事了，那时有房子要去烧毁，有小镇要去欺骗，他需要处于最佳状态。他已经太习惯于懒惰了，是时候要采取行动了。如果这次新月不去，那下一次新月一定要去。如果他肯的话。

镇长腋下卷着一叠标语，走出前门，门廊在他脚下发出嘎吱声。他决定，今天一定会好起来。今天，他打算彻底揭开这些书籍的神秘面纱。今天，他打算把小镇的苦难引向正确的方向，然后……

他在自家院子边停了下来。“哦”，他说。

几乎所有的猫都不见了。只剩下一只——一只独眼古老的橘猫。她摇了摇尾巴，她目不转睛地盯着镇长，眼睛都不眨。这可真奇怪，镇长想。他的

房子周围一直都有猫，有这么多可恶的猫。一直看着，等着，盯着他，他也不知道为什么。好吧，他知道为什么了。猫和龙从未和睦相处，但他已经很久没有真正把自己当成龙了。当镇长很适合他。他从未特别和其他龙族成员和睦相处过。作为镇长，他唯一需要钦佩的人就是他自己，他发现自己非常令人钦佩。

“唉，”他对那只橘猫说，“看来你失去了你的小伙伴们。”橘猫什么也没说。

他耸了耸肩。“看来你也没那么强大。”他到底在说什么？猫永远不会像龙那么强大。他气冲冲地大步走开了。那只古老橘猫没有动。

他迈步回到广场，尽力忘记那些无关紧要的猫的荒唐行为，把注意力集中在自己非凡的自我上。

他腋下有块标语，上面写着

“不要再有大怪物。”标语看起来还不错。

另一块标语上写着

“别让陌生人拿走你的东西”。

这块标语还可以，但没达到他想要的效果。另一块标语上写着：

“我们不能容忍懒惰的小偷。”这明显是他的最爱。

他很想看看有没有失业的懒散者愿意为了一两枚硬币把这些标语挂起来——为了达到这个目的，他总是在口袋里放着两枚假币。假币会在日落时消失，这只是神奇的一点魔力而已。这样子做更加耗尽了他的魔力。没关系。他很快就会解决这个小问题。

当转向广场时，镇长看到了令人震惊的一幕。

大怪物，就在那儿，在广场上，坐在一张旧椅子上，还是在白天，在有人搭的遮阳伞下。镇长讨厌遮阳伞。

看那边！人们在分享食物。他讨厌分享。

再看那边！人们在抚摸着狗，或抱着羊。有人在拥抱大怪物。他发誓要颁布一项新法令，禁止拥抱、抚摸，呃，还有依偎。

乌鸦们抬起头来，镇长怒视着乌鸦们。乌鸦们也瞪了他一眼，然后，毫无预兆地，乌鸦们跳起来，冲向天空，在建筑物上疾驰而过，看不见了。孩子们看着他们飞走，直到他们消失。

“真是谢天谢地，”镇长低声说，“一群流氓！”他挠了挠胳膊，又挠了挠脸。前一天他在雨里待了太久，整天都发痒。

他向广场中心走去。“这是干什么？”镇长吼道。

“您想喝杯咖啡吗？”治安官问，她露出灿烂的笑容。她总是面带灿烂的笑容吗？镇长不这么认为。通常这位治安官是相当严肃的。

“不，”镇长生气地说，“我不想喝咖啡。我要秩序！和法律！我要夺回这个小镇，从……这一切手中！”

每个人都在微笑。这一切都错了，他绝望地想。

“您想喝点汤吗？”一位老人说。

“或者来点炒鸡蛋？”一个老妇人说。

“我做了饼干，”大怪物说，“不幸的是，馅饼已经有人吃掉了。我知道你有多喜欢馅饼，我的朋友。”

镇长感到头晕目眩，他简直不敢相信自己听到的话。“我不想喝汤，不想吃鸡蛋，也不想吃饼干，而且我对馅饼很不满意。”

石头谷的人捂着耳朵。他的声音被奇怪地放大，震动着天空。镇长感到皮囊在变化着，他调整了一下，最近皮囊变化太大了。他的一边脸颊似乎不再饱满，一边肩膀感觉好像瘪了。人们似乎注意到了。

他们躲开镇长，眼神变得警惕起来，脸颊也失去了血色。

镇长尴尬地清了清嗓子，他集中精力，发挥着最深处的储备魔法。他需要让全镇的人眼花缭乱，他需要用最后一点魔力令他们称赞。他挠了挠胳膊，挠了挠脖子后面。他好痒。“有谁”，他用更加柔和的声音说道(魔法起作用了吗？他希望魔法起作用了；他怪自己没有增强魔法)，“想帮我分发这些标语吗？”他狠狠地看了大怪物一眼，然后又把目光转向其他人。“这些标语是针对，”他压低声音说，“你们知道是针对谁。”

“不用了，谢谢，”退休教师说，“我们正在和好邻居们一起享用美妙的野餐。”

镇长闭上了眼睛，他想象着自己内心深处蕴藏着魔法，就像深井底部的

珍贵泉水。他想象着魔法在膨胀、冒泡，在这珍贵而可爱的皮囊里占据了他所需要的所有空间，这位镇长的皮囊已经成为他的一部分，他无法想象变成其他任何东西。他想象着魔法在他的身体里闪耀着，翻滚着。他准备用魔法来放大他的声音，在令人陶醉的甜蜜嗓音中分离，让任何人听到后都不可能不入迷。他清了清嗓子。但就在那一刻，空中已经布满了乌鸦。

乌鸦们的嘴和爪子上都有闪亮的东西。

“到底是怎么回事？”镇长自言自语道。他眯起眼睛，想看得更仔细些。然后他倒吸了一口气。“哎呀，”他意识到这一点后说道，“哦，不！”

第 52 章

乌鸦

五年前，乌鸦们在森林的地上发现了那张瘪了的皮囊。皮囊上有一头金发，还有闪亮的金扣，等着有人去取！

——这对乌鸦们来说没有吸引力，他们没有去碰那对金扣，他们不想接近那个东西，后来再也没提那个东西。他们不想让自己的思绪停留在那里，这太令人不安，太奇怪了。

但哈罗德总是想着那东西。什么生物会把皮囊留下？乌鸦中流传着一个古老的故事，说有一条龙曾经在一只乌鸦的皮囊里生活过一段时间。但那条龙善良、仁慈、聪明，一点都不像镇长，还有他那头发、扣子、外套。哈罗德一旦注意到了，就无法不去注意了。

后来，当哈罗德得知镇长的事情和他满屋子的金子时，他相信这个故事了。

毕竟龙会囤积东西，就像镇长一样。

野餐的前一天晚上，哈罗德和他的乌鸦家人商量了一下，发现他们也得出了类似的结论。必须对那条龙做点什么。

乌鸦们知道大怪物、孩子们、院长和迈伦都有某种计划。关于邻里团结等等。这听起来很美好，但乌鸦是现实主义者。分享故事和讨论想法是很好的，但当镇上有一条撒谎无情的恶龙时，这有用吗？没用，乌鸦们判定道。事实的确如此。

孩子们不打算和那条龙打交道。大怪物被她对所谓镇长的感情蒙蔽了双眼。不，这是一个非常大的问题，只有乌鸦们才能解决问题。聪明、勇敢、帅气的乌鸦们。一想到这一点，他们就骄傲地摇着头。他们膨起羽毛，默默地想着自己是多么优秀和友善。

于是乌鸦们帮着把关于邻里关系的书送到了石头谷的每一位讨厌的邻居那里。“呱——”他们一边送东西一边小声说，意思是“你不配得到这本书，但还是送给你”。

乌鸦们帮着把食物装进手推车。他们用鼻子蹭着大怪物，拥抱着孩子们。就连院长和老迈伦也给他们点心吃，亲切地拍了拍乌鸦迷人的头。镇上的其他人到了的时候，乌鸦们在广场上和孩子们玩耍。他们膨起羽毛，做好战斗的准备。但相反，每个人都玩得很开心。镇上的人都道歉了，他们拥抱了大怪物，他们在悲伤和羞愧中低下了头。乌鸦们觉得这一切都很融洽，但显然还不够。他们仍然警惕地注视着镇上的人。

然后镇长来了。

“就是现在！”哈罗德大声喊道。

乌鸦们扑腾着翅膀，挤满了天空。他们的羽毛像墨水一样闪闪发光。哈罗德转身俯冲。他的家人们是如此美丽。当他们一起飞翔的时候是那么美。“这边！”哈罗德喊道。他们怀着同一个目的和同一个想法，飞向镇长的豪宅。

当他们到达豪宅时，他们注意到那只老橘猫端坐在院子边。乌鸦们扑打着翅膀飞下来面对那只橘猫，他们深深地鞠了一躬，“呱——”乌鸦说，意思是“你好，橘猫！我们是来偷龙藏在房子里的宝藏的，请允许我们安全通行”。

乌鸦们不会讲猫语，他们从来就不会。另外，猫确实会说乌鸦语，因为他们会说几种语言，但他们不喜欢这样。沟通是令人烦恼的，猫爱怎么说就怎么说。“喵”，橘猫说道，意思是“我的同胞们在广场上等着”。我们一直在观察他的魔法消耗情况，我们认为现在是时候采取行动了。如果你们想偷宝藏，现在正是最佳时机。”说完，橘猫就溜走了。乌鸦们不知道她在说什么，但很明显，她并不介意乌鸦偷东西。

乌鸦们飞向豪宅，从两扇开着的窗户飞了进去，落在一座堆积如山的硬币上。镇长已经把这堆东西分类——铜币像山丘一样堆在厨房和食品储藏室，银币像雪崩一样从楼梯上倾泻而下，金币像山脉一样延伸到客厅里。乌鸦们看到了金币堆中的小路，以及镇长有时躺下小睡一会儿的浅坑。

这是哈罗德一生中见过的最耀眼的一幕，他看得头晕目眩。他摇了摇头，清了清嗓子。“呱——”他对家人喊道，意思是“这里有很多东西，我们一次拿不完”。不管了，我们用嘴含住一枚硬币，一只爪子抓两枚硬币，然后我们飞去广场。

第一批乌鸦从成堆的硬币中取出硬币，飞出豪宅，飞过房屋，飞到广场，让硬币像雨点一样落在惊讶的众人脸上。

第 53 章

小镇

听着——

我说过，这是一个关于小镇的故事。但这个故事并不完整。你正在读的这个故事有开头、中间和结尾。但这些认识都是武断的，你不觉得吗？故事从某个时间点开始，但这个时间点在故事开始之前就已经存在了。故事会在讲述者认为方便的时间点结束，但这个时间点之后故事仍然存在。故事里的人物会继续存在，直到他们在生命的尽头，继续他们的下一个故事，下一个冒险。也许故事只是想提醒读者，时间是一个有趣的东西：它会延伸和消失，弯曲和摇晃。当你移动得太快时，它就会变慢。

确实有一个地方叫石头谷，那是很久以前原来的镇民砍倒一片树林后建造的。同样，爱着这些树的石头，因为失去了树而悲伤地哭个不停，直到现在还在哭。石头谷的早期居民确实尽了最大的努力来建设一个美丽、公正、公平的小镇，一个可爱的社区。有时，他们成功了。有时，他们失败了。那座美丽的图书馆是在石头谷的居民试图分享知识、财富、公益和公民责任的时候建造的，这也是事实。的确，图书馆被烧毁了，镇上的人们在一旁看着，痛苦而无能为力，恐怖的大火深深烙印在他们心里。

它曾经是个可爱的小镇吗？我想已经够可爱的了，而且足够好，很善良。完美吗？哦，天哪，不！

石头谷的镇长不是他自己口中所说的那个人。事实上，他根本就不是一个人。除了用他美丽的谎言来迷惑石头谷的居民，用他狡猾的半真半假的谎言来操纵他们之外，这个自称镇长，伪装成人类的恶龙多年来一直在偷镇上的东西。恶龙让镇民变坏，让他们坐视他人困难却袖手旁观。让睦邻友好的概念像未浇水的花园一样枯萎凋零。鼓励镇民养成不满、易怒、孤立，以及拒绝和解的归属感。当然，这也不全是恶龙的错，这归咎于大家。但小镇的失败并不意味着他们不能选择做得更好。大怪物知道这一点，孤儿们也是如此。最后，镇上的其他人也明白这一点。

这是那天镇上的人所看到的：

天空因乌鸦而变暗，人们都很害怕。但这时一个女人指向空中说：“大家快看！”就在这时，乌鸦们丢下硬币，硬币铺满了地面。一些乌鸦飞得很低，把硬币塞到人们的口袋和背包里。其他乌鸦则轻轻地把硬币放在孩子们的手中。乌鸦飞来飞去，带着一枚又一枚的硬币，直到再也没有硬币可带来了。乌鸦往喷泉里扔硬币，长椅上扔硬币，菜园中扔硬币。硬币无处不在，是给所有人的。

镇长跪倒在地，他不停地挠着胳膊，他拼命地抓挠自己。曾经注入他皮囊的魔法几乎完全用尽了，他没有注意到。他试图把硬币囤积在手里，“我的宝贝们，”他叫道，“别碰硬币。这些硬币都是我的。”他的声音沙哑，烟雾从他嘴里冒出来，他紧紧抓住自己的肚子。

各种大小和颜色各异的猫开始在人群中蜿蜒而过。不只是镇长院子周围的猫——似乎镇上的猫都跑到中心广场去了。

“恕我直言，先生……”安西娅一本正经地说道。

乌鸦们高兴地笑了起来，他们渐渐喜欢上了安西娅那一本正经的小声音。

“那些硬币根本不属于你。因此，这笔钱是我们镇民的，应该会对每个人都有帮助，我们所有人。”

镇长目瞪口呆地盯着这个无礼的孩子。他望着镇上的大人们，想让他们来纠正她的错误，但他们也在点头，好像这是世界上最显而易见的事情。猫悄悄地靠近。

“这正是我们重新开放学校所需要的，”治安官说，“也是时候了。我这么说已经很多年了。”

“这正是我们修复街道所需要的”，屠夫说道。

“这正是我们重新种植果树所需要的，”老教师说道，“也许还有一个小镇花园。”

“有太多东西都损坏了，”前街道清洁工说道，“很难决定先解决什么问题，但我想我们会设法解决的。”

镇长咒骂着，他踢向桌子，把美味的烘焙食品都踢飞了。一只猫侧身靠近他的腿，镇长没有注意到。然后，猫用爪子狠狠地一挥，撕开了镇长裤子上的一条缝，还把镇长皮囊也割破了，但是镇长没有流血。他没有哭，甚至没有眨眼，他的皮肤下似乎什么也没有，伤口只是摆动着发出一种突突响声，听起来有点像放屁。

“说‘对不起’。”安西娅说。

另一只猫后腿直立起来，抓了镇长的腰部，在皮肤上划了很深的口子。

还是没有流血，只是一个空旷黑暗的空间，空气从伤口里吹了出来。

“住手！”镇长吼道，疯狂地挥舞着拳头，“滚开！你们这些讨厌的猫。”

另一只猫跳起来抓了一下镇长的胳膊。又是一道口，还是没有流血。这一次，人们可以看到鳞片发出暗淡的光芒，仿佛从很远的地方发出的光芒。镇长的肚子疼，他的皮肤发痒，他的思绪慌张而混乱。

“你还好吗？”大怪物问，“也许你只是饿了。我们有很多东西可以分享。”

镇长发出一声哽咽的喊叫。他从大怪物面前往后退缩，仿佛她身上覆盖着什么邪恶的东西。镇上的人恶狠狠地看了镇长一眼。另一只猫跳了起来紧粘在镇长的背上，又是一处划伤，又是一处抓伤，但他都没有流血。

镇长的皮肤里有东西在蠕动。“我……不……想要……分享，”镇长吐了口水，“当然也不会和大怪物分享，我的族人不看好你们的族人。可笑的大怪物。软弱、沉闷、低等的生物。龙是不会为大怪物而感到烦恼的。”说完，镇长准备向大怪物猛扑过去。

或者他试图这么做。

他觉得自己好像在糖浆里移动。他试图召唤他的魔法——寻求力量、火焰、以及所有。但什么都没有。但这对羊儿们来说并不重要，他们只看到一个皮肤松弛的坏人威胁着他们心爱的大怪物。

“咩！”羊低下羊角，吼叫道。

说着，一个满身皱纹的小生物费劲地从镇长的皮肤里爬了出来，就像一只刚孵出的幼崽，无力地从刚破开的蛋壳洞上爬出来一样。他紧张得喘不过气来，只得发出咕噜声。那绝对是一条龙。但他在那张皮囊里待了太久，以至于身体已经萎缩到几乎只有一只营养不良的老鼠那么大。鳞片斑驳，不再有往日的光彩，尾巴打结，翅膀下垂，手臂没有肌肉，在光线下眯起乳白色的眼睛，仿佛阳光会让他受伤一样。他看起来不像龙，倒更像一张浸透了水的蛇皮。更糟糕的是，他身上有旧袜子和沼气的味道。有些人做了个鬼脸。

“你们在看什么？”龙说，“我是伟大的！英俊的！小心点，不然我会像烧毁你们那可笑的图书馆一样烧了你们！”

这让大怪物都倒吸了一口气。

无论如何，这都是虚张声势。他的肚子里一点火焰也没有。他已经没有足够的魔法飞走了。

“喵，”一只猫说道，意思是“我们等待这一天已经很久很久了”。“喵，”另一只猫说，意思是“我敢说你会让我消化不良，但我相信这值得一试”。

龙不会说猫语，但他很懂交流，可以推断出猫在说什么。龙用那虚弱细长的腿所能承受的最快速度，沿着大路朝森林跑去。猫在后面紧追不舍，他们的咆哮声在鹅卵石上回响，越来越小，越来越远，直到追逐的声音完全消失。

龙逃走了吗？被吃掉了吗？会继续缩小，直到完全化为乌有吗？听着，我不知道，也不能说。我唯一确定的是再也没人见过他。

第 54 章

大怪物与孤儿院

几个月后，石头谷的冬天来临，厚厚的积雪降落，大怪物走出她那歪歪斜斜的房子，朝着孤儿院走去。她拖着装满饼干和零食的雪橇，乌鸦们在前面疾驰，狗和大怪物一起走着，像往常一样为自己的加入感到兴奋。羊安全地待在崭新的谷仓里，开心地嚼着干草。

走着走着，大怪物转过身去，向中心广场走去。整个广场都装饰一新，准备迎接各种冬季盛宴和节日。灯火通明，像星星一样闪闪发光，每盏灯上都装饰着缠绕的丝带和蝴蝶结，这是新镇长的项目之一。埃斯梅放弃了在鞋店帮丈夫干活的工作，参加了镇长竞选，她以压倒性优势当选镇长。她很擅长这项工作——高效、善良、公正，对如何让事情变得更好有很多伟大的想法。马上，她就开始雇佣当地人参与组织和美化工作。学校差不多完工了。新图书馆定于明年春天开放。她在市政厅挂了一块标语，上面写着“公众利益意味着公众是善良的。我相信你们！”

是的，大怪物猜到了，埃斯梅大概做到了。有些人有天赋，不仅能看到别人最好的一面，还能说服他人看到他们自己最好的一面。她真的很棒。

大怪物一边走着一边欣赏广场。当她走过时，人们向她招手，她也向他们招手。她在石头前停了下来。

（听）

她看了很长时间，然后（哦，然后！）她坐了下来。

人们匆匆走过，手里拿着一包包、一盘盘的食物。大多数人都亲切地欢迎她，有些则没有——有些人永远不会改变。接受这一点是一种自由。她将双手缓缓放到石头表面，就这样放在上面。石头颤抖着。大怪物闭上眼睛，微笑着。

“你好，石头！”她说。

“你好，大怪物！”我说道。

“你应该说点什么，你知道吗？”

我没有马上回答。时间对石头的作用不同，对大怪物也是。但我承认：我很孤独。能有人说说话真好。“你本可以在今天之前过来打个招呼的。”我的语气有些任性。“我的意思是，我不能去找你。”

这并不完全正确。没有人知道石头有多深或者有多宽。显然，我知道。但有些事只有自己知道也挺好的。我们就这样待了很长一段时间，互相讲着故事。大怪物和石头有很多共同之处，比你想象的还要多。

过了一会儿，狗开始嗷嗷地叫。“我必须走了，我的朋友。”

“哦，我知道了，”我说，“我已经知道这个故事的结局了。还有下一个故事，再下一个。”

大怪物笑了。她用她那双可爱坚硬的手轻拍着石头表面，也就是我的脸。“要回来看看我，好吗？”我满怀希望地说。

（她照做了，但那是另一个故事了。）

大怪物站起来，在黑暗的天空下走开了，她的脚轻轻地踩在地上，身后拖着雪橇，一直走到孤儿院。

孤儿院并不是为大怪物这种体型的生物建造的——从一个房间移动到另一个房间她都必须非常小心，因而她在门口先蹲下来，把宽阔的肩膀侧向一边，以免撞破墙壁，然后进入房间。孤儿院的一家人尽了最大的努力来招待她。安西娅给她做了一把特别的椅子，卡斯一定要给她腿上铺一条毯子，因为外面很冷，迪尔德雷一定要让她随时有一堆机械图纸可以看，以利亚很快就给她讲了一个新故事，双胞胎即刻会唱她的二重唱，巴图比总是准备好讨论他在书中发现的最新哲学概念。海勒姆想爬到她身上，贾斯蒂娜提出要和她比摔跤，伊基和凯伊做着鬼脸，讲着笑话，希望能逗她笑。

我真希望我能告诉你，现在石头谷里的一切都很完美，大怪物被所有人接受了，所有的问题都解决了。不幸的是，石头谷是一个真实的地方，充满了真实的人，真实的人并没有那么简单。他们会做出好的选择，也会做出坏的

选择，人们有时是公平的，可敬的，美好的……但有时也并非如此。但大怪物心里知道谁是她的朋友，知道谁可以信任，谁应该避开。

镇上的一些人信守诺言，帮助她重建了谷仓（他们对自己在这么短的时间内完成的事情感到惊讶），他们惊讶地发现，在修复菜园时不需要他们的帮助。大怪物因为她的奶酪而在当地非常出名，以至于镇上对奶酪制作行业感兴趣的年轻人都来敲她的门，要给她当学徒。这帮年轻人都很好，他们工作勤奋，有创造力，善待羊群。总有一天这帮年轻人会成为优秀的奶酪制作师。

吃完饭，送完礼物，没完没了地讨论，讲故事，唱完歌，大一点的孩子们开始哄小一点的孩子们上床睡觉，院长照看孩子们，大怪物和迈伦在沙发上休息。迈伦这些天看起来不太好，很累的样子，脸色也比平时更苍白。他的皮肤几乎是半透明的，他的脖子上、手上和脸颊上都有红红的伤疤。他左手拿着一个发条玩具。一只蝴蝶，蝴蝶的翅膀不均匀地扇动，有时又会休息很长时间。“噗，噗噗，扑哧扑哧。迈伦带着冷酷的迷恋盯着它。

“那是什么？”大怪物问。

“一个提醒，”迈伦苦笑着说。

“提醒什么呢？”

“我这辈子爱过的人有多少。以及我剩下的时间有多长，又有多短。”他的目光飘向门口，门口孩子们闹得很厉害。“这些孩子们，他们太棒了，不是吗？他们是我一生中最美好的东西，有时我希望我拥有世界上所有的时间，或者我可以把每一个美好的时刻无限延长。”

“你知道，对于大怪物来说，时间是个有趣的东西。我的脚已经在这个世界上走了……很久很久。你们人类认为时间是会流逝的。但事实并非如此。时间就是这样。有人离开石头谷踏上了一段漫长的旅程，但我们就知道石头谷仍然存在。我们知道人们还是可以回到石头谷的。为什么时间会有所不同呢？是的，瞬间是一个具体的东西，与其他瞬间分开。但它不会离开，也没有流逝。它好比只存在于一条轴上的某一点上。以这一刻为例。你究竟为什么会认为宇宙如此努力地创造了这一刻，就只是为了让它悄悄溜走呢？”

迈伦听完笑了。“别让巴图比听到你那样说话，”他说，“这可怜的孩子头要爆炸了。”迈伦咳嗽起来。他用手帕捂着嘴咳嗽了一会儿，然后他迅速把手帕塞进了口袋。

大怪物把她的大手放在迈伦的手上。“你和我没有那么多在一起的时刻，”她说，“我的生命毕竟是漫长的，比你们任何一个都长得多。这就是我珍惜每一刻的原因。每一刻都是宝石，明亮、坚硬而又珍贵的宝石，值得珍惜。我们可以分享的东西比那可笑的龙穴里的任何硬币都要值钱。”

蝴蝶不断地颤抖着，然后继续不规则地、微弱地跳动着，但它并没有停止。

“那么，”迈伦咳嗽着说，“我期待着即将到来的时刻。我很高兴能和你一起度过一些时光。我很高兴在我死后，你会和我心爱的人共度更多时光。我认为即使是我看不到的时刻那也是弥足珍贵的，不是吗？”

安西娅、巴图比和卡斯出现在门口，其他的孩子都挤在后面。“我们还不能睡觉。”安西娅说。

“外面太美了”，巴图比补充道。

“我们一起去看看吧？”卡斯说着，向大怪物伸出手。

就这样他们一起结伴来到外面。大怪物、孤儿们和狗走到黑色丝绒般天空下明亮的雪地里，乌鸦们歇在树上。树木在吱吱作响，寒风在呼呼地吹，但他们几乎没有注意这一切。他们仰面躺下，陷进松软的雪地里，一起待在那儿看着星星，看了好长好长一段时间。